Bei diesem Roman handelt es sich um eine erfundene Geschichte. Namen, Charaktere, Orte und Ereignisse entspringen der Fantasie der Autorin. Falls sie einen realen Ursprung haben, wurden sie von der Autorin fiktional verändert. Daher lassen sich keine Rückschlüsse auf real existierende Personen ziehen.

1. Auflage 2016

verlegt durch EGMONT Verlagsgesellschaften mbH,
Gertrudenstraße 30–36, 50667 Köln

Die englische Originalausgabe erschien 2013 unter dem Titel
„OMG! Is this actually my life? Hattie Moore's unbelievable year!"
bei Walker Books Ltd, 87 Vauxhall Walk, London SE11 5HJ, England

Published by arrangement with Eve White Literary Agent

Cover concept from „OMG! Is this actually my life?" by Rae Earl

Übersetzung aus dem Englischen: Diana Steinbrede
Umschlaggestaltung: Anke Koopmann, Guter Punkt, München
in Anlehnung an das englische Original
Satz: Achim Münster, Overath
Printed in Germany (671575)
ISBN 978-3-505-13697-9
www.schneiderbuch.de

MIX
Papier
FSC FSC® C014496

Rae Earl

HILFE, ist das mein Leben? ICH WILL HIER RAUS!

Aus dem Englischen von Diana Steinbrede

Schneiderbuch
EGMONT

Hattie Moores OFFIZIELLE GEHEIMNISSE

NICHT LESEN!

ECHT JETZT!

DAS IST KEIN BLOG!

FINGER WEG!

ICH KRIEG'S RAUS,
WENN DU'S DOCH TUST!

JA, NATHAN, DAS HIER IST EIN ALTMODISCHES
TAGEBUCH, ABER GRAN HAT ES MIR ZU
WEIHNACHTEN GESCHENKT, UND ICH WILL,
DASS ENDLICH ALLEN KLAR WIRD,
WIE BESCHEUERT DU WIRKLICH BIST.

Für meinen Harry.
Dafür, dass er Herumblödeln
zu meinem Beruf gemacht hat.

SONNTAG, 28. DEZEMBER

9:23 Uhr

OH MEIN GOTT – ICH BIN IM GEFÄNGNIS!

Eigentlich ist es mein Schlafzimmer, aber es könnte genauso gut eine Zelle sein. Ich habe in dieser Serie EASTENDERS gesehen, wie es im Gefängnis ist. Und außer der Tatsache, dass ich einen Herzchen-Schlafanzug trage, gibt es keinen Unterschied.

10:12 Uhr

Mum ist gerade raufgekommen. Sie ist die härteste Schließerin aller Zeiten (so nennt man Justizvollzugsbeamte, wenn man einsitzt). Angeblich habe ich mich selbst „blamiert" und werde „viel zu schnell" erwachsen.

ACH DU SCHANDE! Und DAS von einer Frau, die mit elf ihre erste Zigarette geraucht hat. Gran erinnert sich noch daran, weil sie Mum dazu gezwungen hat, sie aufzuessen. Und weil es eine von ihren eigenen war, und zwar die letzte aus der Packung. Gran ist immer noch sauer deswegen!

10:32 Uhr

Gran hat angerufen. Sie sagt, sie fühlt sich ein bisschen schuldig und dass es hauptsächlich IHR Fehler war. Sehe ich auch so. Sie will mit Mum reden.

10:41 Uhr

Mum sagt, ich kann Gran nicht die Schuld dafür geben, weil ich für mein eigenes Handeln verantwortlich bin und Gran eine empfindliche alte Frau mit Rheuma ist. Eine empfindliche alte Frau mit Rheuma, die dienstags im Gemeindezentrum Zumba tanzt und sich JEDES Jahr zu Weihnachten einen Kalender mit „Englands schärfsten Feuerwehrmännern" wünscht!

11:16 Uhr

Habe gerade mit Smiley gesprochen. Sie war null hilfreich. Sie gibt Mum recht. Außerdem behauptet sie, wenn SIE so was getan hätte, dann hätte ihr Dad die Polizei gerufen.

11:31 Uhr

Habe gerade mit Crazy-Jen gesprochen. Sie sagte, sie würde etwas Lavendel verbrennen, weil das in ihrer „erweiterten spirituellen Umgebung" die Vergebung begünstigt (???).

Sie meinte außerdem, ich soll acht Mistelbeeren essen, weil die Körper und Geist entgiften. Genauso gut könnte ich den Mistelzweig essen. Dieses Weihnachten werde ich darunter wohl nichts mehr erleben. WIEDER MAL.

11:39 Uhr

Crazy-Jen hat total panisch zurückgerufen. Ich soll die Sache mit den Mistelbeeren vergessen, weil die hochgiftig sind. Sie meinte eigentlich Blaubeeren.

Wäre aber vielleicht sogar besser, jetzt zu sterben, bevor mein Leben noch katastrophaler wird.

11:54 Uhr

Rob ist raufgekommen. Er verzeiht mir, aber er braucht einen neuen Porzellanturm fürs Aquarium. Und er musste vier von seinen Segelflossern das Klo runterspülen, weil die aus dem letzten Loch gepfiffen haben.

12:12 Uhr

Mum war wieder oben. Sie verzeiht mir nicht. Als ich fragte: „Warum?", sagte sie: „WEIL ES UNVERZEIHLICH IST, IN DAS AQUARIUM DEINES STIEFVATERS ZU KOTZEN, HATTIE!" Ich habe also ins Aquarium gekotzt.

Es gibt Schlimmeres. Und es IST Grans Schuld. Sie war diejenige, die gesagt hat: „Lasst Hattie ein Glas Sherry trinken. Es ist Weihnachten!" Mum sagte: „Auf keinen Fall. Sie ist minderjährig." Also habe ich mich selbst bedient. Dann wurde mir richtig übel. Und dann merkte ich, dass ich kotzen musste. Und Robs Aquarium stand nun mal gerade in der Nähe.

Ich glaube nicht, dass es vom Sherry kam. Wahrscheinlich war es eher die riesige Schachtel Pralinen, die ich vorher gegessen hatte.

12:42 Uhr

Es kam vom Sherry.

14:14 Uhr

Rob musste jetzt auch noch einen Malawi-Buntbarsch und drei Guppys das Klo runterspülen. Er meint, es war wahrscheinlich der Schock.

Ich bin eine Alki-Massenmörderin.

14:54 Uhr

Mum kam gerade rein und sagte, wenn sie hört, dass mein Facebook-Status in:

Hattie Moore hat ins Aquarium gekotzt

geändert wurde, bekomme ich das ganze nächste Jahr Hausarrest.

15:01 Uhr

Mum war noch mal drin, um zu sagen: „Das gilt auch fürs Zwitschern." Ich sagte: „Mum, es heißt TWITTERN, und ich werde es niemandem erzählen, weil es TOTAL PEINLICH ist. Vielleicht war es ja cool, Sherry zu trinken und in ein Aquarium zu kotzen, als du 13 warst, aber jetzt nicht mehr!" Mum wurde stinkig und behauptete, zu ihrer Zeit hätte sie so etwas niemals getan, „weil die Leute das Leben im Wasser respektierten".

15:25 Uhr

Hab gerade Gran angerufen. Sie sagte, als Mum sieben war, hat sie drei Goldfische pro Monat um die Ecke gebracht. NOCH EINE MUM-LÜGE AUFGEDECKT.

17:32 Uhr

Das Urteil wurde gefällt. Ich habe eine Woche Hausarrest. TROTZDEM muss ich am Dienstag mit Gran shoppen gehen. Gran, die TOTAL Bekloppte, die in JEDEM Laden, den sie betritt, IMMER das absolut hässlichste Kleidungsstück findet. Nein, Gran, du kannst kein Neongrün tragen – du bist 67!!!

Das ist wirklich das Kack-Tüpfelchen auf dem Scheiß-i meines Tages.

MONTAG, 29. DEZEMBER

8:12 Uhr

Warum fangen diese Tagebücher eigentlich immer schon im Dezember an? Es ist, als ob sie dich daran erinnern wollten, wie übel das letzte Jahr war!

9:37 Uhr

Mein Bruder droht damit, die Sache mit dem Aquarium herumzuerzählen. Er sagt, wenn ich ihm die nächsten drei Samstage sein Hemd bügele, wird er den Mund halten. Ich kann nicht das Risiko eingehen, dass Miss Hotpants aus der Schule davon erfährt. Sie hat vor zwei Monaten eine „Sex and the City"-Cocktailparty gegeben und ist dafür bekannt, dass sie trinken kann wie ein Loch und trotzdem noch aussieht wie Carrie Bradshaw.

10:12 Uhr

Carrie Bradshaw, als sie 13 war. Nicht so, wie sie jetzt aussieht – wie die Mutter von irgendwem!

16:55 Uhr

Wegen gestern habe ich beschlossen, dass ich mein Leben komplett überdenken muss. Warum stürze ich mich auf Sherry und Pralinen? Besonders auf die rosafarbenen mit Haselnüssen? Warum endet bei mir immer alles im Chaos?

18:01 Uhr

Habe Gran gefragt, warum bei mir immer alles im Chaos endet. Gran sagt, ich soll mit dieser „verdammten Nabelschau" aufhören und ihr gefälligst dabei helfen, den richtigen Bus für morgen rauszusuchen. Sie will nicht so weit laufen, weil sie ihre FIESEN weißen Stöckelschuhe trägt. Damit sie den langen spitzen Absatz jedem in den Fuß rammen kann, der ihr etwas vor der Nase wegschnappen möchte. Einmal hat sie wegen einer Tasche fast jemanden ins Krankenhaus gebracht!

DIENSTAG, 30. DEZEMBER

19:15 Uhr

Das war das ALLERLETZTE Mal, dass ich mit Gran shoppen gegangen bin.

In der Umkleide von Debenhams meinte sie zu einer Frau, die ein superenges Kleid anprobierte, dass sie aussähe wie eine Wurst kurz vorm Platzen. DANN hat sie eine echt KRASSE Jeans anprobiert (vier Größen zu klein!) und HAT DEN REISSVERSCHLUSS KAPUTT GEMACHT!!!

Anstatt sich zu entschuldigen, sagte sie zu der Verkäuferin: „Wenn auf Dingen steht, dass sie sich dehnen, dann SOLLTEN SIE SICH DEHNEN", und dass sie „nicht dafür bezahlen werde, weil in den Preisen sowieso schon Diebstähle einkalkuliert" sind.

Trotzdem findet sie, dass man alle Ladendiebe und Einbrecher mit ein paar Butterbroten und einem Wintermantel nach Sibirien schicken sollte.

20:23 Uhr

Ich habe Mums Dr.-Phil-Buch geklaut. Das Buch von diesem berühmten Fernsehpsychologen, den sie so toll findet. Er weiß bestimmt genau, was mit mir nicht stimmt. Aber ich wette, Gran kann nicht mal ER helfen.

21:17 Uhr

Habe das Buch durchgeblättert. Im Grunde muss ich jeden in meinem Leben genau unter die Lupe nehmen und mich selbst fragen: WO STEHE ICH JETZT? Nur dadurch kann ich meine „Lebensstrategie" wirklich verstehen, denn wenn etwas JETZT passiert, müssen wir uns JETZT darum kümmern.

HATTIE JETZT:

* In sechs Wochen bin ich endlich 14. JIPPIEH!
* Ich habe Körbchengröße 70 A. AUTSCH. Aber ich DENKE mir meine Brüste größer.
* Meine Mum ist meistens nervig und oft mies drauf. Ich denke, das liegt daran, dass sie fast den ganzen Tag auf Brot starrt, Bauarbeitern ihr Frühstück machen muss, nie Make-up trägt und immer nach Speck riecht. Die Frau braucht eindeutig mehr GLAMOUR.
* Mein Stiefvater Rob ist ein Schwachkopf vom Planeten Doof, der Trödelmärkte mag. Aber eigentlich ist er ganz in Ordnung.
* Mein Bruder ist der Teufel und muss sterben.
* Meine Gran ist eine Irre, aber ICH LIEBE sie. Und mit 67 lässt sie sich immer noch dreimal pro Woche die Haare machen.
* Kein Freund, weil keine Brüste.
* ABER Smiley und Crazy-Jen, meine besten Freundinnen, sind ABSOLUT spitze.
* Und Fred von nebenan, den ich schon EINE EWIGKEIT kenne, ist ein echter VOLLPFOSTEN, aber wirklich süß. Außerdem hat er mir seinen iPod sozusagen für immer geliehen.
* Schule ist DOOFER ALS DOOF.

Gefällt mir: meine Freunde, sich aufbrezeln lassen, wie eine Verrückte tanzen, LAUTE Musik, RIESIGE Latte macchiatos.

Gefällt mir nicht: Eier

LEBENSSTRATEGIE:

Ich muss Dr. Phils Buch zu Ende lesen, bevor ich Genaueres dazu sagen kann.

MITTWOCH, 31. DEZEMBER

11:35 Uhr

Crazy-Jen hat mich gerade zur Silvesterparty ihrer Eltern eingeladen. Brauche Mum nicht mal zu fragen, ob ich gehen darf. Die Hälfte der Zeit spricht sie immer noch nicht mit mir. Hauptsächlich, weil die Wasserschnecken jetzt auch gestorben sind.

14:43 Uhr

In Dr. Phils Buch geht es viel um Familien und Leute, die GUTE ELTERN sind (meine Mum hat dieses Buch definitiv NICHT gelesen!). Tatsache ist, dass ich nicht mal weiß, wer mein richtiger DAD ist! Niemand spricht über ihn, und alles, was ich von Mum zu hören bekomme, ist: „Rob ist hier, seitdem du sechs Monate alt bist, Hattie. Das macht einen RICHTIGEN Vater aus." Und dann muss ich aufhören zu fragen, weil Mum Tränen in die Augen steigen. ABER ICH MUSS es wissen. Was ist mit Erbkrankheiten und Veranlagungen, Mum?! Und wie groß waren die Brüste meiner anderen Großmutter? Werden meine jemals so groß werden?

LEBENSWICHTIGE FRAGEN!

20:05 Uhr

Habe Mum gerade nach Dads richtigem Nachnamen gefragt. Sie sagte: „Hattie, wirklich … ich glaube nicht, dass jetzt der passende Zeitpunkt ist, darüber zu sprechen." Als ich wissen wollte: „WANN ist der RICHTIGE Zeitpunkt?", fing sie an zu SCHREIEN: „NICHT, wenn meine Lieblingsserie läuft, zum Beispiel!"

21:27 Uhr

Mums Serie ist vorbei, und offensichtlich ist IMMER NOCH NICHT der richtige Zeitpunkt. Ich bin ja nicht blöd. Ich weiß, warum. Weil Mum denkt, wenn sie mir seinen Nachnamen sagt, habe ich ihn in NULL KOMMA NIX auf Google gefunden. Das würde sie natürlich nie zugeben. Aber es ist wahr.

Ich wette, es ist ein besserer Name als „Moore". Ich musste so viele bescheuerte Moore-Witze ertragen, weil Mum mir IHREN Nachnamen gegeben hat.

Jack Pearson und sein Kotzbrocken-Club haben mir mal eine ganze Mittagspause lang Britney Spears' „Gimme More" vorgesungen. Nur dass sie gesungen haben: „Gimme Moore – NOT!"

22:32 Uhr

Es ist 22:32 Uhr, und alle in diesem Haus sind im Bett. Es ist SILVESTER. Diese Familie ist ein Wunder, denn sie ist nicht nur gestört, sondern auch noch MEGADOOF.

23:12 Uhr

Gran hat gerade angerufen. Sie ist auf einer Ü-60-Party. Sie ist voll auf Wodka-Gummibärchen, weil die „in ihrem Alter leichter zu handhaben sind". Ich fragte sie, wer sie nach Hause bringt. Sie meinte, sie hätte sich noch nicht entschieden, aber ich soll mir „keine Sorgen machen, weil sie ihren Namen und Adresse auf ihre Zahnprothese geschrieben hat, falls sie mal verloren geht".

Ich will einfach nur jemanden, der nicht verrückt ist und MICH hier rausholt!

Dad, komm und rette mich!!!

DONNERSTAG, 1. JANUAR

11:01 Uhr

NEUJAHR. NEUES LEBEN. NEUE HATTIE MOORE.

OFFIZIELLE HATTIE-MOORE-ANSAGE:

DIESES JAHR WERDE ICH MEINEN RICHTIGEN DAD FINDEN. ICH WILL ENDLICH DIE WAHRHEIT WISSEN. ICH MUSS IHN FINDEN. Ich weiß, dass er mich wie kein anderer auf der Welt verstehen wird. Ich fühle es einfach. ICH WERDE IHN FINDEN.

<u>Auch noch DIESES JAHR …</u>

1. Ich werde zu einer SUPERSCHARFEN GÖTTIN werden.
2. Werde ich wirklich.
3. Genau genommen war's das, glaube ich.

4. Außer: Ich werde insgesamt nett sein. Außer zu den bekannten Mächten des Bösen.
5. Bekannte Mächte des Bösen: mein Bruder, Miss Hotpants aus der Schule, der prollogigantische Hund drei Türen weiter.
6. Ich würde wahrscheinlich sogar nett zu dem Hund sein, weil ich mir sicher bin, dass er nur bellt, weil er ein gefälschtes Markenhalsband tragen muss.

Könnte damit anfangen, dem Hund ein anständiges Halsband zu kaufen. Aber ich muss Fred überreden, es ihm anzulegen.

14:56 Uhr

Habe gerade mit Fred von nebenan gesprochen. Er meint, dass es superschwer sein wird, meinen Dad zu finden. Er meint außerdem, dass ich besser noch warten soll, weil ich Hilfe von meiner Familie brauche. Und im Moment spricht keiner mit mir, weil ich die „Aquarium-Attentäterin" bin.

Er hat recht.

Und was die Sache betrifft, dem Hund drei Türen weiter etwas anzulegen, hält er das für eine TOTALE Selbstmordmission und würde es auf keinen Fall machen.

Damit hat er auch recht.

15:01 Uhr

Ich habe ihn nicht gefragt, wie man eine superscharfe Göttin wird, weil Fred ein Junge ist und deshalb keine Ahnung hat.

15:23 Uhr

Grade ist mir eingefallen: Gran spricht noch mit mir! Ich werde sie nach meinem Dad fragen.

15:40 Uhr

Habe mich erinnert, dass Gran auf Wodka-Gummibärchen war. Jetzt ist sie circa einen Monat nicht zurechnungsfähig.

18:12 Uhr

Gran hat mich gerade angerufen. Sie ist sicher nach Hause gekommen.

Ich war drauf und dran, sie nach meinem Dad zu fragen. Habe es dann aber doch nicht getan, weil mir klar wurde, dass sie ganz offensichtlich ein bisschen zu viel getrunken hatte.

Man kann über seinen Familienstammbaum nicht mit einer alten Dame sprechen, die jede Frage singend beantwortet.

FREITAG, 2. JANUAR

19:20 Uhr

Heute ist nichts passiert. Außer dass ich mehr Pickel gekriegt habe. Mein Bruder nennt mich jetzt „Pickelfresse". Er sagt, wenn ich 20 bin, werden Gesichtstransplantationen (die im Moment nur bei Leuten durchgeführt werden, die von einem bösartigen Labrador angegriffen wurden) eine alltägliche Operation sein.

21:35 Uhr

Habe Mum erzählt, dass mein Bruder mich „Pickelfresse" nennt. Sie sagte nur: „Das ist Stichelei, Hattie, und wie man in den Wald hineinruft, so schallt es heraus." Es kann doch nicht genauso schlimm sein, jemanden einen TOTAL hoffnungslosen Vollhorst zu nennen wie „Pickelfresse"! Das Versager-Leben meines Bruders ist seine Schuld – für mein momentanes Gesicht kann ich nichts.

Wieder mal ein Beispiel dafür, wie alle in diesem Haus sich gegen mich verbünden. JEDER ist entweder für Team Nathan oder Team Mum. NIEMAND ist für Team Hattie.

Kann's kaum erwarten, mit der Suche nach Dad zu beginnen, wenn die Fische endlich vergessen sind.

SAMSTAG, 3. JANUAR

2:19 Uhr

Vor 18 Minuten hat Gran mich auf dem Handy angerufen …

Gran: Hattie, hier ist deine Gran. Kannst du mir helfen?

Ich: Alles okay mit dir?!

Dachte: Ach du Schande, vielleicht hatte sie einen Herzinfarkt oder so was.

Gran: Ja. Ich habe aus Versehen einen unanständigen Witz verschickt ... an meinen Zahnarzt.

Ich: Was?

Gran:	**Ich habe einen unanständigen Witz an meinen Zahnarzt verschickt und muss ihn zurückholen. Ich wollte ihn eigentlich an meine Freundin Denise schicken, aber ich habe den falschen Namen in meinem Adressen-Dings erwischt – der Zahnarzt war direkt drunter.**
Ich:	**Das geht nicht, Gran. Wenn die Nachricht einmal weg ist, ist sie weg.**
Gran:	**Und was kann ich jetzt tun?**
Ich:	**Nichts, Gran. Worüber war denn der Witz?**

(Pause)

Gran:	**Möpse von alten Frauen.**
Ich:	**Warum hast du überhaupt die Nummer vom Zahnarzt in deinem Telefon?**
Gran:	**Wenn man so ein Zahnfleisch hat wie ich, Hattie, dann braucht man eine Hotline.**
Ich:	**Tut mir leid, Gran, du kannst nichts mehr machen ... Muss jetzt aufhören. Hab dich lieb. Tschüss!**

Das sage ich nur für den Fall, dass sie mal im Schlaf stirbt.

In dem Moment stürmte Mum in mein Schlafzimmer (ERST MAL ANKLOPFEN VIELLEICHT?!), und flippte aus. Sie plärrte in VOLLER Lautstärke: „Hattie, wer ruft dich jetzt an? Ich nehme dir dieses Telefon weg." (Klar, Mum, natürlich tust du das. Das Leben ist absolut nicht mehr sicher ohne Handy.) „Ich muss in fünf Stunden im Laden sein."

Ich hatte keine Chance, zu sagen: „Um genau zu sein, FRAU, habe ich gerade versucht, DEINE MUM DARAN ZU HINDERN, ECHTE PORNOGRAFIE ZU VERBREITEN." Das ist wieder so TYPISCH. Ich weiß, dass sie hart arbeitet und alles – aber sie hört sich nie wirklich mal die GRÜNDE an.

7:36 Uhr

Warum hat Gran überhaupt ein Handy? Sie kommt ja schon bei ihrem Handmixer durcheinander, und der hat nur einen Knopf!

7:45 Uhr

Wenn ich so drüber nachdenke, dann sitzt Smileys Oma immer nur da, guckt sich indische Seifenopern im Fernsehen an und kriegt Gesichtsbehaarung. WARUM habe ich die Irre am Hals?

8:49 Uhr

AUSSERDEM: Von Schlafmangel bekommt man Falten.

19:15 Uhr

Mein DÄMLICHER Bruder geht heute Abend aus, darum muss ich sein DÄMLICHES Hemd bügeln, damit er die Geschichte mit dem Aquarium nicht herumerzählt. Muss mich zusammenreißen, kein Schild auf den Rücken zu kleben, auf dem steht:

NATHAN MOORE HAT BEIM ENDE VOM KÖNIG DER LÖWEN GEHEULT

Aber die Infos, die er über mich hat, könnten tatsächlich mein Leben ruinieren. Miss Hotpants und ihre Gang sind genau hinter solchen Sachen her. Einmal haben sie sich T-Shirts drucken lassen mit einem Foto von Dumpfbacke Hannah aus der Schule, die als Eichhörnchen verkleidet war. Sie war damals fünf, aber das ist Miss Hotpants egal.

SONNTAG, 4. JANUAR

11:15 Uhr

Mum ist heute Morgen total schlecht drauf. Wurde erst besser, als der Goldjunge aufgestanden ist. Ich weiß nicht, was es mit meinem älteren Bruder auf sich hat, aber in Mums Augen kann er absolut nichts falsch machen, obwohl er ein Schulabbrecher ist. Mein Stiefvater Rob denkt, mein Bruder ist einfach nur jemand, der etwas länger braucht, um „seinen Weg zu finden".

Rob vergisst, dass mein Bruder sich noch bis zur achten Klasse das Gesicht in Pfützen gewaschen hat.

12:11 Uhr

Außerdem klatscht sich mein Stiefvater überall Chilisoße drauf, sogar auf Toast! Was weiß er also schon?!

Ich habe beschlossen, dass ich dieses Tagebuch wahrscheinlich für den Rest meines Lebens schreiben werde. Es ist eine gute Übung für die Zeit, in der ich meine eigene Kolumne in der VOGUE haben werde, und es ist schön, mal irgendwo die WIRKLICH wichtigen Dinge LOSWERDEN zu können.

20:46 Uhr

Bin bei Gran vorbei. Sie hat noch nichts von ihrem Zahnarzt gehört, aber sie sagte, er hätte ein Ferienhaus im Peak-District-Nationalpark und da hätte er keinen Empfang. Sie hofft, dass ihr Text für immer im Orbit stecken geblieben ist.

Woher weiß Gran, wo ihr Zahnarzt seine Wochenenden verbringt?

21:47 Uhr

OH MEIN GOTT – knutscht meine Gran mit ihrem Zahnarzt herum?! Ihre Zahnprothese wackelt, wenn sie redet (wahrscheinlich hat sie sie verbogen, als sie ihre Adresse draufgeschrieben hat!). Die würde ja gar keinen richtigen Zungenkuss aushalten!

21:56 Uhr

Habe gerade Knutschen mit Zahnprothese gegoogelt. Man kann Spezialkleber kaufen, damit sie besser hält.

Warum habe ich das nachgeguckt?! Ich muss mich auf MEIN Liebesleben konzentrieren, nicht auf das von Gran. Wenigstens sprechen ein paar Dinge für mich. Zum Beispiel habe ich eigene Zähne.

MONTAG, 5. JANUAR

18:10 Uhr

Bereite die Uniform für den Schulbeginn vor. Ich bin die einzige 13-Jährige in der Weltgeschichte, die keine zusammenpassende

Unterwäsche hat. Auf ein paar meiner Unterhosen stehen sogar Wochentage drauf.

18:39 Uhr

Mum meint, meine BHs und Schlüpfer sind gut und praktisch. Natürlich meint sie das.

Sie denkt, dass ich immer noch vier bin, und hört kein einziges Wort, das ich sage. JEDER in diesem Haus denkt, dass ich vier bin.

20:28 Uhr

Gran hat angerufen – ihr Zahnarzt hat den Witz geliebt und schon vier zurückgeschrieben. Sie hat außerdem nächste Woche noch als „Notfall" einen Termin bei ihm gekriegt. Sie sagt, es zahlt sich aus, aus der Menge hervorzustechen. Ich sagte: „Gran: a) Ich will nichts über den Zustand deiner Zähne wissen, und b) unanständige Witze sind in Textform immer nur Schrott." Daraufhin warf Gran mir vor, dass ich prüde sei. Ich bin nicht prüde. Ich habe schon auf so raffinierte Art und Weise geflirtet, dass sie es nicht mal bemerken würde! Wie mit Ant Spicer. Sechs Monate lang haben wir an der gleichen Bushaltestelle gewartet, und er hat kein einziges Mal mein Psycho-Verbindungs-Liebesblick-Starren bemerkt, das Crazy-Jen mir beigebracht hat.

20:32 Uhr

Vielleicht ist das ja sogar das Problem. Bin ich zu raffiniert? Muss ich die Jungs besser mit einer KRASSEN LIEBESATTACKE angraben?

DIENSTAG, 6. JANUAR

17:48 Uhr

COOLSTER erster Schultag ALLER, ALLER, ALLER ZEITEN. Zuerst hat Dr. Richardson den Unterschied zwischen einem Substantiv und einem Verb an dem Wort KNALL erklärt! Der KNALL ist ein Substantiv. Die Endung KNALL-EN macht es zu einem Tuwort – das ist ein Verb. Zum ersten Mal habe ich es richtig verstanden. Dann hat Dumpfbacke Hannah Dr. Richardson aus Versehen „DAD" genannt. Zweimillionenfaches WÜÜÜRG!

Fred von nebenan hat mich auf dem Schulweg eingeholt und ging mit mir zusammen. Er hat mich tatsächlich zu einem Trödelmarkt eingeladen. „Fred, warum sollte ich sonntags zu einer unmöglichen Zeit aufstehen und mir im strömenden Regen den Schmuck meiner Gran angucken?" Fred glaubt, dass man ein Vermögen damit machen kann, wenn man Ramsch kauft und ihn später auf eBay wieder verkauft. Er hat mal von einer Frau gehört, die eine Pflanze gekauft hat, und die Schale, in der sie drin war, war 30.000 Pfund wert.

Ich habe keine Ahnung, warum Fred nicht kapiert, dass ich jetzt älter bin und unsere Interessen zu unterschiedlich sind. Ich bin zu reif, um noch SESAMSTRASSE in seinem Garten zu spielen. Ja, er ließ mich immer das Krümelmonster sein, na und?

Versteht mich nicht falsch – ich liebe Fred, aber nur auf chronische Art und Weise.

19:50 Uhr

Sorry, das sollte „platonische Art und Weise" heißen. Das bedeutet, man liebt jemanden, will ihn aber nicht unbedingt knutschen.

20:12 Uhr

Laut unzähliger Internetforen gibt es so was wie eine platonische Beziehung nicht. Wenn ein Mann dich mag, dann steht er auf dich – außer er ist schwul!

20:34 Uhr

Habe gerade Fred geschrieben. Er ist nicht schwul. Das beweist also, dass die Leute in den Foren keine Ahnung haben, wovon sie reden, und für immer aus dem Internet verbannt werden sollten.

MITTWOCH, 7. JANUAR

13:15 Uhr

In Erdkunde heute Morgen haben Smiley und ich uns den weltbesten Code ausgedacht, um Jungs zu bewerten:

- ♥ „Er studiert an der Uni in (Kotzgeräusch)" – bedeutet, wenn wir ihn küssen müssten, würden wir krank.
- ♥ „Er wohnt in Hasshausen" – er ist sehr hässlich.
- ♥ „Er ist Doki-Oki" – er ist ganz in Ordnung.
- ♥ „Er macht Ferien am Sweet Beach" – er ist süß (das ist vielleicht ein bisschen zu offensichtlich).
- ♥ „Er kommt vom Knackarsch der Welt" – ihn nicht zu küssen, würde uns umbringen.

Wir haben auch über das Dr.-Phil-Buch gesprochen. Wir stimmen ihm in dem Punkt zu, dass man sich zuerst selbst lieben muss, bevor man mit jemandem ausgeht. Smiley glaubt, sie liebt sich ein bisschen, aber ich glaube nicht, dass ich mich überhaupt liebe. Wir wollten gerade die Gründe durchgehen, warum ich mich nicht liebe, als Mrs Cripps wütend wurde, weil wir uns nicht auf ihr blödes Diagramm über Küstenerosion konzentrierten. ENTSCHULDIGEN SIE, MRS CRIPPS! WAS IST WICHTIGER? MEINE SELBSTACHTUNG ODER IHR BILD VON EINEM VERSCHWINDENDEN KLIFF?

21:36 Uhr

Crazy-Jen hat mir gerade den besten Witz aller Zeiten geschrieben.

> Wie viele Männer braucht man, um eine Klorolle zu wechseln? Niemand weiß es – es ist noch nie passiert!

LOL!

22:03 Uhr

Crazy-Jen hat gerade geschrieben, dass sie den Witz von Gran bekommen hat. Was schickt sie sonst noch rum und an wen? Ich muss Mum davon erzählen. Man muss sie aufhalten.

DONNERSTAG, 8. JANUAR

20:02 Uhr

Der heutige Tag wird in die Geschichte eingehen. ECHT JETZT.

Das ist einer der wichtigsten Tage ÜBERHAUPT. Genervt von der Ungerechtigkeit des Lebens beschlossen heute drei Mädchen, die Welt für alle FRAUEN zu verbessern. Denn heute HATTEN WIR GENUG!

Alles fing damit an, dass Smiley sich auf dem Heimweg einen Schokoriegel holen wollte. Und mit dem BLÖDEN, BLÖDEN SCHILD an Mr Patels Tür:

> NICHT MEHR ALS VIER SCHULKINDER
> OHNE BEGLEITUNG GLEICHZEITIG IM LADEN!

Wir mussten alle draußen im strömenden Regen warten, weil schon vier Jungs drin waren und sich an einem Pornoheft aufgegeilt haben. Wir waren total durchgeweicht, und es war eiskalt, und WARUM? Weil wir jung sind. UND WAS KÖNNEN WIR DAFÜR?

Es gibt so viele Dinge, die einfach beschissen sind. Nicht in Läden gehen dürfen. Das Verbot, Mascara, Lippenstift UND Lidschatten in der Schule zu tragen, weil „die Schule keine Modenschau ist" (???). Und Smiley sagte: „Warum lassen wir uns das einfach gefallen?" Und ich sagte: „Du hast so recht, Smiley. Wir sind selbstbestimmte Frauen – wir KÖNNEN etwas ändern." Dann erzählte Crazy-Jen, dass ihre Mutter an der Uni in einer Vereinigung war, die sich „Frauen an die MACHT" nannte. Sie entschieden, keine BHs zu tragen und dass „Gruppenaktivität" der einzige Weg wäre, etwas durchzusetzen.

Auf jeden Fall gingen wir zu Bertie's Coffee Shop, um alles auszuarbeiten. Wir sind die NICHT-FAIR-PROTESTGRUPPE. Wir sind das Trio der Gerechtigkeit. WIR stellen die Fragen. Wir werden aufschreiben, was in unserem Leben unfair ist, und ETWAS DAGEGEN TUN. Und zwar ohne unsere Gefährtinnen oder andere Leute niederzumachen. Von nun an werde ich, Hattie Moore, aufzeichnen, wie drei ganz normale Mädchen die Welt verändern. Wir werden es gemeinsam schaffen – auf edle, GROSSARTIGE Art und Weise. Unser erstes Treffen findet nächsten Donnerstag statt. KANN'S KAUM ERWARTEN!

Und DANN, um zu beweisen, dass nach TOTAL DOOFEN Tagen auch wieder SUPERSCHÖNE Tage kommen können, verkünde ich jetzt offiziell – bitte sofort an die Klatschpresse weitergeben –, dass ich VERLIEBT BIN! RIESIGE, MÄCHTIGE, ÜBERWÄLTIGENDE LIEBE, LIEBE, LIEBE!!!

Es ging schon eine ganze Weile, und ich glaube, dass ich es mir, wie Dr. Phil sagt, nicht eingestehen wollte. Aber heute konnte ich NICHT MEHR dagegen ankämpfen. ICH LIEBE DEN JUNGEN, DER BEI BERTIE'S ARBEITET. ER SCHÄUMT DIE MILCH AUF UND MACHT MICH GANZ HEISS! Er ist Mr Fit vom Knackarsch der Welt. ER ist der Schokostreusel auf meinem Cappuccino. Er ist der GEKRÖNTE KÖNIG DER KNACKIGEN HINTERN. Ich muss ihn küssen oder sterben.

Es gibt allerdings ein RIESIGES Problem. Jedes Mal, wenn ich ihn sehe, trage ich meine Uniform. Es ist unmöglich, in Braun gut auszusehen. Kein Wunder, dass andere Schulen uns die „Wandelnden Scheißhaufen" nennen. Aber die Tatsache, dass ich wie ein riesiger Kackhaufen aussehe, kann mich nicht von meiner HEFTIGEN LIEBE abhalten.

21:55 Uhr

Muss immer noch an Jens Mum und ihre Vereinigung an der Uni denken. Warum sollte eine Frau keinen BH tragen wollen? Besonders Jens Mum. Sie hat die größten Brüste der Welt, und die sind ECHT.

23:12 Uhr

Überhaupt – ist es nicht etwas dämlich, eine Protestgruppe zu gründen?

23:35 Uhr

Nein – berühmte Leute machen so was ständig, und DIE GANZE WELT bewundert sie dafür.

FREITAG, 9. JANUAR

16:34 Uhr

Kam heute nach Hause und wollte mit Mum über Gran sprechen. Die Unterhaltung ging so …

Ich: Mum, können wir reden?

Mum: Hats, ich habe jetzt keine Zeit dafür.

Ich: **Aber Mum, wir müssen reden!**

Mum: **Warum?**

Ich: **Weil Gran Pornografie verschickt!**

Das wollte ich eigentlich gar nicht sagen, aber sie macht mich SO wütend … und was hat das überhaupt für einen Sinn? Sie hört sowieso nie zu. Mum sagte nur, dass Gran so etwas nie machen würde, weil sie so ALTMODISCH sei. (Gran ist immer noch sauer auf Mum, weil sie unverheiratet schwanger wurde.)

Manchmal glaube ich, Mum merkt echt gar nicht, was für eine Irre Gran ist.

SAMSTAG, 10. JANUAR

18:07 Uhr

Tut mir leid, aber ich habe Dr. Phil aufgegeben. Ich glaube, das Buch wurde für Leute geschrieben, die ein bisschen älter sind als ich, weil es die Frage stellt, was man aus vorherigen Beziehungen gelernt hat. Ich hatte keine vorherigen Beziehungen. Ich bin vielleicht die tragischste Person auf diesem Planeten außer …

ABGEFAHREN, mir fällt niemand ein, der tragischer ist.

19:15 Uhr

Doch – Danielle Lance aus der Schule. Sie hat sich mit ihrer MUTTER dieses ultraspießige Musical THE SOUND OF MUSIC angesehen, UND sie trägt Socken mit Zebras.

Trotzdem bin ich offiziell eine tragische Person. Ich habe noch nie einen Mann geküsst oder an den Hintern gefasst.

SONNTAG, 11. JANUAR

7:02 Uhr

Wurde gerade von meinem Stiefvater geweckt. Er ist zu einer unmöglichen Zeit aufgestanden, um Fred von nebenan zu einem Trödelmarkt zu fahren. Er sagt, der erste nach Weihnachten ist immer voller Geschenke, die alle loswerden wollen, und ob ich mitkommen möchte. Nein – außer wenn jemand ein brandneues Paar großer Brüste zu Weihnachten bekommen hat, die er loswerden will.

11:01 Uhr

Eigentlich glaube ich, dass ich wegen Dr. Phil etwas deprimiert bin. Ich bin wahrscheinlich die einzige Fast-14-Jährige in der ganzen Weltgeschichte, die noch nie eine Beziehung hatte. Miss Hotpants aus der Schule hatte ihren ersten Freund mit neun! Und sie muss regelmäßig Rollkragenpullis tragen, um ihre Knutschflecken zu verdecken. Ich kann weit ausgeschnittene Tops tragen, weil ich keine Knutschflecken habe und, nebenbei bemerkt, auch keine Brüste.

14:34 Uhr

Mein Stiefvater kam gerade mit einem Lampenschirm in Form eines Elefanten nach Hause.

Es war absolut richtig, nicht mitzufahren.

23:09 Uhr

Habe gerade meinen wöchentlichen Titten-Test vor dem Spiegel gemacht. Wenn ich springe, bewegen sie sich IMMER noch nicht.

Gute Nacht, Brüste. Bitte wachst über Nacht ein bisschen, damit ich zur Schule hüpfen kann.

MONTAG, 12. JANUAR

7:23 Uhr

Guten Morgen, Brüste. Ihr seid immer noch winzig, und ich hasse euch.

17:29 Uhr

UNTRAGISCHES WUNDER! Langweiler-Netball ist ausgefallen, weil es regnete! Ich, Smiley und Crazy-Jen haben den Sportunterricht in der Halle damit verbracht, uns darüber zu unterhalten, was wir von der LIEBE erwarten. Smiley sagte, sie will einen guten Freund, der romantisch ist. Wir dachten, Smileys Eltern würden den Ehemann für sie aussuchen, aber anscheinend werden sie nur Kandidaten „vorschlagen", wenn sie 30 und immer noch nicht verheiratet ist. Crazy-Jen will etwas Intensives und „Verzehrendes". Unter uns gesagt: Ich glaube, sie wartet auf einen Vampir! LOL! Ich gebe mich mit einem reichen Typen zufrieden, der einen Bauernhof besitzt. Und dem es nichts ausmacht, wenn ich unter der Woche nach London reise wegen einem Job in der Modebranche. Um die Tiere kann er sich allein kümmern – es ist kein großer Bauernhof. Genau genommen reichen ein paar Hühner. Ich glaube, mehr hat Stella McCartney auch nicht. Und ihr Dad ist steinreich.

19:35 Uhr

Muss jetzt ständig an meine Hochzeit denken. Wer wird mich zum Altar führen? Rob will das bestimmt machen, aber was, wenn Mr RICHTIGER biologischer Vater auftaucht?!

20:43 Uhr

Übrigens, Crazy-Jen mag es, dass man sie Crazy-Jen nennt. Ich bin also keine Zicke oder so. Sie sagt, es trägt zu ihrer „mystischen Aura der Jenseitigkeit" bei!

DIENSTAG, 13. JANUAR

19:45 Uhr

Nach der Schule passierte das Beste aller Zeiten: Mr Fit vom Knackarsch der Welt bediente bei Bertie's. UND HÖRT EUCH DAS AN: ER HAT SMILEY NICHT GEFRAGT, OB SIE EIN BISCOTTI WILL, ABER MICH HAT ER GEFRAGT!!!

Sogar Smiley musste zugeben, dass es eine Sonderbehandlung war, denn wir haben alle Leute beobachtet, die nach uns kamen. Und er hat sie auch nicht gefragt, ob sie ein Biscotti möchten!! ES IST DAS PLÄTZCHEN DER LIEBE! DANN kam er herüber und wischte unseren Tisch als ersten ab. Vielleicht interpretiere ich zu viel hinein, aber er schien definitiv Interesse zu haben! OH MEIN GOTT – ich glaube, mein tragisches Leben könnte gerade ein Ende nehmen.

MITTWOCH, 14. JANUAR

21:57 Uhr

Smiley und ich sind gerade zwei Stunden am Telefon noch mal genau durchgegangen, was gestern passiert ist. Sie sagt, dass Mr Fit mich mögen MUSS. Wenn ich daran zurückdenke, habe ich so ein Gefühl, dass sie recht haben könnte. Ich kann nur nicht ganz glauben, dass jemand, der so hinreißend ist, mich wirklich mag!

Komm schon, Hattie – du kommst nicht aus Hasshausen. Gran sagt, ich habe sogar das Zeug zum klassischen Supermodel, weil ich so schlank bin. Es ist nur so, dass ich da auch diese Stimme im Kopf habe, die mir erzählt, dass ich ein schreckliches, hässliches Monster bin.

Die Stimme klingt fast nach Miss Hotpants.

22:15 Uhr

Ich weiß, warum ich ein schlechtes Selbstbewusstsein habe. Es ist eine ganz altbekannte Tatsache (habe es gegoogelt!), dass Mädchen, die ihren Vater nicht kennen, sich für hässlich halten und idiotische Männer aussuchen. Ich suche mir also vielleicht einen bescheuerten Jungen aus, und es ist nicht mal mein eigener Fehler! Sondern der von meiner MUM.

22:32 Uhr

War gerade auf **drphil.com**. Er sagt, eine der schlimmsten Sachen, die man tun kann, wenn man sich von seinem Partner trennt, ist,

„die Beziehung des Kindes zu dem anderen Elternteil zu sabotieren". MUM – HÖRST DU ZU?!

22:54 Uhr

Ich muss anfangen, nach meinem RICHTIGEN Dad zu suchen. Die Sache mit den Fischen MUSS jetzt endlich vergessen sein. Sogar den Mördern von Menschen wird irgendwann mal vergeben! Ich brauche nämlich Hilfe. Hab keine Ahnung, wo ich anfangen soll.

23:36 Uhr

Habe mich gerade an die Rechtsberatungsstelle erinnert, zu der Gran gegangen ist, als einer von ihren Nachbarn anfing, auf seinem Balkon Hühner zu halten. Da versuche ich es morgen. Die müssen doch ständig Leute treffen, die ein Elternteil verloren haben.

DONNERSTAG, 15. JANUAR

16:03 Uhr

Wir hatten heute beim Mittagessen unser erstes offizielles Treffen der Nicht-fair-Protestgruppe. Hier die Tagesordnung der Ungerechtigkeiten:

! Mum MUSS einsehen, wie UNFAIR sie an jenem Abend war, als sie wegen Gran gemeckert hat. Sie MUSS endlich anfangen, mir zuzuhören. Außerdem muss sie AUFHÖREN, sich ständig damit rauszureden, sie hätte keine Zeit, zuzuhören. Nur weil sie noch 70 Schinken-Salat-Brötchen für den Laden machen oder noch mal kurz zum Großmarkt muss.

- **!** Mr Patel muss AUFHÖREN, Leute unter 18 zu diskriminieren, und allen Jugendlichen zu jeder Zeit Zugang zu seinem Laden erlauben.
- **!** Es ist eine himmelschreiende Ungerechtigkeit, dass ALLE Kosmetikartikel in der Schule verboten sind. Begrenztes Make-up SOLLTE erlaubt sein, wenn es Ausdruck des religiösen Glaubens oder der Musik ist, die jemand mag. Jen sagt, sie ist Emo-Goth, und das ist praktisch ein Glaube, also sollte sie das ausdrücken dürfen.
- **!** Vielen Menschen werden unfairerweise die Tage (und Nächte!) RUINIERT, weil alte Leute ihre Handys nicht richtig bedienen können. Alle über 40-Jährigen sollten Zwangsunterricht in Handybenutzung kriegen. Oder besser noch, es sollte eine Handylizenz für über 40-Jährige geben. Mit einer Prüfung, die sie ablegen müssen.

Ich kümmere mich um Mum, Jen macht einen Termin mit der Direktorin Mrs Cob, und Smiley spricht mit Mr Patel. Das ist nicht rassistisch, weil sie Inderin ist oder so. Es ist, weil ihr prämenstruelles Syndrom sie in einen Schokoholic verwandelt und sie Mr Patels beste Kundin ist.

Ich wollte noch hinzufügen, dass es nicht fair ist, dass Mr Fit und ich noch nicht herumknutschen, aber das kam mir ein bisschen egoistisch vor. Die Nicht-fair-Protestgruppe sollte sich darum kümmern, unseren Gefährtinnen zu helfen und Ungerechtigkeit zu beseitigen. Nicht darum, mir Liebes-Action zu verschaffen. Es ist nur … Mr Fit ist SO SÜSS – schwarze Haare, grüne Augen und riesige, affenstarke, behaarte, MUSKULÖSE, BRAUN GEBRANNTE Arme. Smiley meint, er sieht aus wie ein Orang-Utan, aber ich bin nur erleichtert, dass wir nicht auf die gleichen Männer stehen. Smiley ist SUPERhübsch. Genau genommen bin ich ein bisschen sauer, dass ihre Eltern nicht ihre Hochzeit arrangieren, denn das bedeutet, dass sie zur gleichen Zeit wie ich im Knutsch-Supermarkt unterwegs ist. „Liebe IST ein Schlachtfeld" – so heißt es auf einer CD meiner Mutter.

16:50 Uhr

Habe ein schlechtes Gewissen wegen dem letzten Absatz. Smiley ist meine beste Freundin. Es ist gut, dass sie niemand Hässlichen heiraten muss.

17:09 Uhr

Die Rechtsberatungsstelle kann mir erst in VIER WOCHEN einen Termin geben!

VIER WOCHEN!!!

Die Frau dort war wirklich nett, aber sie sagte, das liege an „noch nie da gewesener Nachfrage" und der Tatsache, dass „alle Welt bankrottgeht oder sich scheiden lässt".

WAS IST BLOSS LOS MIT DER WELT?!

Ich gehe also am 13. Februar wieder zur RBS. Am letzten Tag, an dem ich 13 bin. All diese Dreizehnen. Das muss etwas bedeuten.

18:13 Uhr

Jen sagt, dass die 13 einigen Leuten Glück bringen kann. Sie ist sich aber nicht sicher, wem.

Sie sagt außerdem, wenn man bankrottgeht, muss man KEINE EINZIGE seiner Kreditkartenrechnungen mehr bezahlen und kann quasi shoppen wie Paris Hilton. Das alles macht jetzt mehr Sinn.

18:43 Uhr

Smiley sagt, wenn man bankrottgeht, kann man aber kein Haus kaufen. Wen interessiert's, wenn man dafür eine schicke Gucci-Handtasche hat?!

FREITAG, 16. JANUAR

20:35 Uhr

Ich Idiotin habe mich verquatscht und Gran von der Nicht-fair-Protestgruppe erzählt. Das war ein Riesenfehler, denn sie hält es für eine großartige Idee und will eine Liste von unfairen Dingen aufstellen, die sie betreffen. Was erwartet sie von mir?!

Ich habe Gran erzählt, dass ich mit Mum reden will. UND sie hat gesagt, was sie IMMER sagt: „Hattie, sei behutsam mit deiner Mum, sie hatte es schwer. Als dein Dad sie verlassen hat, warst du noch ein Baby. Sie musste ganz von vorn anfangen." Ich sagte: „Ich WEISS, aber das ist fast 14 Jahre her, Gran, und ich bin darüber hinweg, warum sollte sie es nicht sein?" Da sagte Gran mit einem ihrer Laserblicke: „Bist du wirklich darüber hinweg, Hattie?"

Also legte ich los. „Gran, NATÜRLICH BIN ICH DAS NICHT. Ich frage mich, wo er ist und warum er mir keine Geburtstagskarte geschickt hat. Es ist SO schwer. Smileys Vater vergöttert sie, und sogar Crazy-Jen und ihr Crazy-Dad halten zusammen, wenn es um ihre Kragenechse geht. Aber ICH MUSS FAST IMMER SO TUN, ALS OB ICH DARÜBER HINWEG BIN, weil niemand mir zuhören will. Ich will wissen, wer er ist und wo er ist!"

Gran starrte mich ungefähr zehn Minuten lang an und sagte dann: „Hattie, ich weiß, dass es schwer ist, Schätzchen (sobald Gran das Wort SCHÄTZCHEN benutzt, ist es wirklich schlimm). Aber manchmal musst du einfach akzeptieren, dass andere Leute es besser wissen und dich aus einem GANZ BESTIMMTEN GRUND beschützen. Und jetzt Ende der Diskussion – kannst du mir bei meinem Rätsel helfen?"

DANN bekam sie Beklemmungen und brauchte ein Spray aus ihrer verrückten Medizinsammlung.

ICH WERDE DIE WAHRHEIT HERAUSFINDEN. VON SUDOKU LASSE ICH MICH NICHT AUFHALTEN.

Danach konnte ich Gran aber nichts mehr fragen. Sie japste nach Luft! Es wäre fies gewesen, weiterzumachen.

22:23 Uhr

ACH DU SCHANDE! Glaubt ihr, meine Gran hat nur so getan, als hätte sie Beklemmungen, um mich zum Schweigen zu bringen?! Nein, Hattie – jetzt BIST du eine Zicke.

SAMSTAG, 17. JANUAR

18:09 Uhr

Habe heute versucht, mit Mum zu reden, aber sie hatte keine Zeit. Als ich sagte: „Du hast NIE Zeit für mich, das ist nicht fair", erwiderte sie: „Das Leben ist nicht fair, Hattie."

Das WEISS ich, Mum! Ich bin die einzige 13-Jährige, die ich kenne, die keine anständige Unterwäsche UND keinen Vater hat. Selbst die Leute an der Schule, die ihre Väter nicht kennen, haben wenigstens vernünftige Schlüpfer!

Dann schlug Fred von nebenan vor, ich solle Zahnpasta auf meine Pickel schmieren. Ich wurde WAHNSINNIG: „Ja, schönen Dank auch, Fred. Reib mir das doch nicht noch unter die Nase!" Fred sah echt eingeschnappt aus und meinte, er habe nur versucht, mir zu helfen. Ich sagte: „Du kannst mir helfen, Fred – indem du sie nicht erwähnst."

Ich fragte Fred noch, wie er damit umgeht, keinen Dad zu haben. Für Jungs ist das was anderes, aber es ist trotzdem eine Frage wert. Fred sagte, dass er hin und wieder über seinen Dad nachdenkt, aber entschieden hat: „Der Mann muss einen schlechten Geschmack haben, weil ich eigentlich ganz okay bin und es wert wäre, von ihm gekannt zu werden."

Ich sagte: „Fred, glaubst du das WIRKLICH?", und Fred so: „Ja, sicher."

21:56 Uhr

GRÜNDE, WARUM MEIN DAD UNS VERLASSEN HABEN KÖNNTE:

* Ich habe etwas falsch gemacht. Vielleicht war ich eins dieser totalen Albtraum-Babys, die die ganze Zeit schreien und mit deren Kacke man chemische Kriegsführung betreiben könnte.
* Mein Bruder hat etwas falsch gemacht. Er war schon immer fies. Er hat seinen Hamster – Hammy – in das Modellflugzeug von meinem Stiefvater gesteckt, um zu sehen, ob er „Flugreisen mag". Mochte er nicht. Er ist gestorben.
* Meine Gran hat etwas falsch gemacht. Sie ist irre.
* Meine Mum hat etwas falsch gemacht. Das ist ABSOLUT wahrscheinlich. Aber was?

22:47 Uhr

Ich wette, sie wollten eigentlich so tun, als ob Rob mein Vater wäre, aber das konnten sie nicht, denn Rob kommt aus Guyana und ist halt schwarz.

SONNTAG, 18. JANUAR

17:34 Uhr

Gran hat mir ihre Nicht-fair-Liste gegeben. Ich habe Angst – echt:

1. Die Leute in ihrem Rentner-Club mit Asthma oder Atemproblemen haben keine Gelegenheit, rechtzeitig „Bingo" zu sagen, bevor der Caller die nächste Zahl ausruft. Grans

Freundin Denise hat wegen ihres Keuchens letzte Woche den Jackpot von 1.000 Pfund verpasst. Der Caller soll bitte etwas langsamer werden.

2. Nur weil Gran ein reifes Alter erreicht hat, heißt das nicht, dass sie „aufgegeben" hat. Wenn sie also zu Topshop geht, will sie wie eine normale Frau behandelt und nicht gefragt werden, ob sie für ihre Enkelin einkauft. Sie mag besonders den Schmuck.
3. Dating-Websites sollten keine Altersbegrenzung nach oben haben. ← KOTZ KOTZ KOTZ!!!

Nachdem ich Nummer drei gelesen habe, befürchte ich, dass meine Gran hinter einem jungen Liebhaber her ist. Ich habe sie allerdings noch nie mit einem Mann gesehen. Ich dachte, sie wäre mit Inspector Barnaby glücklich, aber vielleicht ist sie auf der Jagd nach jungem Fleisch? Wie Madonna!

19:32 Uhr

Ich bin offiziell gestresst. Ich muss noch eine Projektarbeit über das Molkereiwesen fertig machen (bitte Schlummertaste drücken), das Leben meiner Gran regeln, mir Mum vom Leib halten (ja, ich werde unter meinem Bett sauber machen, Mum) UND Mr Fit dazu bringen, mich zu mögen.

Ich glaube, die Suche nach meinem Dad muss ein bisschen warten. Es sieht sowieso besser aus, wenn ich bei unserem Treffen einen Freund habe.

MONTAG, 19. JANUAR

17:09 Uhr

Albtraum-Tag. Wir hatten eine Doppelstunde Kunst. Die schreckliche Mrs Matfield – die einzige Frau in der Welt, die einem Kunst VERDERBEN kann – hatte beschlossen, dass wir alte klassische Gemälde nachbilden sollten ... mit WOLLE & FADEN!

Sie sagt, es gehe um „Strukturexperimente". Wir sagen, es geht darum, dass sie noch mehr Gründe finden kann, uns anzuschreien, wenn das Unmögliche schiefläuft.

Ich versuche gerade, die Mona Lisa nachzuformen – diese hässliche alte Frau. Ich benutze rote Wolle, die überhaupt nicht das tut, was sie soll. Nicht mal, wenn ich eine halbe Tonne Klebstoff verwende. Angeblich sollte die Mona Lisa enigmatisch aussehen (musste ich googeln, heißt „rätselhaft"). Meine tut das nicht. Sie sieht aus wie Großvater nach seinem Schlaganfall.

Warum kann ich nicht Mr Fit aus Fäden machen? Er ist ein Meisterstück und sollte für mich eingerahmt werden, damit ich ihn DEN GANZEN TAG anschauen kann!

19:48 Uhr

Smiley hat gerade angerufen. Sie will morgen Abend Mr Patel aufsuchen, wenn EASTENDERS läuft und es ruhig ist, um herauszufinden, warum er Teenager hasst.

DIENSTAG, 20. JANUAR

21:34 Uhr

Smiley hat Mr Patel besucht. Er sagte, dass er das Schild an der Tür aufhängen MUSSTE, weil er pro Woche Hunderte von Schokoriegeln und etliche Zeitschriften verliert. Er sagte, dass die meisten Kinder und Rentner von Natur aus Diebe seien und dass man sie die ganze Zeit beobachten müsse.

Also fragte Smiley: „Warum diskriminieren Sie dann nicht auch Rentner?" Mr Patel sagte, dass alte Leute „einfacher zu beobachten" seien.

Er meint wohl, weil sie alle neue Hüften brauchen, bewegen sie sich nicht so schnell. Dann stimmte er Smiley zu, dass es nur fair wäre, ein Schild aufzuhängen, auf dem steht:

NICHT MEHR ALS VIER RENTNER
GLEICHZEITIG IN DIESEM LADEN!

Er hängt es morgen auf, also zählen wir das als ersten Sieg unserer Nicht-fair-Protestgruppe.

MITTWOCH, 21. JANUAR

19:13 Uhr

HILFE!!!

Gran hat gehört, dass Mr Patel nur noch vier alte Leute auf einmal in seinem Laden duldet. Ich habe ihr nicht erzählt, dass das unser

Verdienst ist! Sie hat eine Protestgruppe mobilisiert, und sie planen eine Blockade vor seinem Laden. Außerdem wollen sie abwechselnd den Knopf von der Fußgängerampel vor seinem Laden drücken, damit die ständig in Betrieb ist. Sie machen es am Samstag.

Was habe ich getan? Mr Fit – warum bist du noch nicht in meinem Leben?

DONNERSTAG, 22. JANUAR

17:17 Uhr

Mein Mona-Lisa-Fadenbild ist eine Katastrophe. Die rote Wolle hat Spuren auf dem ganzen Papier hinterlassen, und die Frau sieht aus, als wäre sie erstochen worden. Mrs Matfield sagte, Leonardo da Vinci würde sich im Grab umdrehen. Wenn er Matfield als Lehrerin gehabt hätte, wären seine Bilder auch alle Schrott gewesen.

19:16 Uhr

ICH LIEBE SMILEY RATHOD!!!

Smiley war gerade auf einer Mission, um mehr über Mr Fit herauszufinden.

DIE FAKTEN:

- ♥ Er ist 16.
- ♥ Er heißt Finan McCready.
- ♥ Er kommt ursprünglich aus Edinburgh.
- ♥ Er hat früher im Süden gelebt und viel gesurft.

- ER IST SINGLE – JA, JA, JA, JA, JA!!!
- Er ist Waage, was OFFIZIELL DAS ALLERBESTE STERNZEICHEN FÜR EINEN WASSERMANN WIE MICH ist.
- Er arbeitet bei Bertie's, weil er Taucher werden will.

Vorhersage: Mum wird ihn hassen, weil er nicht aufs College geht! GROSSARTIG!

Smiley sagt, dass er tatsächlich echt nett zu sein scheint und sehr freundlich ist. Oh, BITTE, BITTE, BITTE lass mich mit ihm ausgehen. Vielleicht kann Crazy-Jen einen ihrer Zaubersprüche aufsagen? Oder kann ich Liebe im Universum bestellen?

FREITAG, 23. JANUAR

16:59 Uhr

Mein Bruder hat mitgekriegt, dass ich auf Mr Fit stehe. Jetzt droht er damit, ihm ein paar meiner Babyfotos zu zeigen, auf denen ich wie ein verrückter Monster-Moppel aussehe und versucht habe, eine Gabel zu essen.

Ich werde ihn morgen treffen, bevor mein Bruder irgendwelchen Schaden anrichten kann.

19:02 Uhr

Habe gerade Mr Fit auf Facebook gefunden. Er hat 506 Freunde, ABER ER IST SINGLE. JUHU, JUHU und JUHU!!!

19:05 Uhr

Mr Fit ist Mitglied in der Facebook-Gruppe „Ich füttere behinderte Möwen mit meinen Pommes", also ist er auch sehr fürsorglich.

SAMSTAG, 24. JANUAR

21:28 Uhr

OFFIZIELLER TOD DURCH PEINLICHKEIT.

MEINE GRAN HAT TATSÄCHLICH EINEN PROTEST VOR MR PATELS LADEN ORGANISIERT. ICH HABE ES MIT EIGENEN AUGEN GESEHEN.

Sie und fünf Freunde vom Bingo hatten große Plakate und so, auf denen stand: **SEID FAIR ZU RENTNERN** und **ACHTET DIE ALTEN.** Mr Patel kam heraus und bot ihnen eine kostenlose Riesenpackung Schokoriegel an, als „Geste des guten Willens". Aber Gran schrie, sie lasse sich nicht mit abgelaufener Schokolade kaufen. Dann tauchte die Polizei auf und drohte, sie zu verhaften, wegen öffentlicher Ruhestörung oder so was. Gran keifte den Polizisten an, dass die Stadt „voller Drogendealer" sei und „ob sie nicht hinter denen her sein sollten, anstatt hinter fünf Frauen über 60". Was danach passierte, habe ich nicht mehr mitgekriegt. Habe nämlich so getan, als würde ich sie nicht kennen, nachdem sie mir zugerufen hatte, ich solle ihr helfen. Ich weiß, das ist echt schlecht, aber ich darf nicht mit irren alten Leuten in Verbindung gebracht werden, wenn ich gerade auf der Jagd nach meiner Liebe bin.

Bin ich schrecklich, weil ich Männer über meine Gran stelle? Sicher würde sie mich verstehen. Sie hat Großvater ja ihrer eigenen Schwester ausgespannt.

Kam zu Bertie's, und Mr Fit war nicht da. Rief Crazy-Jen an, die meinte, das sei mein Karma, weil ich meine Gran ignoriert hätte. Sie erklärte, Karma bedeute im Grunde: Wenn man schlimme Dinge tut, dann passieren einem auch schlimme Dinge. Das ist totaler Quatsch, denn Miss Hotpants aus der Schule ist fies, und sie hat praktisch ihre eigene Facebook-Fanseite voller Jungs, die mit ihr knutschen wollen. Wo bist du, Mr Fit?

SONNTAG, 25. JANUAR

16:09 Uhr

Meine Mum ist offiziell ein Griesgram. Heute Morgen sagte sie, sie sei zu müde zum Duschen, und benutzte eine halbe Dose Deo und einen Spritzer Parfüm, um auf der „sicheren Seite" zu sein. Die Mum von Miss Hotpants würde nicht mal ohne vollständiges Make-up an die Tür gehen. Mum könnte wenigstens etwas Lippenstift auftragen. Ich hoffe, Griesgrämigkeit ist nicht erblich – ich hab schon die fehlenden Titten von Mum, das reicht mir, vielen Dank.

16:35 Uhr

Vielleicht hat Dad uns verlassen, weil Mum sich nicht gewaschen hat? Vielleicht ist er ein Hygiene-Freak und konnte nicht ertragen, dass sie die Königin der Schmutzfinke ist?

Muss aufhören, über ihn nachzudenken. Muss mich auf die LIEBE KONZENTRIEREN.

17:12 Uhr

Es ist echt gemein, dass Mum von mir erwartet, ein sauberes Zimmer zu haben, während sie den Couchtisch einfach nur abpustet, wenn er geputzt werden muss. Hab ich gesehen.

MONTAG, 26. JANUAR

23:19 Uhr

Hatte gerade einen SUPERLANGEN Skype-Chat mit Crazy-Jen über Mr Fit, als Mum hereinstürzte und damit drohte, mir den Laptop wegzunehmen. Sie findet, ich verbringe zu viel Zeit mit meinen Freunden und bekomme nicht genug „Ruhe". WARUM WILL SIE, DASS ICH EINSAM BIN? ICH MUSS ÜBER ALLES AUF DEM LAUFENDEN SEIN! Wenn sie will, dass ich mehr Ruhe habe, dann sollte sie Fred von nebenan sagen, er soll aufhören, ständig ohrenbetäubend laut herumzusingen.

DIENSTAG, 27. JANUAR

16:02 Uhr

Mr Patels Laden macht dicht. Er geht zurück nach Kaschmir in Indien, wo er und seine Familie ursprünglich herkommen. Er behauptet, da gäbe es weniger Schwierigkeiten und die Leute tun, was man ihnen sagt. In seinem Laden macht jetzt ein polnisches Feinkostgeschäft auf, worüber Gran total begeistert ist, weil sie polnische Würstchen liebt. Über polnische Schokolade wusste Gran nicht viel. Ich traue mich gar nicht, Smiley davon zu erzählen. Sie liebt Mr Patel, und wenn sie an bestimmten Tagen im Monat ihre Vollmilchschokolade nicht kriegt, könnte sie echt zur Killerin werden.

MITTWOCH, 28. JANUAR

18:36 Uhr

Mum sieht immer so müde aus und redet nur noch über die Arbeit. Wenn sie mehr Mädchenkram machen würde, würden wir uns besser verstehen. Manche Mädchen aus der Schule gehen mit ihren Müttern zur Wellness. Mir passiert es höchstens mal, dass meine Mum hereinkommt, um sich die Zähne zu putzen, wenn ich im Bad bin!

18:50 Uhr

Ich habe gegoogelt. Es würde Mum wirklich guttun, ihre „verborgene Frau" wiederzuentdecken. Also werde ich mit ihr über Unterricht im Burlesque-Tanz sprechen. Die Tänzerin Dita von Teese sagt, dass Burlesque eine Feier des weiblichen Körpers ist. Und ich weiß, dass Mum denkt, ein Teil ihres Körpers sei durch die Geburt ihrer Kinder ruiniert worden. Ich glaube, das könnte uns einander näherbringen, wenn ihr versteht, was ich meine.

19:26 Uhr

Habe gerade Burlesque bei meiner Mutter erwähnt. Sie sagte: „Sei nicht albern, Hattie. Ich habe nicht mal Zeit, ein vernünftiges Bad zu nehmen, geschweige denn, in einem Diamanten-Tanga und Stöckelschuhen herumzutanzen."

Ich wette, Dannii Minogue schafft es, ein Bad zu nehmen, zu arbeiten, sich um ihr Kind zu kümmern und in einem Bikini gut auszusehen. Man kann das hinkriegen, Mum!

20:34 Uhr

Eigentlich will ich gar nicht, dass meine Mum sexy aussieht, wenn Mr Fit vorbeikommt. Sie könnte ja plötzlich auf junge Liebhaber stehen wie Gran.

DONNERSTAG, 29. JANUAR

19:12 Uhr

Bin direkt nach der Schule zu Bertie's. Mr Fit sah heute UNGLAUBLICH aus – und er roch auch noch ABSOLUT überwältigend. Muss eins von diesen SUPERteuren Aftershaves sein, die in der Parfümerie hinter der Theke aufbewahrt werden, weil jeder sie klauen will.

Ich habe sogar versucht, mich mit ihm zu unterhalten, aber ich muss nächstes Mal daran denken, KEINEN Latte macchiato zu bestellen, weil der Lärm vom Milchaufschäumer das völlig unmöglich macht. Man kann nicht sexy sein, wenn man schreien muss wie Gran an einem ihrer „tauben Tage".

Schließlich gab ich auf und musste ihn einfach nur angucken, so wie ich es immer mache.

21:18 Uhr

Smiley und Crazy-Jen waren gerade da. Crazy-Jen meinte, sie kann mir helfen, Mr Fit mit Magie zu bekommen. Sie hat haufenweise Erfahrung mit Zaubersprüchen und solchem Zeug, und Mutter Natur ist ihre persönliche Göttin oder so was.

Außerdem glaubt sie, wenn man zwei Streichhölzer anzündet, sie zusammenschmilzt und eins davon antippt, während man das Alphabet aufsagt, werden die Streichhölzer sich bei dem Anfangsbuchstaben des Mannes trennen, der für einen bestimmt ist. Das steht in ihrem Hexen-Handbuch.

Wir haben es zwölf Mal gemacht. Die Streichhölzer trennten sich immer bei den Buchstaben C oder D, darum glauben Smiley und ich, dass Jen bloß Müll erzählt hat.

FREITAG, 30. JANUAR

18:09 Uhr

War wieder bei Bertie's, um Mr Fit zu sehen, und habe ein Wasser bestellt. Wollte gerade etwas sagen, aber dann … WARUM BLEIBEN BÜROLEUTE ZU BESPRECHUNGEN NICHT EINFACH IN IHREN BÜROS? Ein Haufen Leute in Anzügen kam herein, und ein fetter Verkäufertyp bestellte zwölf Cappuccinos, einen Americano, drei Latte macchiatos, einen Latte macchiato mit Haselnuss, drei Stücke Karottenkuchen, vier Schokoladenmuffins und ein Stück Biskuittorte. Der arme Mr Fit hetzte sich fast zu Tode. Aber er war ein ABSOLUTES Wunder – er kriegte ALLES richtig hin.

Und das Einzige, was der fette, schwitzende Verkäufertyp sagte, war: „Danke." Wenn ich das gewesen wäre, hätte ich auf jeden Fall so eine Karte über Kundenzufriedenheit ausgefüllt und das riesige Smiley-Gesicht für „sehr zufrieden" angekreuzt.

18:37 Uhr

Ich habe mir übrigens nicht die ganze Bestellung gemerkt. Ich habe den Zettel geklaut, auf dem Mr Fit sie aufgeschrieben hat. Er hat eine TOLLE Handschrift. Wette, er schreibt Lieder. Und spielt Gitarre.

20:42 Uhr

Crazy-Jen hat für mich ein Buch über Liebestechniken gelesen. Es gehört ihrer Mutter (KOTZ!). Anscheinend kann Essen „voll erotischer Kraft" sein, und alle Männer mögen es, eine Frau zu sehen, die „ihr Essen genießt". Jen meint, ich soll zu Bertie's gehen und versuchen, auf „verführerische Art und Weise" etwas vor Mr Fits Augen zu essen. Es geht darum, „langsam und vielversprechend" zu sein, mit genau dem richtigen „intensiven Augenaufschlag". Es könnte funktionieren. Zuerst muss ich aber üben – ich habe vorher noch nie sexy gegessen. Genau genommen habe ich noch nie etwas sexy gemacht. Außer wenn ich von Natur aus sexy bin und es nicht weiß.

Ich glaube, ich wüsste es, wenn ich von Natur aus sexy wäre. Ich würde mich viel … prickelnder fühlen.

21:23 Uhr

Bin gerade über meine eigenen Füße gestolpert – nicht sexy.

22:14 Uhr

Hab gerade meine Beine untersucht. Beinstoppeln – NICHT sexy. Warum wächst es immer so schnell nach?

SAMSTAG, 31. JANUAR

17:05 Uhr

Habe vor dem Spiegel essen geübt.

Folgendes Essen ist NICHT erotisch:

* Cornflakes
* Chips
* Toast
* weiße Bohnen in Tomatensoße
* Cracker
* Grans Obstkuchen

Folgendes Essen KÖNNTE sexy sein:

* Joghurt
* Eis am Stiel
* Banane

18:29 Uhr

Crazy-Jen sagt, Bananen sind viel zu „offensichtlich".

18:43 Uhr

Habe gerade versucht, eine weitere Banane vorm Spiegel zu essen. Jen hat recht.

SONNTAG, 1. FEBRUAR

15:29 Uhr

Habe Gran heute gefragt, warum die Haare an den Beinen so schnell nachwachsen. Sie sagte, dass ich verrückt sei zu rasieren und dass sie am College ganz billig mit Wachs enthaaren.

Die arme Beauty-Studentin, die sich ihre Unterschenkel angucken muss, tut mir so leid. Das ist wahrscheinlich schon Grund genug, um sich einen anderen Beruf auszusuchen!

Gran überlegt, ob sie sich die Augenbrauen zupfen und eine Bikinirasur machen lässt, weil das auch im Angebot ist.

Gran lässt sich eine Bikinirasur machen. Jetzt brauche ich eine Therapie.

19:19 Uhr

Habe gerade versucht, Grans Rostbraten erotisch zu essen. Sie hat gefragt, ob ich Krämpfe hätte. Ich glaube, ich bin nicht besonders gut.

MONTAG, 2. FEBRUAR

16:27 Uhr

Habe Jen heute beim Mittagessen vorgemacht, wie ich meinen Kaffee verführerisch trinken will. Sie sagte, sie wäre natürlich kein Junge, aber sie denkt, dass ich möglicherweise dabei ganz gut aussehen könnte. Allerdings meinte sie, ich müsse langsamer werden, weil das TEMPO, in dem man isst, entscheidend ist, NICHT das Essen. Man muss alles mindestens 36 Mal kauen.

17:45 Uhr

Wie soll man einen Diätjoghurt kauen?

18:43 Uhr

Fred kam vorbei, um meinen Stiefvater zu besuchen. Er zählt als Junge nicht so richtig, aber ich habe eine Orange vor ihm gegessen, um zu sehen, ob er irgendwas bemerkt. Er redete einfach die ganze Zeit weiter darüber, wie er auf eBay abgezockt worden ist.
HATTIE MOORE, DU MUSST OFFENSICHTLICHER SEIN.
ISS LANGSAMER.

DIENSTAG, 3. FEBRUAR

22:17 Uhr

Ich bin heute Morgen zu spät zur Schule gekommen, weil ich 22 Minuten gebraucht habe, um zwei eingeweichte Vollkornkekse zu essen. In der Mittagspause hat Mrs Matfield mich dann gefragt, ob ich mich nicht wohlfühle, weil ich „in meinen Pommes herumstochere wie eine Kranke". Es ist nicht einfach zu lernen, wie man sexy isst. Ich hoffe, Mr Fit weiß das alles zu schätzen.

22:33 Uhr

Mum hat mich daran erinnert, dass ich morgen Nachmittag zum Zahnarzt muss. Werde eine Doppelstunde Naturwissenschaften verpassen – YES!!!

MITTWOCH, 4. FEBRUAR

17:02 Uhr

Der TOTALE Albtraum.

War gerade beim Zahnarzt und er sagt, ich brauche eine Zahnspange. Sonst würden meine Zähne irgendwann wie Sprungbretter vorstehen. Ich muss sie für MINDESTENS ZWÖLF MONATE tragen. Wer will denn einen Roboter küssen? Die gute Nachricht: Für eine Zuzahlung von 1.500 Pfund kann ich eine Spange bekommen, die zur Farbe meiner Zähne passt!

22:24 Uhr

Mum sagt, dass ich die Billigversion nehmen muss. Ist ihr klar, dass ich vielleicht jetzt für den Rest meines Lebens Single sein werde?

22:38 Uhr

Habe Mum gefragt, ob ich meinen richtigen Dad anrufen darf, um zu fragen, ob er das Geld für meine Zahnspange bezahlt. Sie flippte völlig aus und schrie: „Hattie, SEI NICHT ALBERN! Er hat noch nie Unterhalt bezahlt und … ich weiß nicht mal, wo er ist."

ICH WETTE, SIE WEISS ES DOCH! WAS IST WIRKLICH PASSIERT, MUM? ICH VERDIENE DIE WAHRHEIT!!!

Aber das habe ich nur gedacht.

DONNERSTAG, 5. FEBRUAR

16:54 Uhr

JETZT IST ES OFFIZIELL: Ich bekomme meine Zahnspange am 16. Februar. Man beachte, dass das zwei Tage nach meinem Geburtstag ist. Ich werde also mein 15. Jahr auf dieser Erde so katastrophal wie noch nie beginnen.

Ich MUSS unbedingt vorher mit Mr Fit ausgehen, damit er sich in das ECHTE Ich verlieben kann, bevor ich nur noch halb Frau, halb Metall bin.

20:10 Uhr

Fred hat mir gerade geschrieben, dass eine Zahnspange „cool aussehen kann".

1. Warum erzählt meine Mum Freds Mum alles über mich?!
2. Warum erzählt Freds Mum IHM alles über mich?
   Als Frau sollte sie wissen, dass ICH MEINE PRIVATSPHÄRE BRAUCHE.

21:35 Uhr

Ich habe mir gerade mein Lieblingslied angehört und beschlossen, dass ich die Zahnspange RICHTIG rocken werde. Ich werde mich NICHT in meinem Zimmer verkriechen und heulen wie eine Liebeskranke. Aber erst mal ist morgen Mr-Fit-Tag. Ich werde da hingehen und SO GUT WIE MÖGLICH meine Frau stehen. ICH SCHAFF DAS!

FREITAG, 6. FEBRUAR

5:26 Uhr

KANN NICHT MEHR SCHLAFEN.

Mr-Fit-Tag. Wenn ich hier wieder reinschreibe, könnte ich die Freundin von einem hinreißenden Typen sein, der jeden Tag kalorienarme Blaubeermuffins umsonst kriegt.

7:36 Uhr

Habe gerade ein LANGES Bad genommen, mit zwei GROSSEN Badekugeln. Mum sagte: „Du bist aber früh auf." Ja, bin ich, Mum – weil ich nach der Schule praktisch eine Verabredung mit einem scharfen Typen habe. Das habe ich natürlich nicht gesagt, sonst wäre sie übergeschnappt.

16:15 Uhr

Jen hat mich gerade geschminkt. Meine Augen sind ECHT DER HINGUCKER, und sie hat mir ihr Lipgloss geliehen. Ich habe offiziell die weltbesten Freundinnen.

Ich werde es schaffen. Es ist so weit. Mr Fit, MACH DICH BEREIT! Hattie Moore ist AUF HEISSER LIEBESMISSION, um dich zu erobern.

23:35 Uhr

Ich will nach Spanien ziehen und nie wieder zurückkommen.

Das Ding hier will ich auch nicht mehr behalten.

SAMSTAG, 7. FEBRUAR

SONNTAG, 8. FEBRUAR

8:23 Uhr

Dieses Tagebuch starrt mich an. Aber ich kann jetzt nicht reinschreiben.

10:34 Uhr

Nein, Mum, ich werde heute nicht aufstehen. Es hat keinen Sinn.

16:36 Uhr

Crazy-Jen hat gesagt, wenn man etwas aufschreibt, fühlt man sich hinterher manchmal besser. Hier kommt es also. So endete mein Leben: Ich ging nach der Schule zu Bertie's, um Mr Fit zu sehen, und bestellte einen Tee (den kann man leise machen). Während ich wartete, begann ich eine Unterhaltung.

Ich: Wie geht's dir?

Mr Fit: Gut. Möchtest du Milch?

Ich: Ja. Ich mag Milch. Musik mag ich auch. Was hörst du so? Schreibst du deine eigenen Sachen?

Mr Fit: Zucker?

Ich: Nein, danke. Meine Freundin Smiley sagt, dass man von Zucker RIESENpickel bekommt. Du würdest Smiley mögen. Ihr Vater ist Chirurg, und sie mag indische Volkstänze.

(Ich weiß, ich redete mehr als er. Aber Männer sagen nicht viel, also dachte ich, dass es echt gut läuft.)

Danach bot er mir ein Biscotti an. Ich bezahlte alles und setzte mich an den Tisch direkt vor ihm. Dann tauchte ich mein Biscotti in den Tee und versuchte, sexy zu essen.

DÄMLICH. DÄMLICH. DÄMLICH. Denn ein DÄMLICHER Kekskrümel kam mir in den dämlichen, nutzlosen, falschen Hals, und ich erstickte fast daran. Mein Husten wurde so schlimm, dass Mr Fit herüberrannte, mir ein Glas Wasser brachte und mir auf den Rücken klopfte. Das half nicht. Dann sagte der blöde fette Verkäufertyp (der SCHON WIEDER eine Besprechung bei Bertie's hatte): „Ich habe einen Erste-Hilfe-Schein. Lass sie aufstehen und schlag ihr zwischen die Schultern!" DAS half, aber dafür spuckte ich überall Kekskrümel herum. Und Wasser tropfte mir ins Top.

Um also Hattie Moores Tag des Triumphs zusammenzufassen: Ich wäre fast an einem Krümel erstickt, und der Mann, den ich liebe, sah mich Essen durch den ganzen Raum spucken wie ein DÄMLICHER Wasserspeier. NICHT SEXY. NICHT SEXY. NICHT SEXY.

Ich hasse mich. Und Kekse.

22:14 Uhr

Mein Bruder hat mich heulen gehört. Er kam rein und fragte, was los sei. Als ich es ihm erzählt hatte, nahm er mich in den Arm und sagte: „Vielleicht fand er es niedlich? Man kann nie wissen. Und wenn nicht, dann gibt es noch andere Jungs. Sogar für jemanden, der so hässlich ist wie du." Dann zwinkerte er mir zu.

Manchmal ist mein Bruder nicht fies, und vielleicht werde ich ihn ja sogar am Leben lassen.

22:36 Uhr

Vielleicht stammt der liebenswerte Teil meines Bruders von meinem richtigen Vater. Von meiner Mum kommt er sicher nicht.

MONTAG, 9. FEBRUAR

20:34 Uhr

Smiley gibt meinem Bruder recht. Sie findet, sich an einem Krümel zu verschlucken, wirke vielleicht „süß", und dass Jungs „es mögen, sich um einen zu kümmern" und „der Starke zu sein".

Ich mag Smiley, aber ich glaube, das hat sie nur aus Mitleid gesagt.

DIENSTAG, 10. FEBRUAR

19:34 Uhr

Ich warte jetzt bestimmt schon zwölf Stunden darauf, dass ich endlich ins Badezimmer kann. Ich muss meine Haar- und Pickelsituation in den Griff bekommen, damit ich superhübsch aussehe, falls ich Mr Fit mal über den Weg laufe.

Mein Stiefvater braucht eine Ewigkeit da drin. Ich verstehe ja, dass er den ganzen Tag im Auto verbringt, und vor Körpergeruch hat jeder Fahrlehrer Angst. Aber mal im Ernst – wie lange braucht ein Mann, um dafür zu sorgen, dass er nicht stinkt?! Er verbraucht zwei Flaschen Deo pro Woche. Wie schwer kann es schon sein, einfach nur dazusitzen und den Leuten zu erklären, wie sie einen Schaltknüppel bedienen müssen? Dabei kommt man doch nicht ins Schwitzen!

Ich habe beschlossen, etwas Abstand zu Mr Fit zu halten. Ich gehe für ein paar Tage nicht zu Bertie's. Danach hat er hoffentlich alles vergessen.

22:45 Uhr

Warum mache ich mir was vor? Wahrscheinlich erzählt er gerade in diesem Moment jemandem, wie er mein Leben gerettet hat und wie ich vollgesabbert aussah.

MITTWOCH, 11. FEBRUAR

22:14 Uhr

Heute war das zweite Treffen der Nicht-fair-Protestgruppe.

* Eine unsichtbare Zahnspange sollte vom Staat finanziert werden. Ich werde den Premierminister direkt kontaktieren, weil er für solche Sachen verantwortlich ist.
* Lehrer dürfen KEIN Make-up tragen. Wenn es in der Schule nicht darum geht, glänzend auszusehen, dann sollte das für ALLE gelten – auch für das Lehrpersonal.
* Biscotti sollen verboten werden, weil sie gefährlich sind und einem das Leben ruinieren können.

DONNERSTAG, 12. FEBRUAR

22:19 Uhr

Ich habe dem Premierminister über die Website der Downing Street gemailt. Da steht, dass eine Antwort nicht garantiert werden kann, aber es gibt bestimmt nicht viele Dinge, die wichtiger sind als die Zähne der Nation?!

Von: Hattie Moore <helphattienow@gmail.com>
Datum: 12. Februar, 21:23:12 Uhr WEZ
An: <pm@number10.gov.uk>
Betreff: Schlechte Zahnspangen RUINIEREN Leben genauso wie der Konjunkturabschwung!

Lieber Premierminister,

ich schreibe Ihnen heute, weil ich um Ihre Hilfe bitten möchte.

Ich habe erfahren, dass ich eine Zahnspange brauche, aber ich kann mir keine leisten, mit der ich nicht furchtbar aussehe.

BITTE, BITTE, Premierminister, können Sie dafür sorgen, dass das staatliche Gesundheitssystem unsichtbare Zahnspangen für Mädchen unter 16 übernimmt? Langfristig werden Sie zweifellos Geld sparen, weil Leute mit schlechten Zahnspangen immer eine Therapie brauchen, wenn sie älter sind.

Ich freue mich, von Ihnen zu hören.

Mein Stiefvater sagte, ich soll das schreiben. Anscheinend bedeutet es: „Ich will eine Antwort."

Er MUSS mit SICHERHEIT antworten. Ich werde bald eine Wählerin sein!

22:57 Uhr

OH MEIN GOTT! Wie geil wäre es, den Premierminister als Vater zu haben?! Man könnte ihn auf der Toilette filmen und damit drohen, es auf YouTube zu stellen – dann würde er ALLES tun, was man will.

23:14 Uhr

Soweit ich weiß, KÖNNTE mein Dad sogar der Premierminister sein!

FREITAG, 13. FEBRUAR

19:56 Uhr

Fred sagte, er hätte das mit Mr Fit gehört (DAS HAT ANSCHEINEND DIE GANZE WELT) und es täte ihm wirklich leid und es wäre Pech für Mr Fit, weil ich wirklich supernett und witzig wäre.

WAS HAT DER JUNGE FÜR EIN PROBLEM? Macht es ihm etwa Spaß, mich an alles zu erinnern, was in meinem Leben gerade schiefläuft?

Ich sagte Fred, er solle sich um sein eigenes Leben kümmern – zum Beispiel um die Tatsache, dass seine Mum ihn mit 15 immer noch „Freddy-Teddy" nennt. LOL!!! Fred sagte, er liebe seine Mum und es wäre ihm völlig egal, was andere Leute denken.

Wenn ich so drüber nachdenke, ist es eigentlich echt süß, dass Fred für seine Mum immer noch so empfindet. Ich wünschte, ich könnte das auch.

23:36 Uhr

VERFLIXT! Ich habe meinen Termin bei der Rechtsberatungsstelle VERGESSEN.

Kann kaum glauben, dass ein Beinahe-Tod durch Kekskrümel mich davon abgehalten hat, meinen Dad zu finden.

Ich werde am Montag anrufen, um einen neuen auszumachen.

SAMSTAG, 14. FEBRUAR

12:09 Uhr

MEIN GEBURTSTAG!

Habe sechs Geburtstagskarten bekommen, aber was noch viel wichtiger ist: Habe GERADE eine VALENTINSKARTE bekommen! Vorne drauf ist ein riesengroßes Bild von einem abgewetzten Teddy mit „Alles Liebe zum Valentinstag", und innendrin steht: „Süße – ich würde dich lieben, egal wie du bist."

BITTE, BITTE lass sie von Mr Fit sein. Smiley kommt vorbei, um sie genau zu untersuchen.

15:05 Uhr

Ich und Smiley haben die letzten zehn Minuten an der Karte geschnuppert, und Smiley ist überzeugt, dass sie Koffein riechen kann. Auch die Nachricht „Ich würde dich lieben, egal wie du bist" muss sich darauf beziehen, wie ich mich an einem Biscotti verschluckt habe und mit Sabber im Gesicht endete. Wenn ich genau drüber nachdenke, könnte sie WIRKLICH von ihm sein.

Gehe heute Abend zum Geburtstags-Bowling. Ich, Smiley und Jen werden einen Liebesplan aushecken.

21:23 Uhr

Komme gerade vom Bowlen zurück. Wir haben beschlossen, dass Smiley morgen zu Bertie's geht und Mr Fit quasi fragt, ob er mich mag. Wenn er Ja sagt, dann gehe ich HUNDERTPRO aufs Ganze. Wenn er Nein sagt – dann sterbe ich. Aber wenigstens weiß ich dann Bescheid, kann ihn vergessen und als Person daran wachsen.

SONNTAG, 15. FEBRUAR

7:32 Uhr

Mir ist gerade aufgefallen, dass Dr. Phil immer sagt, man soll als Person an etwas wachsen. Wenn er einmal in deinem Kopf sitzt, ist es sehr schwer, ihn wieder loszuwerden.

Morgen bekomme ich meine Zahnspange. Habe mit dem Handy ein Foto von meinen Zähnen gemacht. Lebt wohl, nackte weiße Dinger. Hallo, große Metallgitter in meinem Gesicht.

21:14 Uhr

Habe gerade mit Smiley gesprochen. Sie sagt, Mr Fit war total im Stress und sie konnten nicht reden. Dann wechselte sie das Thema und sprach vom ZAHNARZT!!! Warum sollte ich über meine Zahnspange sprechen anstatt über einen scharfen Typen?! Auf jeden Fall will Smiley ihn morgen wieder treffen. Während ich durch die Hölle gehe.

22:14 Uhr

Mum kam gerade rein, um zu sagen, dass sie mich zum Zahnarzt begleitet! Laut ihrem Freund Paul ist das anscheinend gesetzlich vorgeschrieben. Äh … ja, Mum, ich bin jetzt 14, ich kann mich selbst anziehen und essen. Ich brauche dich nicht beim Zahnarzt.

Aber sie kommt trotzdem mit!

MONTAG, 16. FEBRUAR

Winterferien. Genau genommen der schlimmste Start MEINES LEBENS in die Winterferien.

11:23 Uhr

Habe die Rechtsberatungsstelle angerufen. Sie können mir jetzt erst am 21. April wieder einen Termin geben!

Das dauert noch Wochen. Rob meint, das kommt daher, dass jetzt alle bankrottgehen, sich scheiden lassen UND Probleme mit asozialem Verhalten haben.

UND JETZT ZUM ZAHNARZT!!!

19:12 Uhr

Es tut so weh.

Ich hatte gerade einen höllischen Nachmittag.

Wir kamen bei Mr Crawford, dem Zahnarzt, an. Er betäubte meinen Mund mit mindestens einer Million Spritzen, und dann fing er an, MIR DIE ZÄHNE ZU ZIEHEN. Ich dachte: ACH DU SCHANDE – er hat die falsche Patientin erwischt! Wie dieser Typ im Fernsehen, dem sie den Arm abgehackt haben, weil sie ihn mit seinem Zwillingsbruder verwechselt haben.

Dann sagte der Zahnarzt: „Hattie, um dir die Zahnspange anzupassen, müssen wir dir die Vierer ziehen." ÄHM … MR PSYCHO, DAS HABEN SIE BEI MEINEM LETZTEN TERMIN NICHT ERWÄHNT! Anscheinend hat er das aber doch, und er hat Mum sogar einen Brief geschickt, darum musste sie auch mitkommen!

Das Nächste, an das ich mich erinnere, ist, wie er AUF EINEM STUHL STEHT, um mir ZWEI ZÄHNE ZU ZIEHEN. Überall war Blut, auf mir, auf dem Zahnarzt, auf dem großen Lichtdingsbums über meinem Kopf.

DANN sagte er: „Ruh dich aus, Hattie." Und DANN schlürfte er seinen Kaffee und bepisste sich über eine dämliche Radiosendung.

WARUM DARF BEIM ZAHNARZT ÜBERHAUPT DAS RADIO LAUFEN? BEI ANDEREN ÄRZTEN IST DAS NICHT SO!

UND DANN ... klebte er mir die Zahnspange auf.

Meine dumme, hässliche, schreckliche, FIESE Zahnspange.

Als er fertig war, war ich noch weißer als sonst mit völlig blutverkrusteten Lippen. Das einzig Gute war, dass Mum SO BESORGT aussah! HA! Ich bin ihr NICHT egal! Sie sagte: „Hattie, das hast du ganz toll gemacht, da drin. Ich bin wirklich stolz."

Ich muss tapfer sein, um zu beweisen, dass ich reif bin und in der Lage, mit Schmerz umzugehen.

19:32 Uhr

Ich habe entschieden, dass ich nicht mit Schmerz umgehen kann. Das hier ist ein Albtraum. Mein ganzes Gesicht tut weh. Ich verhungere fast, aber ich darf noch nicht kauen. Mum hat gesagt, sie wird mir „etwas Geeignetes zum Tee bringen".

19:52 Uhr

Mum hat mir gerade etwas Suppe heraufgebracht. Es ist die Pilzrahmsuppe aus der Dose, die schon EWIG hinten im Schrank steht. Ich habe sie trotzdem gegessen.

20:32 Uhr

Habe gerade die Dose im Mülleimer überprüft. Das Haltbarkeitsdatum ist vor vier Jahren abgelaufen!

Mum sagt, Pilze sind sowieso verfault, es gibt also keinen Grund zur Panik. Danke für deine Fürsorge, Mum!

Frage mich, wie Smiley mit Mr Fit vorangekommen ist … Sogar mit der SPANGE DES TODES muss ich immer noch an meinen Liebsten denken.

22:17 Uhr

Noch nichts von Smiley gehört, aber sie hasst alles, was mit Medizin zu tun hat. Selbst wenn sie sich die Augenbrauen zupfen lässt, wird ihr übel.

DIENSTAG, 17. FEBRUAR

8:01 Uhr

Habe Smiley geschrieben und versprochen, über nichts Zahnärztliches zu sprechen. Sagte ihr, dass ich unbedingt hören muss, wie es mit Mr Fit gelaufen ist.

11:12 Uhr

Crazy-Jen kam heute vorbei, um sich meine Zahnspange anzugucken. Sie meinte, mit Blut auf den Lippen hätte ich bestimmt umwerfend ausgesehen, und sie fand, dass meine Zahnspange „ultimativer Streber-Chic" ist. Sie will auch eine Klammer, aber ihr Zahnarzt sagt, dass ihre Zähne perfekt sind. Aber wenn sie älter ist, sagt sie, will sie sich vielleicht die Vorderzähne feilen lassen, damit die aussehen wie Reißzähne. Ihre Mum lässt sie im Moment nicht, weil sie nicht will, dass ihre Tochter auf dem Schulfoto aussieht wie die „Königin der Untoten". Jen hat meine Zähne mitgenommen (Mr Crawford hat sie mir als Andenken gegeben), weil sie offensichtlich immense magische Eigenschaften haben und für Hexerei benutzt werden können.

Ich liebe Jen, aber sie ist eine echte Spinnerin. Wenn sie allerdings einen Zauber beschwören kann, damit Mr Fit sich in mich verliebt, werde ich sie ewig lieben.

Sie hat auch noch nichts von Smiley gehört, aber ich weiß, dass sie viel um die Ohren hat und ihre Mum in der letzten Zeit ziemlich komisch ist. Smiley meint, sie hätte vielleicht eine Midlife-Crisis. Das haben anscheinend alle Frauen, wenn ihnen die Hormone ausgehen. Dann wird man wirklich zu einer total Verrückten. Die gute Nachricht ist: Man kann ein Pflaster bekommen, das man sich auf den Arsch klebt und das die verrückten Symptome reduziert.

Es ist SO unfair, weiblich zu sein. Die Hormone von Jungs sorgen nur dafür, dass sie zu Knutsch-Maschinen werden.

14:12 Uhr

Mein Bruder hat gerade versucht, haufenweise Kühlschrankmagneten an mein Gesicht zu halten, um zu sehen, ob sie an meiner Klammer hängen bleiben. Tun sie nicht.

15:12 Uhr

Muss immer in den Spiegel gucken. Ich kann mir nicht vorstellen, Mr Fit mit dieser Zahnspange zu küssen.

Nach jeder Mahlzeit muss ich die Hälfte meines Essens herauspicken. KOTZ, KOTZ, KOTZ.

21:45 Uhr

Bin heute Abend bei Gran vorbeigegangen. Sie sagte, man würde meine Zahnspange kaum sehen. Als sie anfing, meinem Großvater „den Hof zu machen", hatte er einen gebrochenen Knöchel und schielte. Gran findet, Verletzlichkeit in Maßen ist eine gute Sache. Für Männer ist es das vielleicht, aber Jungs wollen nur perfekte Mädchen, Gran, das wissen wir doch alle.

Wenn ich mich selbst aus dem wirklichen Leben ausradieren könnte, würde ich es echt machen.

Immer noch nichts von Smiley gehört. Manchmal erwischt man sie nicht. Sie hat sogar mal ihr Handy in einem Kaninchenstall vergessen.

MITTWOCH, 18. FEBRUAR

11:14 Uhr

Immer noch keine Smiley. Jen glaubt, dass sie vielleicht gerade eine Phase von „immensem Wachstum" durchlebt und wie die Raupe, die sich bald in einen Schmetterling verwandelt, „Raum in ihrem mentalen Kokon" braucht.

Oder ihr Handy ist kaputt.

16:15 Uhr

Jetzt mache ich mir Sorgen. Habe den ganzen Tag erfolglos versucht, Smiley zu erreichen. Weder auf der Festnetznummer noch auf der Handynummer geht jemand ran. Ihre Eltern mögen es nicht, wenn Leute kurz „mal vorbeischauen". Ihr Vater arbeitet lange, zu den verrücktesten Zeiten, und die Klingel kann ihn ziemlich reizbar machen, wenn er Nachtschicht hatte.

Was ist los?!

DONNERSTAG, 19. FEBRUAR

19:23 Uhr

Crazy-Jen hat gerade angerufen. Sie sagte, sie weiß nicht, wie sie es mir beibringen soll, ABER es gibt Gerüchte, dass Smiley mit Mr Fit ausgeht. Das ist natürlich megadramatisch, denn

a) würden Smileys Eltern ihr im Moment nicht erlauben, einen Freund zu haben, und

b) ist Smiley meine älteste Freundin und würde mir das NIEMALS antun. Wir kennen uns, seitdem wir vier sind. Wir haben im Krippenspiel die Weisen aus dem Morgenland gespielt und so was alles.

21:24 Uhr

Habe nachgedacht. Smiley ist echt hübsch. Und Jungs können komische Sachen mit Mädchen anstellen.

Ich meine jetzt nicht so was. Ich meine, Liebe kann aus dir eine totale Zicke vom Zickenplaneten machen.

Muss unbedingt mit ihr sprechen, um es herauszufinden.

FREITAG, 20. FEBRUAR

8:12 Uhr

Habe schon WIEDER versucht, Smiley anzurufen – keine Antwort.

9:34 Uhr

Habe Smiley geschrieben – keine Antwort.

9:55 Uhr

Wieder angerufen – Nachricht hinterlassen.

10:35 Uhr

SMS geschrieben – vielleicht ist ihr Handy aus.

12:37 Uhr

Habe ihr über Twitter geschrieben, aber das letzte Mal hat sie im Januar irgendwas gepostet und sich über eine neue Pringles-Geschmacksrichtung beschwert. Vielleicht guckt sie nicht so oft rein.

13:14 Uhr

Habe ihr über Facebook geschrieben. Vielleicht funktioniert ihre Internetverbindung nicht.

Ihr Beziehungsstatus bei Facebook ist „Single".

14:15 Uhr

Ihr Beziehungsstatus bei Facebook ist immer noch „Single".

14:55 Uhr

Habe gerade gesehen, dass sie fünf Minuten nach meiner Nachricht bei jemand anderem etwas gepostet hat. Vielleicht hat sie meine Nachricht nur übersehen.

15:45 Uhr

Ich habe kein Handyguthaben mehr. Ich bin die einzige Person auf der Welt, die noch ein Prepaid-Handy hat, UND Mum weigert sich, mir einen Vorschuss auf mein Taschengeld zu geben. KAPIERT SIE NICHT, DASS ICH OHNE GUTHABEN PRAKTISCH VON ALLEM IN MEINEM LEBEN ABGESCHNITTEN BIN, DAS WICHTIG IST?!

Muss meinen Bruder fragen.

15:55 Uhr

Mein Bruder sagte, er würde mir zehn Pfund zum Aufladen geben, wenn ich „Ich bin ein kleiner Tanzbär" singe mit allen Bewegungen, die ich gemacht habe, als ich drei war. Fies. Aber ich bin verzweifelt, also habe ich es gemacht. Habe Smiley drei Mal gesimst. Keine Antwort.

16:15 Uhr

Habe Smiley eine telepathische Nachricht geschickt. Habe keine Antwort in meinem Kopf gespürt.

Wo ist sie?

Gebe ihr noch ein paar Stunden, um zu antworten. Sie ist vielleicht shoppen oder so. Will nicht wie eine verrückte Stalkerin rüberkommen.

20:12 Uhr

Habe Mum gefragt, ob ich zu Smiley rübergehen kann. Sie hat Nein gesagt, weil es schon 19:45 Uhr war. LÄCHERLICH!!! Das ist doch nicht spät!

Es ist Freitag. Morgen ist nicht mal Schule. Mein Leben bricht hier gerade zusammen, und es interessiert sie gar nicht.

23:15 Uhr

Kann nicht aufhören zu grübeln. Was, wenn sie mit ihm ausgeht? Mir wird ganz schlecht.

SAMSTAG, 21. FEBRUAR

11:43 Uhr

OH MEIN GOTT!

Bin um 8 Uhr zu Smiley rüber. Als ich in ihr Zimmer kam, sah sie echt schockiert aus und konnte mir aus irgendeinem Grund nicht in die Augen sehen. Dann fand ich heraus, warum.

Ich: Smiley, es gibt Gerüchte, dass du mit Mr Fit ausgehst.

Smiley: Das mache ich nicht ... Aber er hat mich gefragt.

Ich: SMILEY!!! (Ich dachte, ich müsste gleich kotzen.) SMILEY, WIE KONNTEST DU NUR?

Smiley: Aber Hattie, ich mache es ja gar nicht. Ich würde nie mit ihm ausgehen. Du magst ihn.

Dann musste ich rausrennen. WIE konnte sie nur?! Sie ist meine beste Freundin.

Kann nicht aufhören zu heulen. Wie kann ich jetzt wieder zur Schule gehen?

19:32 Uhr

WARUM MAG ER SMILEY?

* Sie ist wunderschön.
* Sie ist hübsch.

* Sie hat Brüste.
* Sie sieht im Bikini gut aus.
* Sie ist klug.
* Alle Miss Worlds kommen aus Indien (außer diejenigen, die aus Venezuela kommen).
* Sie tanzt wie eine Göttin.
* Ihr Dad ist Chirurg und steinreich.

WARUM ER MICH NICHT MAG:

* Ich kann nicht vernünftig Plätzchen essen.
* Ich sehe im Bikini aus wie ein Bügelbrett.
* Ich habe Pickel.
* Meine Mum hat ein Café, und wahrscheinlich rieche ich auch nach Speck.
* Ich weiß nicht mal, WER eigentlich mein Vater ist.

Smiley hat mir ungefähr zwanzig Mal geschrieben. Ich kann im Moment nicht mit ihr reden.

Ich wette, sie werden heiraten und Kinder kriegen. Wahrscheinlich liebt er sie so sehr, dass er ein Hindu wird.

SONNTAG, 22. FEBRUAR

10:19 Uhr

Mrs Rathod hat Mum gerade angerufen. Sie fragte, ob Mum weiß, warum Smiley so aufgebracht ist. Habe Mum erzählt, was passiert ist. Mum flippte aus.

Sie sagte: „Hattie, Smiley geht nicht mal mit ihm aus. Gib nicht aus Eifersucht eine Freundin auf. Es wird immer jemanden geben, der klüger oder hübscher ist als du (DANKE, MUM, wie nett von dir). Das heißt nicht, dass du nicht klug oder hübsch bist. Aber verlier nicht eine Freundin, weil jemand sie mag und nicht dich. Das ist nicht fair."

DU BRAUCHST MIR NICHT ZU SAGEN, DASS ES NICHT FAIR IST, MUM. ICH WEISS, DASS ES NICHT FAIR IST.

MR FIT WILL MIT MEINER BESTEN FREUNDIN RUMKNUTSCHEN. WIE KANN DAS FAIR SEIN?!

12:32 Uhr

Ich weiß, warum Mum so für Smiley ist. Weil Smiley immer ihre Hausaufgaben macht und bestimmt auf die Universität geht, um irgendwas Superschlaues zu studieren, und sie hofft, das färbt auf mich ab. NIEMALS!

13:32 Uhr

Vielleicht bin ich unvernünftig.

15:12 Uhr

Es könnte sein, dass ich ein Problem mit Eifersucht habe. Ich habe es gegoogelt, und da stand:

Ich muss mich dem Problem STELLEN.

Ich muss mich mit dem Problem BESCHÄFTIGEN.

Ich muss das Problem AKZEPTIEREN und HINTER MIR LASSEN.

Das Problem ist Smiley.

19:12 Uhr

Oh Gott, ich habe vielleicht meine beste Freundin aus dem blödesten Grund der Welt verloren. Sie geht ja nicht mal mit ihm aus.

Ich bin ein VOLLPFOSTEN.

22:39 Uhr

Mum will mich nicht zu Smiley gehen lassen, weil es 22:30 Uhr ist.

LÄCHERLICH.

22:45 Uhr

Habe Smiley geschrieben und vorgeschlagen, uns „auszusprechen". Ich habe mich auch entschuldigt und zugegeben, dass ich eine blöde, eifersüchtige Zicke bin.

Es war schwer, das zu schreiben, aber es ist wahr.

MONTAG, 23. FEBRUAR

10:34 Uhr

Bis jetzt noch keine Antwort. Ich will einfach nur meine Freundin zurück.

12:12 Uhr

Smiley hat gerade geschrieben. Sie hat meine Nachricht nicht gesehen, weil ihr Handy auf Lautlos war und sie es im Bad vergessen hatte! Sie kommt vorbei!!!

17:45 Uhr

JIPPIEH, JIPPIEH, JIPPIEH!

Smiley ist vorbeigekommen. Ich habe sie ganz fest umarmt und gesagt, wie leid es mir tut. Wir haben OFFIZIELL beschlossen, NIE WIEDER wegen Jungs zu streiten, und dann haben wir den ganzen Nachmittag Tanzschritte geübt. Einmal hat Smiley im Bollywood-Stil getanzt, und wir denken ernsthaft darüber nach, uns bei DAS SUPERTALENT zu bewerben, weil das eine der besten Sachen war, die ich je gesehen habe. Aber dann meinte Smiley, das hätte keinen Sinn, denn wenn ein richtig kluger Hund oder eine alte Sängerin dabei wären, die zwar hässlich aussehen, aber eigentlich ganz gut sind, werden sie sowieso alle schlagen. Glaube ich auch, ist das Gleiche wie bei Leuten, die ein schreckliches Leben hatten. Sie kommen immer mindestens bis ins Halbfinale.

18:35 Uhr

Ich HATTE ein schreckliches Leben! Zum einen kenne ich meinen Dad nicht. Und ich werde tagtäglich von meinem Bruder gequält.

18:44 Uhr

Smiley meint, das reicht nicht.

Es muss einen richtig schlimmen Todesfall oder eine schreckliche Krankheit geben.

Ich hatte ein paarmal Mandelentzündung, aber ich glaube nicht, dass das zählt.

22:19 Uhr

Ich habe beschlossen, dass ich Mr Fit vergessen muss. Ich muss so tun, als hätte er nie existiert. Ich werde mich nur noch auf meine Freunde konzentrieren, auf die Nicht-fair-Protestgruppe und darauf, meinen richtigen Dad zu finden.

Morgen muss ich wieder zur Schule, mit meiner Zahnspange. Habe Angst davor. Werde den Mund halten, damit KEINER was sieht. Mum sagt, das ist unmöglich, aber ich bin fest entschlossen, ihr das Gegenteil zu beweisen.

DIENSTAG, 24. FEBRUAR

16:15 Uhr

ZURÜCK IN DER SCHULE.

Habe es geschafft, meine Zahnspange halb geheim zu halten. Tat so, als hätte ich Halsschmerzen, und habe nicht viel gesagt. Es war schwer, aber ich will nicht, dass die Leute meinen verunstalteten Mund sehen.

Crazy-Jen hat endlich einen Termin bei der Direktorin Mrs Cob bekommen. Sie erzählte ihr von der Nicht-fair-Protestgruppe und stellte unsere Frage, warum wir an der Schule kein Make-up tragen dürfen. Mrs Cob sagte, sie „schätze unsere Gruppe" und „verstehe Jens Bedenken", aber Make-up sei „im Grunde genommen" gefährlich. Besonders Mascara sei ein „Gesundheits- und Sicherheitsrisiko", weil längere Wimpern sich viel schneller im Bunsenbrenner verfangen könnten.

UND WARUM TRAGEN DIE LEHRERINNEN DANN WELCHE?

Jen sagte: „Aber was ist mit unseren Menschenrechten?" In dem Moment kam die total FIESE Mrs Matfield herein und sagte: „Ihr habt überhaupt keine Menschenrechte, bis ihr achtzehn seid", und ob Jen „bitte aufhören könnte, die Direktorin mit lächerlichen Fragen zu alteingeführten Schulregeln zu belästigen".

Crazy-Jen sagt, jetzt, wo ich über Mr Fit hinweg bin und keinen Zauberbann mehr brauche, könnte sie meine Zähne vielleicht für einen dunklen Zauberspruch gegen Mrs Matfield benutzen. Das wird nicht funktionieren, Jen, weil Mrs Matfield ganz offensichtlich die Meisterin aller Hexen ist und die Göttin der ZICKEN.

21:23 Uhr

Ich bin übrigens nicht über Mr Fit hinweg. Ich muss ständig an ihn denken, aber ich versuche es mit einem kalten Entzug. Das machen Abhängige bei Dr. Phil, und ich bin ja praktisch eine Mr-Fit-Abhängige.

MITTWOCH, 25. FEBRUAR

18:23 Uhr

Heute war der totale ALBTRAUM. In der Mittagspause haben Miss Hotpants (will nicht mal mehr ihren Namen schreiben – von jetzt an MHP) und ihre Gang meine Zahnspange bemerkt, als ich versucht habe, Pommes zu essen. Zuerst tat MHP echt nett und interessiert und fragte mich darüber aus. Ich erzählte ihr, dass ich sie jetzt für etwa zwölf Monate behalten müsse, und sie sagte: „Oh Hattie, das muss echt schwer für dich sein." Aber dann sagte sie: „Zwölf Monate Eisenbahnschienen auf den Zähnen – ÜBEL!!!", und lachte. Dann erzählte Jen, in Naturwissenschaften sei ein Zettel herumgegangen: „Hattie Moores Atem ist eine Massenvernichtungswaffe." Ich habe tausendmal meine Hand abgeleckt und daran gerochen, und es riecht ehrlich nicht schlecht. Jen sagt, MHP ist ein totales Miststück und sie wird schon morgen ein neues Opfer haben. Ich hoffe es.

DONNERSTAG, 26. FEBRUAR

19:34 Uhr

Einfach nur ein SCHRECKLICHER TAG. MHP und ihre Gang haben jedem von meiner Zahnspange erzählt. In der Pause hat ein ganzer Haufen von Leuten angefangen, „Schienen, Schienen, Schienen" zu grölen, als sie mich sahen, und dann hat MHP gerufen: „Der einfahrende Zug auf Gleis zwei ist Hattie." Es war nicht mal lustig, aber alle außer Smiley und Jen haben gelacht, weil sie alle solche Angst vor ihr haben. Habe gerade in den Spiegel geguckt – ich bin offiziell HÄSSLICH. Ich hasse diese Zahnspange. ICH WILL SIE RAUSHABEN!

20:32 Uhr

Mum sagt, die Zahnspange muss drinbleiben und ich werde dankbar sein, wenn ich zwanzig bin und meine Zähne nicht so aussehen wie die von einem Biber. Ich habe ihr nichts von MHP erzählt, weil sie wahrscheinlich direkt in die Schule marschieren und alles noch tausendmal schlimmer machen würde.

21:15 Uhr

Ich habe einen Entschluss gefasst. Ich gehe nicht mehr zur Schule. Ich kann keinen weiteren Tag dort ertragen. Ich weiß ja, dass meine Zähne furchtbar sind. Ich brauche nicht auch noch MHP, die mir das unter die Nase reibt.

Außerdem kann ich haufenweise Zeug aus dem Tagesprogramm im Fernsehen lernen.

22:34 Uhr

Vielleicht kann Crazy-Jen einen meiner Zähne für einen fiesen Fluch für Mrs Matfield benutzen und den anderen für MHP.

FREITAG, 27. FEBRUAR

8:15 Uhr

Habe Mum gesagt, dass ich mich richtig schlecht fühle. Dann stürzte ich ins Badezimmer, würgte und kippte eine halbe Tasse Kaffee ins

Klo. Hörte sich an wie eine riesige KOTZEREI. Mum sah misstrauisch aus, aber sie sagte: „Du bleibst heute besser im Bett und kurierst es aus."

JIPPIEH! Den ganzen Tag fernsehen und keine MHP!!!

12:32 Uhr

Die Talkshow von Jeremy Kyle war das Prollogigantischste, was ich JE gesehen habe. Diese Frau OHNE Zähne (ich habe mich sofort besser gefühlt) musste bei ihrem Kind einen DNA-Test durchführen lassen, weil sie zur gleichen Zeit mit drei verschiedenen Männern geschlafen hat. Jeremy war stinksauer!

AUSSERDEM kann ich euch jetzt nach ein paar weiteren Stunden Fernsehen erklären:

★ wie man eine Tomaten-Meeresfrüchte-Symphonie macht,
★ wie man mit Spielsucht fertigwird und
★ was Günther Jauch in seinem Schuppen hat.

14:12 Uhr

OHHHHH MEIN GOTT!!!

Ich hatte ein bisschen Kopfschmerzen, darum habe ich in Mums Spezialschublade nach ein paar Paracetamol gesucht, und ganz hinten, hinter einer verstaubten Packung Minzdragees und einer Wasserrechnung (569 Pfund!!! Es ist doch nur Wasser!!!), war:

- der alte Pass von meiner Mum (schlechtestes Foto aller Zeiten)

- ein Prospekt über Reisen zu „exotischen" Ländern wie Ägypten, Kenia und Australien. (Wir können uns nicht mal eine Reise in einen Freizeitpark leisten!)
- ein Buch mit dem Titel „Die Geliebte des italienischen Grafen" (PERVERS!!!)
- EIN ZERKNITTERTES STÜCK PAPIER, AUF DEM STEHT: Nach allem, was passiert ist, ist es das Beste, wenn ich gehe. Offensichtlich kannst du (DAS NÄCHSTE STÜCK KONNTE ICH NICHT LESEN – WURDE RAUSGERISSEN) darum werde ich gehen.
  Carlo

Ich musste alles wieder reinstopfen, als ich Rob kommen hörte, ABER WAS BEDEUTET DAS? Ich habe EHRLICH nur ein paar Kopfschmerztabletten gesucht.

14:54 Uhr

OK, ich HABE herumgeschnüffelt, aber ich habe das Recht dazu!

16:36 Uhr

Mum ist gerade nach Hause gekommen und hat gefragt, was ich den ganzen Tag gemacht habe. Ich sagte, nur ferngesehen.

Ich habe nichts zum Tee gegessen, weil ich ja richtig krank wirken muss. Jetzt habe ich das ganze Wochenende, um herauszufinden, was es mit dem Zettel auf sich hat. Ihr wisst, was ich glaube, nicht wahr? Ich WEISS, dass es ein Riesenzufall ist, aber Crazy-Jen sagt, wenn man wirklich will, dass etwas passiert, hört das Universum manchmal zu.

19:14 Uhr

Ich fühle mich tatsächlich nicht gut. Bitte lass mich Pfeiffersches Drüsenfieber haben – dann muss man sechs Monate nicht zur Schule! Ich brauche mehr Zeit, um das restliche Haus zu durchsuchen und herauszufinden, was sonst noch vor mir versteckt wird. Ich WEISS, dass da noch was ist, und ich WEISS, dass es etwas Bedeutendes ist.

Ich habe es immer gewusst.

Es würde mich nicht wundern, wenn Mum gar nicht meine Mutter ist und ich in Wirklichkeit eine adoptierte Zigeunerin bin oder so was. ODER ich wurde in dieses Haus gesteckt, weil ich spezielle Kräfte habe und die Regierung versucht, mich vor Terroristen oder den Mächten des Bösen zu schützen, bis ich 18 bin.

Es MUSS einen Grund geben, warum ich diese Theorie im Kopf habe. Vielleicht haben sie mein Gehirn ausgelöscht, bevor sie mich hierhergebracht haben.

19:59 Uhr

Habe gerade gemerkt, dass ungefähr das Gleiche mit Harry Potter passiert ist, darum hatte ich es im Kopf. LOL!

Ich könnte aber immer noch adoptiert sein.

21:32 Uhr

Bin so froh, dass morgen Samstag ist. Ich und meine Zahnspange können uns einfach vor der Welt verstecken.

SAMSTAG, 28. FEBRUAR

11:12 Uhr

Bin heute Morgen aufgestanden, habe mich bei Facebook eingeloggt und eine Nachricht von MHP gesehen. Mir wurde fast schlecht. Nicht mal in meinem eigenen Schlafzimmer kann ich ihr entkommen!

In der Nachricht war nur ein Link zu einer Website: **richardbluepaperproducts.com**

Zuerst habe ich gar nichts kapiert. Das ist eine Firma, die Papiertüten herstellt. Dann wurde mir klar, was sie meinte: Ich bin so hässlich, dass ich mir eine Tüte über den Kopf ziehen sollte.

Warum kann sie mich nicht in Ruhe lassen? Ich habe ihr doch nie was getan.

12:57 Uhr

Bin nach unten gegangen, um etwas Toast zu essen. Mein Stiefvater sagte: „Willst du deinen Toast püriert, damit du ihn besser essen kannst?" Es war nur ein Witz, aber ich brach in Tränen aus und rannte nach oben. Rob kam mir nach und sagte: „Oh Hattie, es tut mir so leid – das war doch nur ein Scherz. Was ist denn los?" Ich ließ ihn schwören, dass er niemandem davon erzählt. Dann platzte es aus mir heraus, das mit MHP und dem Gegröle und der

Facebook-Nachricht. Rob sagte: „Hattie, wir MÜSSEN es deiner Mum erzählen." Ich sagte Nein, aber er meinte, dass es ihr RECHT sei, davon zu erfahren, und niemand müsse so etwas ertragen. OH MEIN GOTT, ich würde es lieber ertragen, als zuzulassen, dass Mum sich einmischt.

17:15 Uhr

Rob hat es Mum erzählt. Jetzt droht sie damit, zur Schule zu gehen. Das wird es zwanzigmal schlimmer machen. Genau genommen werde ich die Schule wechseln und Smiley und Jen verlassen müssen. Ich wünschte, ich könnte einfach ins Ausland gehen, wie es alle Promis machen, wenn sie sich von jemandem trennen. Ich weiß, hinter mir sind keine Paparazzi her, nur Mum – aber das ist viel schlimmer.

SONNTAG, 1. MÄRZ

19:23 Uhr

Fred kam heute vorbei. Ich habe ihm von dem Mobbing erzählt. Er fragte, ob er irgendwas für mich tun könnte. Ich sagte, eigentlich nicht, Fred. Mein Leben ist bald vorbei. Meine Mum wird zur Schule gehen, sodass ich dastehe wie eine Siebenjährige, und mein ganzes Leben ruinieren. MHP wird mich nie mehr in Ruhe lassen, und ich werde gezwungen sein, Heimunterricht zu bekommen. Wie diese Mädchen, von denen man denkt, dass sie immer dicker werden. Dabei sind sie IN WIRKLICHKEIT SCHWANGER!

UNGLAUBLICH, was er darauf sagte: Ich solle „meiner Mum vertrauen" und „es auf die Reihe kriegen". Ist Fred etwa schon 76?!

Ich will nicht, dass meine Mum es auf die Reihe kriegt. Ich will nur, dass MHP aufhört. Ich will einfach nur zur Schule gehen können, ohne dass jeder sich wegen meinem Metallmund bepisst. ICH HASSE DIESES LEBEN.

Dann habe ich Fred von dem Zettel erzählt – ohne zu sagen, was ich davon halte –, und er denkt GENAU das Gleiche. ES MUSS MEIN DAD SEIN. ES MUSS EINFACH!!! CARLO? CARLO?! Fred sagte, man würde sicher irgendwas im Internet finden, aber als wir Carlo gegoogelt haben, gab es 62 Millionen Ergebnisse. Fred gibt mir recht, dass wir das etwas eingrenzen müssen. Ich kann Mum nicht fragen, weil sie dann weiß, dass ich ihre Schublade durchsucht habe, aber ich könnte den Namen mal beiläufig bei Gran erwähnen.

23:47 Uhr

Mir ist gerade eine gute Sache wieder eingefallen: Fred sagte, dass alle Jungs MHP für ein total dämliches Flittchen halten und es lächerlich finden, dass sie Supermodel werden will, weil sie keine Brüste hat. Da habe ich mich ein bisschen besser gefühlt.

23:52 Uhr

Wette, MHP kriegt die beste Brust-OP aller Zeiten. Und heiratet irgendeinen Promi.

Und über ihre Hochzeit wird in HEY! DAS EXKLUSIVE STAR-MAGAZIN berichtet. Genau genommen kann ich sogar garantieren, dass es so kommen wird.

MONTAG, 2. MÄRZ

2:05 Uhr

Ich kann nicht schlafen. Mache mir so große Sorgen wegen allem und muss ständig an die Promi-Hochzeit von MHP denken.
Es wird Cupcakes geben, und sie hat bestimmt so ein Cinderella-Kutschen-Ding.

3:19 Uhr

Sie wird keine Brautjungfern haben, außer sie sind alle fett, damit sie besser aussieht. Die Beckhams werden da sein und Elton John – wenn er dann noch lebt.

Ich kann nicht fassen, dass MHP sogar noch Millionen mit ihrer Hochzeit scheffeln wird. Es ist echt beschissen.

6:34 Uhr

Ich glaube, meine Fantasie ist etwas mit mir durchgegangen, aber ich weiß, dass es so kommen wird. Wenn es so weit ist, werde ich allen das hier zeigen, um zu beweisen, dass ich niemals falschliege.

7:12 Uhr

Mum sagte nur: „Hattie, entweder gehst du zur Schule oder ich." Als ich darum bettelte, noch ein paar Tage zu Hause zu bleiben, keifte sie: „Ich oder du!" Na gut, Mum, dann eben du. Geh und mach alles zwanzig Millionen Mal schlimmer. Danke. Ruiniere mein Leben.

Crazy-Jen hat geschrieben. Sie sagt, dass sie mich gernhat und es bei MHP mal mit Voodoo versucht, aber dafür braucht sie noch ein paar Hühnerbeine. Das ist schwierig, weil ihre Eltern Veganer sind. Trotzdem ist es lieb, dass sie es versucht.

10:10 Uhr

Jeremy Kyle hat einen Drogendealer da. Na ja, er hatte. Gerade hat er ihm befohlen: „Raus aus meiner Show!" Könnte Jeremy Kyle anrufen und MHP zu ihm schicken. Er wird ihr die Flausen austreiben UND nett zu mir sein.

10:37 Uhr

Na SUPER. Man muss mindestens 16 sein, um zu Jeremy Kyle zu gehen. Abgefahren. Natürlich hat keiner von uns Unter-16-Jährigen irgendwelche Probleme. Außer dass wir gemobbt werden. Und nicht wissen, WER UNSER DAD ist!!!

13:43 Uhr

Mum hat gerade angerufen. Sie war in der Schule. Sie war schon vor neun da – NATÜRLICH! Ich MUSS morgen wieder hin. Sie konnten vor Mum nicht ins Detail gehen, ABER sie haben eine Anti-Mobbing-Maßnahme ergriffen und werden heute mit MHP sprechen. Morgen wollen sie mit mir über „die Situation" reden. Ich könnte kotzen. Jetzt, wo ich MHP REINGERITTEN habe, wird sie mich bluten lassen. Aber ich komme da nicht mehr raus. Mum geht mit mir zur Schule wie mit einer Bekloppten.

ZURÜCK IN DER SCHULE

DIENSTAG, 3. MÄRZ

18:32 Uhr

Ich und Mum gingen kurz nach acht rein. Es war komisch, über den leeren Schulhof zu gehen und dann in Mrs Cobs Büro. Als wir ankamen, machte Mrs Cobs Sekretärin mir und Mum EINE TASSE TEE. Echt abgefahren! Dann sagte Mrs Cob, sie fände es sehr schade, dass ich nicht das Gefühl gehabt hätte, mit ihr über die Ereignisse sprechen zu können. Im Rahmen der Anti-Mobbing-Maßnahme hatte sie mit MHP gesprochen. Sie sagte, sie könne mir nicht erzählen, was MHP gesagt hätte, ABER sie würde mit ihren Eltern reden.

Dann sagte Mrs Cob noch, dass KEINE Art von Mobbing an der Schule geduldet würde und dass anhaltendes missbräuchliches Verhalten eine Suspendierung nach sich ziehen würde, die die Berufspläne eines Schülers ernsthaft gefährden könnten (ich glaube allerdings nicht, dass man ein Abitur braucht, um für Geld seine Brüste zu zeigen, Mrs Cob).

Kurz und gut, wenn IRGENDJEMAND mich jemals wieder verarscht, soll ich direkt zu Mrs Cob gehen, die „unverzüglich eingreifen" wird.

Danach hatte ich eine Doppelstunde Kunst, und MHP guckte mich nicht mal an! Sie arbeitete einfach nur weiter an ihrem hässlichen Modell von einer Designertasche. ICH BIN FREI! ICH BIN FREI! Es tat SO gut, Smiley und Crazy-Jen wiederzusehen, und sie haben mich ganz fest umarmt – bis Mrs Matfield wütend wurde und sagte, die Schule sei nicht dazu da, „sich zu umarmen".

Warum kann die Schule mit ihrer Anti-Mobbing-Maßnahme nicht bei Mrs Matfield anfangen?

Ich kann euch gar nicht sagen, wie viel besser ich mich fühle. Ich habe mir so viele Sorgen gemacht.

18:46 Uhr

Mir wurde gerade klar, dass Mum mir tatsächlich mal wirklich geholfen hat. Könnte runtergehen und mich bei ihr bedanken.

18:59 Uhr

Habe mich bei Mum bedankt. Sie sah verärgert aus und sagte missmutig: „Hattie, sprich mit mir über deine Probleme. Ich kenne die Mutter von diesem Mädchen seit Jahren, weißt du? Ich kann dir helfen. Ich bin auf deiner Seite. Bitte friss solche Sachen nicht in dich hinein." Wenn sie auf meiner Seite ist, dann:

1. Warum erzählt sie mir nichts über meinen richtigen Dad?
2. Warum ist ALLES, was ich tue, falsch?
3. Warum bin ich das einzige Mädchen meines Alters, das daran gehindert wird, vernünftige Unterwäsche zu tragen?

MITTWOCH, 4. MÄRZ

17:12 Uhr

WUNDERPRÄCHTIGSTER Schultag.

MHP ignoriert mich IMMER NOCH, und ihre ganze Gang geht mir aus dem Weg. DANN hat Danielle Lance Folgendes verraten:

* Danielles Mum legt ihr immer noch jeden Abend Klamotten raus und hilft ihr beim Anziehen.
* Ihre Mum hat sich außerdem noch nie richtig übergeben – sie schluckt immer alles runter.

LOL! Vielleicht ist meine Mum doch nicht so schlimm.

Bin dann zu Gran gegangen und habe ihr von dem Mobbing erzählt. Sie war wirklich beleidigt, dass ich ihr auch nichts gesagt hatte. Aber als sie damit drohte, MHP zu geben, „was die zimperliche kleine Madame verdient", war ich froh darüber! Gran hasst sie WIRKLICH. Es ist FANTASTISCH.

Dann musste ich einen Weg finden, Gran beiläufig zu fragen, ob sie einen Carlo kennt, also ließ ich während der Unterhaltung die Frage fallen: „Welchen italienischen Männernamen findest du am besten?" Ich glaube, sie schöpfte keinen Verdacht. Gran sagte: „Giuseppe."

Als ich Carlo sagte, guckte Gran ein bisschen komisch, drehte mir den Rücken zu und fragte: „Ist das nicht der Kerl, dem das Restaurant in der Stadt gehört?" Dann gab es eine ziemlich lange Pause, und sie fing an, über ihre entzündeten Fußballen zu sprechen. Darüber spricht sie immer, wenn sie das Thema wechseln will.

DONNERSTAG, 5. MÄRZ

20:32 Uhr

Ich glaube, ich könnte der neue Gordon Ramsay werden, dieser Fernsehkoch. In Hauswirtschaftslehre habe ich den besten

Apfelstreuselkuchen in der Geschichte moderner Desserts gemacht. Könnte sein, dass Jamie Oliver mich sogar heiraten und kochen lassen würde. Mrs Angel hat gesagt, mein Kuchen sei „erstklassig" und sie sei gespannt auf meine Frittata in der nächsten Woche.

Nach der Schule waren wir einkaufen, und ich habe Mum gefragt, ob ich die Zutaten für ein Filet Wellington mit Meerrettich-Creme kaufen kann, weil ich das bei SUPERKOCH gesehen habe und dachte, ich könnte es aus dem Gedächtnis nachkochen. Mum sagte: „Hattie, wir essen heute Backofen-Pommes und Hähnchenkeule. Ich möchte um 19 Uhr zu Abend essen, nicht um 23 Uhr." Also blieb ich beleidigt draußen. Wenn sie nicht bereit ist, mein Talent zu fördern, werde ich ihr auch nicht beim Großeinkauf helfen.

22:14 Uhr

Habe gerade **Frittata** gegoogelt. Da sind haufenweise Eier drin. Eier werden in meinem Restaurant verboten. Fürs Kochen braucht man sie sowieso nicht wirklich.

22:55 Uhr

OH MEIN GOTT – Frittata! Carlo! Vielleicht liegt die große italienische Küche mir in den Genen.

FREITAG, 6. MÄRZ

17:13 Uhr

Heute Morgen ist mir aufgefallen, dass ich gestern Abend, als ich vor dem Supermarkt auf Mum gewartet habe, meinen Apfelstreusel abgestellt und vergessen habe, ihn wieder mitzunehmen. Wage zu hoffen, dass mein Streuselkuchen gerade im Haus eines anderen verspeist wird. Das ist wie berühmt sein.

18:19 Uhr

UNGLAUBLICH! Mum ist total wütend geworden, dass ich einen Kuchen verloren habe. Sie sagt, wir müssen den Leiter vom Supermarkt anrufen und fragen (UND DAS MEINT SIE ERNST), ob jemand zufällig einen Apfelstreusel abgegeben hat!

19:35 Uhr

Habe den Kundendienst vom Supermarkt angerufen. Sie sagten, es sei kein Apfelstreusel abgegeben worden, und selbst wenn es so wäre, hätte man ihn direkt zerstört, wegen des Kontaminationsrisikos. Haben eigentlich alle Erwachsenen den Auftrag, dafür zu sorgen, dass ich mich dumm fühle?

SAMSTAG, 7. MÄRZ

10:26 Uhr

MUM IST IMMER NOCH SAUER wegen dem Streuselkuchen. Hat sie nichts Besseres zu tun?!

Ich sagte: „Mum, wenn jemand meinen Streuselkuchen gefunden hat, dann wird er ihn einfach essen und die Backform behalten." Mum sagte: „Ruf die Polizei an. Vielleicht hat ihn jemand abgeben!" Als ich mich weigerte, spielte sie total verrückt und sagte: „Hattie, du rufst an."

Offensichtlich MUSS ich die Backform finden, weil die ein Familienerbstück von Grans Mum ist, das von Generation zu Generation weitergegeben wurde.

1. Wie kann eine Backform so lange überleben?
2. Denkt nur an all das ekelige Essen, das schon mal drin gewesen ist. IGITT!
3. Andere Familien haben Schmuck und Gemälde, die sie zu KUNST & KREMPEL bringen können. Warum haben wir eine Backform?!

SONNTAG, 8. MÄRZ

14:25 Uhr

Habe die Polizei angerufen. UNGLAUBLICH, ABER WAHR: Es hat tatsächlich jemand meinen Apfelstreusel abgegeben. Der Polizist kriegte sich vor Lachen kaum noch ein, als er sagte: „Ja, wir haben einen vagabundierenden Streuselkuchen in der Nähe des Supermarktes gefasst. Zurzeit ist er in einer Zelle unseres Kühlschranks inhaftiert!"

Oh, LOL. NICHT WITZIG.

MONTAG, 9. MÄRZ

18:34 Uhr

Nach der Schule haben wir den Streuselkuchen bei der Polizei abgeholt und auch die Adresse von der Person, die ihn abgegeben hat.

Mum zwingt mich dazu, eine Dankeskarte zu schreiben. Ihrer Meinung nach reicht es nicht, zu schreiben: „Liebe Mrs Crisp, vielen Dank, dass Sie meinen Streuselkuchen gerettet haben." Was soll ich denn noch sagen?!

Ich muss meine Zeit mit einem KUCHEN verbringen, anstatt MEIN ERBGUT zu erforschen.

Auf jeden Fall habe ich entschieden, dass ich tatsächlich Starköchin werden will.

20:17 Uhr

Habe gerade mit Smiley telefoniert. Sie hat mich darauf hingewiesen, dass ich in die Fußstapfen meiner Mum trete, wenn ich was mit Kochen mache. Ich ging hoch wie eine Rakete: „Smiley, ich will Starköchin werden, nicht Frühstück in einem Café machen!" Smiley sagte, ich müsste wahrscheinlich klein anfangen und mich dann hocharbeiten. ÄHM, NEIN!!! Hat Jamie Oliver seine Karriere etwa damit angefangen, Schinkenbrote zu schmieren?!

Smiley wies mich darauf hin, dass er in der Kneipe seiner Eltern angefangen hat!

21:23 Uhr

War auf Wikipedia, Smiley hat recht. Trotzdem, ich wette, das war eine Edelkneipe, und Bauarbeiter und ihre Ärsche hatten keinen Zutritt.

DIENSTAG, 10. MÄRZ

18:24 Uhr

Smiley hat gerade geschrieben. Sie hat mich zu ihrem Holi-Fest morgen eingeladen, das indische „Fest der Farben". Also, religiöse Sachen sind normalerweise total langweilig. Sogar NOCH langweiliger als die „ruhige Geburtstagsfeier", die Danielle Lance zu ihrem Sechsten hatte. ABER bei Smiley gibt es immer tonnenweise Essen, das SAULECKER ist. Meistens kann ich den Gotteskram einfach ignorieren und mich auf die gefüllten Teigtaschen konzentrieren.

Ich darf Crazy-Jen nichts davon erzählen, weil sie Smileys Haus nicht mehr betreten darf. Sie hat Mrs Rathod mal die Tarotkarten gelegt und gesagt, sie würde von einer neuen Beziehung profitieren. Mr Rathod ist total ausgeflippt.

MITTWOCH, 11. MÄRZ

21:42 Uhr

OH MEIN GOTT. Abgefahrenster Tag ALLER ZEITEN.

Smiley und ich nehmen politische Einstellungen nie besonders ernst, aber jetzt denke ich wirklich, dass meine beste Freundin vielleicht ein Nazi ist.

Kurz und gut: Ich ging zu Smileys Haus, und da war ein MEGAGROSSES Nazi-Hakenkreuz-Symbol auf der Stufe vor ihrer Haustür. Alle verhielten sich ganz normal, aber es war da. In leuchtenden Farben. RIESIG. Und wenn ich jetzt so drüber nachdenke, dann ist

Smileys Uniform immer perfekt – und Nazis sahen IMMER superordentlich aus. UND sie macht in der Schule immer das, was man ihr sagt. AUSSERDEM ist ihr Dad wirklich tough. Er sagt, es gibt nie eine Entschuldigung für jemanden, der nicht arbeitet – außer er ist tot oder auf der Intensivstation.

Meine beste Freundin ist ein NAZI!!! WAS MACHE ICH JETZT? Und ich kann nicht mal Jen anrufen und um Rat fragen, weil die große Nazi-Party, die heute stattfand, offiziell nicht stattfand.

Muss morgen mit Smiley reden. Bin irgendwie richtig sauer auf sie.

22:09 Uhr

Aber nicht so sauer wie damals, als ich dachte, sie hätte mir Mr Fit weggeschnappt. Bin ich deshalb oberflächlich?

22:13 Uhr

Mir fällt gerade auf, dass ich schon ewig nicht mehr an Mr Fit gedacht habe. Ja, ich bin offiziell oberflächlich. Und wankelmütig.

DONNERSTAG, 12. MÄRZ

12:16 Uhr

Nahm mir Smiley in der Pause vor. Sie ist KEIN Nazi. Anscheinend hatten die Hindus das Hakenkreuz zuerst, und Hitler hat es nur geklaut. Was für eine Erleichterung!

16:45 Uhr

Das ist bestimmt echt übel für Hindus. Ich wette, ganz viele Leute denken, dass sie durchgeknallte Hitler-Anhänger sind. ACH DU SCHANDE, vielleicht verpassen Hindus dadurch sogar total viel hammermäßige Liebes-Action, denn wer will schon einen Zungenkuss von einem Irren?!

FREITAG, 13. MÄRZ

TAG DES SCHICKSALS

17:12 Uhr

Crazy-Jen hat heute ihre Runen mit in die Schule gebracht. Das sind diese Steindinger zum Wahrsagen. Sie hat sie für mich gelegt – es wurden absolut keine Männer erwähnt. Jen sagte, sie könne keinen einzigen Mann am Horizont entdecken, nur eine Konzentration auf „Reife" und „Entwicklung"! Das MUSS an der Suche nach meinem Dad liegen.

Smiley bekam haufenweise Liebessteine, aber wir konnten die Sache nicht beenden, weil Mrs Matfield uns erwischt und die Steine konfisziert hat, denn „in der Schule gehe es nicht darum, sich mit dem Okkulten zu beschäftigen". Crazy-Jen erwiderte, dass Mrs Matfield keine Ahnung habe, mit was sie sich da beschäftige, und dass sie die Kräfte der Natur entfesselt habe. Mrs Matfield ließ Jen in der Mittagspause nachsitzen und sagte, sie hätte vor nichts Angst, das nicht ein Maschinengewehr trage.

Sie ist eine DURCH UND DURCH FIESE Irre. Man dürfte sie nicht in die Nähe von jungen Leuten lassen. Oder von überhaupt irgendwelchen Leuten.

20:37 Uhr

Muss ständig an „Entwicklung" denken. Ich MUSS Mum nach „Carlo" fragen. Ich muss nur den richtigen Zeitpunkt finden, weil sie so tun wird, als sei sie beschäftigt. Oder krank. Oder sie wird sich wegdrehen, damit ich nicht das nervöse Zucken sehe, das sie immer kriegt, wenn sie heftigst lügt.

SAMSTAG, 14. MÄRZ

19:12 Uhr

Smiley, Crazy-Jen und ich haben uns gerade bei Bertie's getroffen, das dritte Monatstreffen der Nicht-fair-Protestgruppe. Ich war seit meinem sozial tödlichen Biscotti-Vorfall nicht mehr da, aber das spielte keine Rolle, weil Mr Fit gegangen ist! WEG! Gut. Er stand zwischen mir und meiner besten Freundin, und so was kann ich nicht zulassen. Anscheinend ist er zum Surfen zurück nach Cornwall gegangen. ES IST MÄRZ! Ich hoffe, er friert sich seine dämliche Haartolle ab, die ich immer so geliebt habe.

Egal, hier unsere heutige Liste der unfairen Dinge:

1. Mehr Leuten klarmachen, dass Hindus das Hakenkreuz zuerst hatten und nicht Hitler. (Ist es nicht etwas tragisch, dass wir uns um Gottesdinge kümmern müssen?)

2. Die Polizei muss SOFORT alles Essen zerstören, das sie findet, weil es a) ein Sicherheitsrisiko ist und b) ein Peinlichkeitsrisiko.
3. Mrs Matfield soll eine Liste von allem machen, um das es „in der Schule nicht geht". Wir sind uns einig, dass das eine WAHNSINNSAUFGABE ist und unmöglich zu erfüllen. Hoffentlich merkt sie dadurch mal, wie bescheuert es ist, dass sie das als Entschuldigung für ALLES nimmt.

Das Problem mit diesen Dingen ist, dass wir kaum wissen, wie wir sie hinkriegen sollen. Jen hat vorgeschlagen, dass wir eine Website einrichten, die heißt dashakenkreuzistnichtnureinnazisymbol.com, aber das kostet ein Vermögen. Und was Nummer 2 und 3 betrifft: Wie bringt man die Polizei oder Mrs Matfield dazu, etwas zu tun?! Wir haben eine EWIGKEIT versucht, eine Lösung zu finden, wollen darüber schlafen und sehen, ob uns dann etwas einfällt. Jen isst ein Stück Käse, bevor sie ins Bett geht, weil sie dann in ihren Träumen manchmal Antworten findet.

SONNTAG, 15. MÄRZ

16:14 Uhr

Wir haben alle darüber geschlafen und sind uns einig, dass wir einfach einsehen müssen: Einige Dinge können wir nicht regeln. Jen erzählte, dass sie von dem Käse einen Albtraum bekommen hat. Sie war nackt im Westfield-Einkaufszentrum, und Mrs Matfield hat sie mit einer Riesenwurst gejagt. Das hörte sich für mich ziemlich unanständig an, aber ich habe nichts gesagt.

DANN hatten wir eine MEGACOOLE Make-up-Session. Jen machte mir und Smiley Smokey Eyes!!! Niemand kann Augen so schminken wie Jen. Ich hatte voll den verführerischen Blick. Aber Jen wurde langweilig, und sie wollte herumexperimentieren, also bemalte sie sich mit dem „Just in Love"-Lippenstift, den sie als Probe aus einer Zeitschrift hatte, das ganze Gesicht. Es sah ziemlich abgefahren aus. Das Problem war, dass es nicht mehr abging. Nicht mal mit Gesichtswasser und einer halben Tube Peeling-Zeugs.

Doch Jen machte das nichts aus. Sie meinte, es spiegelt andere Stammeskulturen wider, aber ich glaube, in Derby sieht man damit einfach nur wie ein Volltrottel aus.

MONTAG, 16. MÄRZ.

16:13 Uhr

Mrs Matfield hat heute mit ALL ihren Feuchttüchern auf Jens Gesicht herumgerieben, und es war immer noch voller JUST IN LOVE. Jen musste schon wieder in der Mittagspause nachsitzen, weil sie Monsterbacke Matfields „Zeit und Geld" verschwendet hat. Jen ist jetzt OFFIZIELL die coolste Person in unserem Jahrgang. MHP hat diesen Nachmittag sogar mit ihr gesprochen und ihr eine VOGUE geliehen. Jen hat sie direkt an mich weitergegeben. Ich werde sie lesen und vollspucken und dann zurückgeben. LOL!!!

16:32 Uhr

Ich meine, MHP zurückgeben, nicht Jen. Ich liebe Jen.

20:17 Uhr

Himmel, ich hoffe, MHP spannt Smiley und mir nicht Jen aus.

DIENSTAG, 17. MÄRZ

18:12 Uhr

Jen hat mir und Smiley versichert, dass sie niemals ein Teil der MHP-Clique werden würde, weil die immer nur über Jungs und Shoppen reden. Wir reden auch darüber, aber genauso über andere wichtige Sachen.

20:34 Uhr

Ich würde das vor Jen und Smiley nie zugeben, aber vieles von diesen anderen „wichtigen" Dingen ist in Wirklichkeit völliger Quatsch. Wenn ich ehrlich bin, lese ich lieber etwas darüber, wer diese Woche eine Fettabsaugung hatte als über Erdbeben. Das ist schlimm, oder?

21:22 Uhr

Auf jeden Fall bin ich nicht ganz so schlimm, weil wir mal bei „Stille für den guten Zweck" mitgemacht und richtig viel Geld für irgendwas gesammelt haben. Da haben wir echt Geld dafür bekommen, dass wir eine Zeit lang nicht reden. Aber wir haben nie für jemanden aus der Klatschpresse gesammelt.

MITTWOCH, 18. MÄRZ

19:34 Uhr

UNGLAUBLICH. MEIN LEBEN IST OFFIZIELL TRAGISCH.

Kam heute Abend nach Hause und sah, dass Mum meine Bettlaken gewaschen und stattdessen die Bettwäsche von Barney, dem Dinosaurier, hervorgekramt hat. Aus der Zeit, als ich ungefähr fünf war. Als ich wütend wurde, sagte sie: „Hattie, was hast du für ein Problem? Das sieht doch keiner." Ich sagte: „Mum, darum geht es nicht. Ich mache gerade die Entwicklung vom Mädchen zur Frau durch, und es ist wichtig, dass meine Weiblichkeit unterstützt wird. Ein großer lila Tyrannosaurus Rex auf meinem Bett hilft meiner Weiblichkeit nicht, selbst wenn er freundlich ist!"

Mum sagt, er MUSS draufbleiben, weil wir gerade keine andere Bettwäsche haben, und ohne Bettwäsche wird die Decke dreckig.

DONNERSTAG, 19. MÄRZ

17:45 Uhr

Musste heute ständig daran denken, dass mein Leben nicht mehr lebenswert wäre, wenn MHP wüsste, dass ich Dinosaurier-Bettwäsche auf meinem Bett habe.

19:23 Uhr

Mein Bruder hat gerade den Kopf durch die Tür gesteckt und angefangen, den Barney-Song „Ich mag dich, du magst mich" zu singen. Er ist 17. Warum kann er nicht AUSZIEHEN?!

20:46 Uhr

Ups! Ich habe gerade ganz zufällig aus Absicht ein Glas Saft über Barney ausgekippt. Ich muss ihn sofort waschen. LOL!

20:54 Uhr

Mum sagt, da Barney die gleiche Farbe hat wie der Saft, kann ich die Bettwäsche einfach drauflassen. Warum kann Barney nicht so pink wie Barbie sein? Jetzt habe ich ein feuchtes Bett UND einen T-Rex.

FREITAG, 20. MÄRZ

LETZTER SCHULTAG VOR DEN FERIEN

18:37 Uhr

Mrs Matfield sagt, wir sollen die Schulferien dafür nutzen, sämtliche Arbeit aufzuholen, die wir in den letzten Wochen verpasst haben, und schon mal für die Klausuren lernen. Liebe Mrs Matfield – KEINE CHANCE DER WELT, BABY!!!

EGAL, DIE WICHTIGSTE EILMELDUNG: Es gibt ein Gerücht in der Schule. Wenn man einen Trichter an einem Staubsauger befestigt und den Sauger an seine Brüste hält, werden sie herausgezogen und ihr Wachstum wird gefördert. Das ist doch SICHER einen Versuch wert, oder? Ich, Hattie Moore, verkünde hiermit, dass die Schulferien offiziell unter dem Zeichen von OPERATION BUSENWACHSTUM und IST CARLO MEIN RICHTIGER DAD? stehen.

SAMSTAG, 21. MÄRZ

10:56 Uhr

Habe gerade den Staubsauger rausgeholt. Mum ist begeistert, dass ich ihn gefunden habe, und fragt, ob ich auch den Kühlschrank sauber machen könnte. Sorry, Mum – das Gemüsefach zu säubern, bringt NICHTS zum Wachsen.

11:12 Uhr

Wir sind die einzige Familie in der Weltgeschichte, die keinen Trichter hat. Ich muss zu Gran rübergehen. Ich habe sie schon eine Ewigkeit nicht mehr besucht, aber sie wird das schon verstehen.

16:56 Uhr

Gran war nicht sehr glücklich darüber, dass ich sie so lange nicht besucht habe. Sie fing an mit: „Ich werde nicht immer da sein, Hattie." Ich wünschte, sie würde so was nicht sagen. Dann könnte ich immer losheulen und nie wieder aufhören. Das habe ich allerdings nicht gesagt. Ich habe nur gefragt, ob sie einen Trichter hat, und natürlich hat sie einen! Gran hat alles, weil sie nie etwas wegschmeißt. Ihr Haus sollten sie mal bei DER TRÖDELTRUPP – DAS GELD LIEGT IM KELLER besuchen.

Egal, ich mache es auf jeden Fall morgen. Macht euch bereit für eine BRUSTEXPLOSION.

SONNTAG, 22. MÄRZ

9:34 Uhr

LOL! Habe gerade aus Versehen eine ganze Klopapierrolle aufgesaugt!!! Sie ist Blatt für Blatt im Saugrüssel verschwunden.

10:19 Uhr

Ich habe jetzt jede Brust drei Minuten lang gesaugt. Sie sind nur ganz rot geworden. Vielleicht ist das die gleiche Röte, die man bekommt, bevor ein Pickel wächst. BITTE LASS ES SO SEIN. Vielleicht brauchen sie eine Pause. Ich werde sie über Nacht in Ruhe lassen.

10:43 Uhr

Sie sehen nicht so aus, als ob sie gewachsen wären.

10:53 Uhr

Immer noch KEINE Veränderung.

11:12 Uhr

Habe beschlossen, dass ich meine Brüste nicht so behandeln darf wie Mum mich: Jede ihrer Bewegungen beobachten und an ihnen herumnörgeln. Dinge können nicht wachsen, wenn man sie ständig anstarrt. Ich werde sie bis morgen vergessen.

19:13 Uhr

Musste gerade mein Zimmer saugen, damit Mum nicht misstrauisch wird.

19:33 Uhr

Mum ist misstrauisch geworden, weil ich mein Zimmer gesaugt habe. Ich kann einfach nicht gewinnen.

23:38 Uhr

ICH MUSS GUCKEN. Brüste nur ein bisschen rot. Nicht größer.

MONTAG, 23. MÄRZ

7:23 Uhr

Habe gerade meine Brüste gemessen.

NICHT größer. Nur rot.

Ich werde es später noch einmal versuchen.

11:24 Uhr

Habe es gerade wieder gemacht. Ich habe kein Schloss in der Tür, darum habe ich nur einen Stuhl davorgestellt. Wenn mein Bruder reinkommen würde, würde ich vor Scham im Erdboden versinken, und er würde sich bis zu meinem Tod über mich lustig machen.

Meine Brüste sind wieder nur rot.

12:53 Uhr

Vielleicht sollte ich es lassen, sie staubzusaugen, und einfach nur Grans Rat befolgen: zusammengefaltetes Klopapier in jedes BH-Körbchen. Sie meint, es sieht völlig natürlich aus und Männer merken es gar nicht, falls man nicht in den Regen kommt oder Schwimmen geht.

13:01 Uhr

Hatte vergessen, dass ich die Ersatzrolle Klopapier gestern aufgesaugt habe! Muss nach unten gehen und was anderes holen.

13:10 Uhr

Die meisten Küchenrollen können vielleicht haufenweise Dreck mit einem Blatt aufwischen, aber um Brüste zu machen, sind sie SCHROTT. Ich sehe aus, als ob ich gemusterte Titten hätte!

13:19 Uhr

Feuchttücher sind auch ungeeignet für Brüste. Sie durchweichen nur den BH, und man riecht ekelig nach Zitrone.

Ich versuch's noch mal mit dem Staubsauger.

18:36 Uhr

Vielleicht mache ich es zur falschen Tageszeit. Sollte es mal später am Abend machen, wenn mein Busen ruhiger und entspannter ist. Das Problem ist nur, ich brauche eine gute Entschuldigung, um nach 21 Uhr noch staubzusaugen.

21:54 Uhr

Habe gerade ein altes Glas mit Elmo von der SESAMSTRASSE auf meinem Zimmerboden zerdeppert! Es ist über den ganzen Teppich verteilt. Mum hat sich das angeguckt und sogar sie sagte, dafür braucht man auf jeden Fall den Staubsauger. Sie bot mir ihre Hilfe an, aber ich wimmelte sie mit den Worten ab: „Ich habe das Chaos verursacht, also mache ich es auch sauber." Das verschafft mir Zeit für mein Brustwachstum UND hört sich mal ZIEMLICH reif an. Ich, Hattie Moore, bin ein echtes Mum manipulierendes Genie mit immer größerem Busen.

22:23 Uhr

Spät-Brust-Saugen beendet! Habe auch noch schnell das zerbrochene Glas beseitigt. Sorry, Elmo, aber an deinem Tod werden meine Brüste wachsen.

23:57 Uhr

Ich werde langsam RICHTIG wahnsinnig. Bei meinen Brüsten tut sich rein GAR NICHTS. Ich wollte niemandem davon erzählen, aber morgen werde ich Smiley besuchen. Sie kommt aus einer Mediziner-Familie. Sie versteht was von Brüsten.

DIENSTAG, 24. MÄRZ

8:12 Uhr

Habe mir gerade den Fuß an einem riesigen Stück Glas geschnitten (Elmos Auge!). Und meine Brüste sind NICHT GRÖSSER geworden. Jetzt habe ich also einen winzigen Busen und verkrüppelte Füße!

16:36 Uhr

Nachdem Smiley mir bei ihrem Leben geschworen hatte, KEINER MENSCHENSEELE DER WELT auch nur ein Sterbenswörtchen zu sagen, erzählte ich ihr von der Brustwachstums-Maschine. Sie sagte, das wäre total krass und sie könne nicht glauben, dass ich darauf hereingefallen bin. OK, ICH BIN OFFIZIELL EINE VOLLIDIOTIN, aber ich bin verzweifelt. Meine Brüste bremsen mich aus!

Smiley meint, der einzige Weg, das Brustwachstum zu fördern, ist a) sich Implantate machen zu lassen (ICH BIN ZU JUNG, DAS HABE ICH SCHON ÜBERPRÜFT) oder b) ein paar Übungen zu machen, die „den Muskeltonus besser definieren" (?).

Auf jeden Fall haben wir beschlossen, zum Bikram-Yoga im Gemeindezentrum zu gehen, weil Smiley glaubt, das sei gut für meine Brüste und gut für ihren Geist. Der Kurs findet in einem ganz heißen Raum statt, darum schwitzt man MEGAVIEL.

20:37 Uhr

Smiley ist wahrscheinlich viel reifer als ich.

21:12 Uhr

Habe gerade den Staubsauger nach unten gebracht. Will ihn nie wiedersehen.

21:45 Uhr

Ich wäre gern mehr wie Smiley. Ich glaube, ich muss mehr über andere nachdenken. Außerdem habe ich beschlossen, ein Buch über Schulgerüchte zu schreiben, damit andere Leute nicht grundlos ihre Brüste staubsaugen.

MITTWOCH, 25. MÄRZ

15:12 Uhr

Smiley und ich machen uns etwas Sorgen um Crazy-Jen. Sie antwortet nicht auf Nachrichten, und sie war seit ZWEI Tagen nicht auf Facebook. Es ist, als ob sie verschwunden wäre. Wir gehen morgen zu ihr rüber, um nach ihr zu sehen.

22:23 Uhr

Ich habe den ganzen Tag hieran gearbeitet, und ich glaube, ich habe an alles gedacht!

„Ultimative Liste der Schulgerüchte"
von der Nicht-fair-Protestgruppe:

- Deine Brüste wachsen nicht, wenn du sie staubsaugst.
- Wenn du Zahnpasta auf deine Pickel schmierst, riecht dein Gesicht nur nach Minze.
- Man kann Spliss nicht mit Margarine bekämpfen, davon wird dein Haar nur total fettig.
- Schokolade verursacht keine Pickel, du kannst also 1000 Schokoriegel essen, wenn du willst. ← JIPPIEH!
- Wenn du deinen iPod unters Kopfkissen legst, wirst du nicht über Nacht ein besserer Sänger. ← MHP hat das verbreitet, als sie zu X Factor wollte.
- Man KANN auf einem Boot schwanger werden. ← MHP behauptet, das kann man nicht – VOLLIDIOTIN!!!

Wenn die Schule wieder angefangen hat, hänge ich das vielleicht ans Schwarze Brett. Das wäre endlich mal eine interessante Info – LOL!

DONNERSTAG, 26. MÄRZ

21:35 Uhr

Smiley und ich waren bei Jen.

Sie war dabei, ein Buch zu schreiben!!! Es ist eine Zombie-Romanze, die WAHRE TOTE LIEBE heißt. Wir fragten: „Jen, wie zum Teufel können sich Zombies küssen? Ihre Lippen würden abfallen!"

Jen sagt, ihre Zombies seien eine besondere Art der Untoten, die sich verlieben MÜSSEN, sonst fingen sie an zu zerfallen. Im Grunde sind sie Kussbesessene. Ihre Hauptfigur – namens Jennifer (sie basiert auf ihr selbst) – trifft einen Jungen, und er bittet sie, ihn zu küssen, damit er seinen Arm nicht verliert. Dann tauchen all diese anderen Zombie-Jungs in Derby auf, die verzweifelt geküsst werden wollen, und sie alle sind TOTAL gut aussehend.

Ich wünschte, das wäre wahr. ICH WÜNSCHTE, DAS WÄRE WAHR!!!

22:01 Uhr

Manchmal höre ich mich wie der größte Depp an.

Morgen ist Bikram-Yoga. Wir haben Jen gefragt, ob sie mitkommt, aber sie sagt, sie ist an einer wichtigen Stelle, wo ihre Hauptfigur sich entscheiden muss, einen Zombie oder einen Werwolf zu küssen.

22:17 Uhr

Ich finde, Jens Buch ist im Grunde wie TWILIGHT, nur mit Zombies.

23:23 Uhr

War gerade auf YouTube, um mir Zombies anzugucken. Jetzt ist mir schlecht.

FREITAG, 27. MÄRZ

14:14 Uhr

Genau deshalb MUSS die Nicht-fair-Protestgruppe WEITERMACHEN!!!

Smiley und ich gingen zu dem Bikram-Yoga-Kurs. WIR SIND OFFIZIELL ZU JUNG, UM TEILZUNEHMEN. Und den Pole-Dancing-Kurs dürfen wir auch nicht machen.

Kapieren die nicht, dass wir jetzt an unseren Körpern arbeiten müssen?!

Smiley findet, wir sollten zu Hause trotzdem Yoga machen. Sie kommt also morgen vorbei, wenn Mum und Rob bei der Arbeit sind und mein Bruder MAL WIEDER ein Vorstellungsgespräch hat. Wir würden uns ja bei Smiley treffen, aber die Hormone haben ihre Mutter mittlerweile in eine totale Irre verwandelt. Sie weint über Anzeigen für Katzenfutter und isst nichts anderes mehr als Toast mit Käse und Lollis.

SAMSTAG, 28. MÄRZ

8:12 Uhr

BIKRAM-YOGA-TAG

Ich habe keine vernünftige Sportkleidung, darum habe ich das Jimi-Hendrix-T-Shirt von meinem Bruder geliehen.
Er wird stinksauer sein, wenn er es merkt. WUNDERBAR!!!

17:12 Uhr

Smiley kam so gegen zwei vorbei. Sie hatte die uralten Yoga-DVDs von ihrer Mutter dabei. Ich habe versucht, das Wohnzimmer MÖGLICHST heiß zu machen. Wir haben also die Gasheizung angedreht und den Wasserkocher im Wohnzimmer aufgestellt, um Dampf zu kriegen. Wir waren gerade so richtig in Fahrt, als Mum die Eingebung hatte, früher nach Hause zu kommen (WAS SIE SONST NIE TUT), und total ausflippte, weil ihre Designertapete hitzeempfindlich sei. ÄHM, MUM – was ist wichtiger? Deine Wohnzimmerausstattung oder die Entwicklung meiner Brüste???

18:34 Uhr

Und sie hat mich vor Smiley bloßgestellt.

18:47 Uhr

Außerdem ist ihre Tapete sowieso nicht so aufregend. Gran sagte, sie hatte in den 70ern genau die gleiche, und die hätte nicht 27 Pfund pro Rolle gekostet.

Gut. Ich werde sie nach Carlo fragen. HEUTE IST DER ABEND DER ABENDE.

20:37 Uhr

HILFE!!!

Habe Mum gerade in der Küche festgenagelt. Nach dem Abendessen hat sie immer bessere Laune. Außerdem gab es Thai-Hühnchencurry und danach „Feinstes Tiramisu" aus dem Supermarkt. Das ist das ULTIMATIVE Gute-Laune-Essen für Mum. Also legte ich los.

Ich: Mum, hast du mal jemanden gekannt, der Carlo hieß?

Mum: Warum fragst du? ← Ruhig, aber TOTAL in Panik, das sehe ich.

Ich: Dachte nur so ... ← So GANZ nebenbei

Mum: Hat jemand mit dir gesprochen, Hattie?

Ich: Nein.

Mum: Gran wird alt, weißt du? Manchmal ist sie etwas durcheinander.

HILFE. Gran ist vielleicht bekloppt, aber sie ist NIE durcheinander! Außerdem löst sie mindestens drei Kreuzworträtsel pro Tag und verpasst kein einziges Mal QUIZDUELL. Sie schafft mindestens drei schwierige Fragen pro Woche!

Das ist keine Lüge!

Ich: Ehrlich, Mum, Gran hat NICHTS gesagt.

Mum: Nein, ich glaube nicht, dass ich jemals einen Carlo gekannt habe, Hattie. Aber warum fragst du?

Und ich TOTALE Dumpfbacke hatte mir keinen Grund ausgedacht, also sagte ich:

Ich:	**Oh, jemand hat hier angerufen und nach ihm gefragt. Muss sich verwählt haben.**
Mum:	**Wann war das?**

ACH DU SCHANDE. ZIEMLICH LANGE Pause. Hatte mir auch nicht überlegt, was zum TEUFEL ich jetzt sagen sollte!

Ich:	**Vorhin.**
Mum:	**Wann vorhin?**
Ich:	**Oh, ich glaube, es war so gegen zwei.**
Mum:	**Muss sich verwählt haben, Hattie.**

ABER dann starrte sie mich GANZ komisch an, und ich hörte, wie sie ins Wohnzimmer ging und zu Rob sagte: „Hattie hat mich gerade gefragt …" DANN muss sie angefangen haben zu flüstern, weil ich nichts mehr verstehen konnte.

JETZT WEISS ICH HUNDERTPROZENTIG, DASS HIER IRGENDWAS FAUL IST.

SONNTAG, 29. MÄRZ

9:34 Uhr

Habe Fred von gestern erzählt. Er sagt, wenn die Spur kalt wird, muss man für jeden Hinweis in höchster Alarmbereitschaft sein. Fred meint, wir brauchen James Bond. Der kann innerhalb weniger

Stunden tödliche Viren und Atombomben aufhalten und MÄCHTIGE Bedrohungen für die Welt abwenden – meinen Dad zu finden, wäre für ihn der reinste Spaziergang. Fred bringt mich IMMER zum Lachen.

10:23 Uhr

Mein Bruder stürzte gerade herein und wollte wissen, warum sein T-Shirt nach Frauendeo riecht – LOL!

Mir ist so langweilig. Schulferien SIND langweilig. Könnte versuchen, zu meditieren und eine Verbindung mit meiner verborgenen Frau herzustellen.

12:43 Uhr

Kann meine verborgene Frau nicht finden. Könnte sein, dass sie schon längst tot ist.

17:47 Uhr

Habe meinen Kleiderschrank überprüft. Das sollte man alle sechs Monate machen.

Das hier ist drin:

* 2 Paar Jeans
* 2 Primark-Tops
* 1 echt hübsches Topshop-Shirt (danke, Gran)
* 7 Tops aus dem Supermarkt

* KEINE High Heels
* 1 Paar Pailletten-Pumps
* 1 Kapuzenpulli, auf dem in riesigen rosa Buchstaben **YES!** geschrieben steht (KOTZ!!!)
* ein Shrek-Sweatshirt

Niemand könnte ein Shrek-Sweatshirt rocken.

Ich würde gern meine Garderobe von Grund auf instand setzen, aber das kann ich nicht, weil ich kein Geld habe.

18:33 Uhr

Habe Mum gerade nach etwas Geld für eine Garderoben-Instandsetzung gefragt. Sie sagte, dass sie diesen Monat die Fahrzeugsteuer bezahlen muss (LANGWEILIG!) und dass meine Garderobe warten könne.

Meine Garderobe muss immer warten. Es ist die geduldigste Garderobe DER GESCHICHTE.

MONTAG, 30. MÄRZ

15:12 Uhr

Fragte Mum, wo mein richtiger Vater ist und ob er nicht mit etwas Geld aushelfen könnte. Offensichtlich gibt es bessere Chancen, dass „Bill Gates mir neue Kleidung bezahlt". Warum kann ER nicht mein Dad sein? Er ist megareich.

DIENSTAG, 31. MÄRZ

21:45 Uhr

Männer bringen mich total durcheinander. Ich stehe anscheinend nicht auf wirklich viele von ihnen. Seit Mr Fit war ich nicht mal verliebt, und mit 14 sollte man VERLIEBT sein.

Ich stehe auch ÜBERHAUPT nicht auf Mädchen. Das habe ich jede Woche überprüft, indem ich mir das Pornoheft von meinem Bruder angeguckt habe. Ich bin hundertprozentig nicht lesbisch. Jen kommt morgen vorbei. Sie hatte schon mal einen Freund. Ich werde sie fragen, wie sie das geschafft hat.

MITTWOCH, 1. APRIL

21:24 Uhr

Jen erklärte mir heute: Wenn man seine wahre Liebe finden will, muss man einen Fuchs nach Mitternacht, aber vor 2 Uhr fragen. Der Mythos besagt, dass sie alle die Kraft haben zu reden und einem verraten können, für wen man sich entscheiden soll.

Das klingt VERRÜCKT, aber es MUSS einen Versuch wert sein. Ich MUSS jemanden finden.

DONNERSTAG, 2. APRIL

0:32 Uhr

Habe ein Stück von dem hauchdünnen Puten-Aufschnitt von meinem Stiefvater als Köder stibitzt, ABER kein Fuchs. Nur Freds

BLÖDER Kater Colin, der es stattdessen gefressen und danach versucht hat, mich anzugreifen.

Werde es morgen noch mal probieren.

FREITAG, 3. APRIL

1:10 Uhr

Mum ist gerade AUSGEFLIPPT und fragte mich, was ich „nach Mitternacht" im Garten tue. Ich sagte nur: „Ähm, ich habe was gesucht." Da hat sie mich GEZWUNGEN reinzukommen.

9:45 Uhr

Habe Crazy-Jen angerufen, um zu fragen, ob sie irgendwelche Tipps zum Füchsefangen hat. Sie erklärte mir, dass das ein Aprilscherz gewesen sei und sie vergessen habe, es mir zu sagen.

Nicht glücklich. Überhaupt nicht.

SAMSTAG, 4. APRIL

12:45 Uhr

Kann nicht glauben, dass ich auf einen sprechenden Fuchs hereingefallen bin.

17:23 Uhr

Ich bin nicht der einzige Vollpfosten. Dumpfbacke Hannah hat MHP voll geglaubt, dass Victoria Beckham unsere neue Schuluniform entwerfen würde. LOL!

Ich wünschte, das würde sie. Sie würde NIE jemanden in Kackbraun stecken.

18:12 Uhr

Habe gerade über einen MHP-Witz gelacht. HILFE, ich hoffe, ich entwickle mich nicht zu einer totalen Zicke.

SONNTAG, 5. APRIL

10:32 Uhr

Mein Bruder hat ein Vorstellungsgespräch beim HERRN DER BURGER. Bitte, BITTE lass ihn den Job kriegen. Dann wäre er weniger im Haus, UND es ist ein krasser Job!

17:24 Uhr

Werde versuchen, meine verborgene Frau im Garten zu finden, weil Gran meint, dass frische Luft bei allem hilft. Fred kam raus und fragte, warum ich die letzten Nächte nach Mitternacht im Garten gewesen sei. Ich fragte: „Hast du gespannt?!", und er sagte: „Äh, NEIN, Hattie, du Idiotin. Ich dachte eigentlich, du wärst ein Massenmörder oder ein Stalker."

Fred ist ein bisschen psycho, seitdem er mit elf Jahren CHUCKY – DIE MÖRDERPUPPE gesehen hat. Das hier ist Derby, da gibt es keine Mörder!

19:34 Uhr

Habe gerade Morde in Derby gegoogelt. Ich wünschte, das hätte ich nicht getan! Es gab haufenweise Verrückte, die Leute umgebracht haben! Und viele von den Verbrechen wurden nicht aufgeklärt – auch eins von 1907, als ein Mann starb, weil man ihm eine Mistgabel durch den Kopf gebohrt hatte!

23:34 Uhr

Kann nicht schlafen. Tut eine Mistgabel im Gehirn weh? Ein unaufgeklärtes Verbrechen heißt, dass GENAU JETZT tatsächlich ein Mörder in Derby herumläuft.

23:45 Uhr

Mum kam gerade herein, um zu fragen, warum ich nicht schlafe. Habe ihr von dem Mistgabel-Mörder erzählt, und sie wies mich darauf hin, dass der Mörder sowieso schon tot sei, wenn der Mord 1907 passiert ist. Dann sagte sie, das einzige Verbrechen in diesem Haus wäre, dass ich ein „kleines Dummerchen" sei.

Danke, Mum, für deine Sensibilität.

MONTAG, 6. APRIL

15:12 Uhr

Crazy-Jen sagt, wir alle haben Seelen-Engel und wir müssen ihnen für alles in unserem Leben danken. Je dankbarer man ist, umso mehr gute Dinge werden einem passieren. Bitte sehr:

- ✔ Meine Pickel sind nicht mehr ganz so schlimm.
- ✔ Meine Socken sind superwarm.
- ✔ Ich bin dankbar für meinen Bettbezug, auf dem nicht mehr der Dinosaurier Barney zu sehen ist.
- ✔ Das Abendessen heute war essbar.
- ✔ Der Mistgabel-Mörder ist tot.
- ✔ Das reicht ja wohl, oder?

19:12 Uhr

Mein Bruder hat den Job beim HERRN DER BURGER bekommen! Jen hat recht!!! Ich werde von nun an jeden Tag dankbar sein!!!

DIENSTAG, 7. APRIL

18:24 Uhr

Ich habe heute Nachmittag im Garten gechillt, als Fred sich dazu entschloss, an seinem BMX-Rad herumzubasteln. Fred sagte, er würde das Beste aus dem Sonnenschein machen. Die Sonne schien überhaupt nicht. Der Junge ist bekloppt. Seine Mum hat mir erzählt, dass er mit drei Jahren mal eine ganze Tube Zahnpasta gegessen hat, weil er dachte, das wären flüssige Süßigkeiten! Das erklärt VIELES.

Ich weiß eine Menge über Fred, und das darf er NIE vergessen.

ICH BIN DANKBAR FÜR … Möhren. Weil sie nicht so stinken wie Brokkoli.

MITTWOCH, 8. APRIL

11:34 Uhr

Mir ist gerade klar geworden, dass Fred mein ganzes Leben zerstören könnte, weil er Folgendes weiß:

Dass ich Angst vor Toiletten hatte, weil ich dachte, sie würden einen einsaugen, wenn man abzieht (IST MEIN BRUDER SCHULD).

Dass ich glaubte, meine Spielzeugfiguren würden nachts zum Leben erwachen, und wenn ich gemein zu ihnen gewesen war, würden sie sich verbünden und mich umbringen. (DARAN IST AUCH MEIN BRUDER SCHULD – ER HAT MIR ERZÄHLT, TOY STORY WÜRDE AUF EINER WAHREN GESCHICHTE BASIEREN.)

Dass ich mal geglaubt habe, dass Pferde Eier legen. (IST NICHT MEIN BRUDER SCHULD, ICH HABE ES EINFACH BLOSS ANGENOMMEN – LOL!)

19:32 Uhr

ICH BIN DANKBAR FÜR … Brustimplantate. Ich habe sie nicht, aber es ist gut zu wissen, dass es sie gibt.

DONNERSTAG, 9. APRIL

18:54 Uhr

Mein Bruder hat mit seinem Job beim HERRN DER BURGER angefangen.

Mum hat ihn einen Verräter genannt. Aber nachdem er ihr erzählt hat, welchen Stundenlohn er bekommt, wünschte sie, sie könnte auch da anfangen. Das Beste ist, dass seine Uniform so aussieht wie die von einem Zauberer. LOL!!!

ICH BIN DANKBAR FÜR ... bescheuerte Uniformen, die meinen Bruder quälen.

FREITAG, 10. APRIL

19:42 Uhr

Habe meinen Bruder gerade gefragt, ob er mir ein Abendessen herbeizaubern und mich vor den dunklen Mächten des Fleisches retten kann. Er wurde stinksauer und versuchte, mein schönes Topshop-Shirt zu zerreißen. Mum mischte sich ein und war natürlich auf seiner Seite. Sie sagte, das wäre eine schwierige Zeit für ihn, darum sollte ich aufhören, ihn zu ärgern. Mum, es ist nicht meine Schuld, dass er BWL nicht geschafft hat und jetzt so tun muss, als wäre er Gandalf mit Extra-Pommes.

ICH BIN DANKBAR FÜR ... einen Bruder, der endlich leidet, nachdem er mich jahrelang gequält hat.

SAMSTAG, 11. APRIL

19:15 Uhr

Mein Bruder hat den Job beim HERRN DER BURGER geschmissen. Mum sagt, sie kann ihn verstehen, weil es ein Beruf ohne Zukunft ist. UNGLAUBLICH!!!

Wenn ich das gemacht hätte, dann würde sie KOMPLETT AUSRASTEN. Sogar als ich bei den Pfadfindern aufhörte, nachdem ich das Knoten-Abzeichen nicht geschafft hatte, sagte sie, ich würde zu schnell aufgeben. Ich wollte nicht mehr mitmachen, weil ich nicht mal das einfachste Abzeichen der Geschichte hingekriegt hatte. Selbst Dumpfbacke Hannah hat eins bekommen.

21:34 Uhr

Warum IST Mum so nett zu meinem Bruder? Was weiß ER, was ich nicht weiß?

22:13 Uhr

Vorhersage: Es hat was mit meinem richtigen Dad zu tun. MUSS es einfach. Ich frage meinen Bruder, ob er weiß, wer Carlo ist.

Ich frage ihn morgen.

22:34 Uhr

ICH BIN DANKBAR FÜR … nichts, weil es nicht funktioniert.

SONNTAG, 12. APRIL

21:38 Uhr

Bin heute bei Gran vorbeigegangen. Sie saß im Wohnzimmer und sah ein bisschen irre aus.

Sie sagte: „Ich nehme jetzt an JEDEM Preisausschreiben in ALL diesen Zeitschriften teil, Hattie. Doreen Dixon vom Bingo hat einen

All-inclusive-Urlaub in Mexiko in der BILD DER FRAU gewonnen, dabei kann sie nicht mal die 100-Pfund-Fragen bei WER WIRD MILLIONÄR? richtig beantworten."

Ich sagte: „Gran, das ist verrückt. Du bist 67. Warum willst du ein ‚Schoko-Popo-Gesäßtrainingsgerät' gewinnen?"

Gran warf mir einen tödlichen Blick zu und sagte: „Ich bin vielleicht etwas älter, Hattie, aber ich denke immer noch an meinen Po. Ich bin immer stolz auf meinen Hintern gewesen. 1972 war ich sogar ‚Po des Jahres' in der städtischen Therme. Und jetzt hilf mir bei der Wörtersuche. Wir müssen 23 Gemüsesorten finden, um einen zweiwöchigen Aufenthalt in einem Öko-Hotel zu gewinnen und einen Fluss zu säubern."

Öko-Hotel?! Gran hat jedem aus ihrem Rentner-Club erzählt, dass die globale Erwärmung eine Lüge ist. Sie glaubt, dass es eine Entschuldigung für „dumme grüne" Leute ist, nicht zu arbeiten, sich nicht zu waschen und auf Bäumen zu wohnen.

Sie will, dass ich morgen nach der Schule wieder vorbeikomme, um ihr zu helfen.

22:13 Uhr

Habe meinen Bruder gefragt, ob er sich an unseren Dad erinnert. Er war schon älter, als er uns verlassen hat! Nathan wurde echt stinkig und sagte: „Nein, Hattie. Und jetzt VERZIEH dich!" Als ich ihn dann fragte, ob er einen Carlo kennt, sagte er: „Hattie, unser Vater muss ein totaler Vollpfosten sein, weil er sich JAHRELANG nicht um uns gekümmert hat. Vergiss ihn endlich. Er interessiert sich für keinen von uns."

Also sagte ich: „Vielleicht hat Mum ihm den Kontakt verboten, und er hat mittlerweile einen Schrank voller Geburtstags- und Weihnachtsgeschenke, die auf uns warten und die er nicht schicken kann!" Da TICKTE Nathan voll aus und schrie: „TRÄUM WEITER, Hattie. Du willst doch nur ein iPhone und hoffst, dass er es dir kauft!" Dann stürmte er raus.

Das ist ÜBERHAUPT NICHT WAHR. Ich will meinen Dad nur wegen meiner emotionalen und persönlichen Entwicklung finden.

23:35 Uhr

Dr. Phil sagt, ich sollte „mein Leben aufregend finden". Das ist sehr schwer, Dr. Phil, wenn dein Leben nicht nur aus Partys und SEXY Jungs besteht, sondern in Wirklichkeit daraus, ein Kreuzworträtsel für deine Gran zu lösen und nach deinem Dad zu suchen, weil niemand dir etwas über ihn sagen will.

MONTAG, 13. APRIL

18:34 Uhr

Zurück in der Schule. Es war gleichzeitig LANGWEILIG und UNGLAUBLICH. Mrs Matfield versucht, Federmäppchen zu verbieten, weil man sie dafür benutzen könnte, „unerlaubte Gegenstände" zu verstecken. Sie will, dass wir unsere Sachen in durchsichtigen Gefrierbeuteln herumtragen. Ich, Jen und Smiley wussten ja schon, dass Matfield eine Verrückte ist, aber jetzt ist sie noch viel mehr als das. Von jetzt an wird sie offiziell eingestuft als: MATFIELD, ABSOLUT VERRÜCKTE INTERNATIONALE PRÄSIDENTIN DES ABGRUNDTIEF BÖSEN.

22:45 Uhr

Bin zu Gran gegangen. Sie sagte, sie wäre auf dem Sprung zu einem Boxgymnastik-Kurs im Gemeindezentrum. Offenbar haben sie ein zweigeteiltes Boxgymnastik-System: Die jungen Leute rennen und boxen, „reife" Leute dürfen auf dem Boden sitzen und in die Luft boxen. Gran gefällt es, weil sie dann so tun kann, als würde sie Leute vermöbeln, die sie nicht mag.

Sie fragte mich, ob ich mitkommen will. Ja, will ich. Ich könnte MHP einladen, auch zu kommen und meine Boxpartnerin zu sein. LOL!

Stattdessen sagte ich Nein, fragte aber Gran, ob ich bei ihr bleiben könnte, solange sie weg ist. Ich sagte, dann hätte ich etwas Ruhe, um ein paar ihrer Preisausschreiben zu lösen. Gran sagte Ja. Also verbrachte ich die nächsten beiden Stunden damit, ihre Schubladen nach etwas CARLO-Bezogenem zu durchsuchen. Ich weiß, das ist schlecht. Aber es ist genau das, was jeder der Detektive machen würde, die sie sich immer anguckt.

Auf jeden Fall war NICHTS zu finden, außer alte Rechnungen und abgelaufene Gutscheine für Waschpulver und etwas, das „Kaffeeweißer" hieß.

WO IST DIE WAHRHEIT? WANN WERDE ICH DIE WAHRHEIT ERFAHREN? WO IST MEIN DAD?!

DIENSTAG, 14. APRIL

17:37 Uhr

Smiley, Jen und ich hatten beim Mittagessen eine LANGE Diskussion darüber, was wir morgen bei dem Erdkunde-Ausflug zum Peak-District-Nationalpark tragen wollen. Ich habe mich für Jeans, mein Topshop-Shirt und mein einziges Paar schicke Schuhe entschieden. Smiley hat richtige Wanderstiefel, weil ihr Dad findet, dass in einem faulen Körper auch ein fauler Geist wohnt. Sie sieht trotzdem gut aus. So wie in allem. Sie wäre eine Superzicke, wenn sie nicht so nett wäre.

21:12 Uhr

Mum BESTEHT darauf, dass ich auch meine gemusterten Gummistiefel mitnehme, falls es mal matschig ist. Sie will außerdem, dass ich meinen **YES!**-KOTZ-Kapuzenpulli mitnehme, weil es kalt sein wird. AUF KEINEN FALL. Lieber sterbe ich vor Kälte als vor todesmutigem Wahnsinn.

MITTWOCH, 15. APRIL

22:32 Uhr

Schulausflug zum Peak-District-Nationalpark.

ICH HATTE HEUTE DEN GROSSARTIGSTEN SCHULTAG AUS FOLGENDEN GRÜNDEN:

1. Ich, Smiley und Jen saßen im Bus zusammen, was bedeutet: Das BESTE Wahrheit-oder-Pflicht-Spiel aller Zeiten. Jen gab zu, dass sie mal in Jeremy Kyle verknallt war! Es war nur für zwei Tage, aber das ist OFFIZIELL das schlimmste Verknalltsein der Geschichte.
2. DER ORT WAR SO ABGELEGEN, DASS WIR NICHT MAL HANDYEMPFANG hatten!!! Wenn wir uns verirrt hätten, wären wir praktisch für immer verloren gewesen. Dann sagte Crazy-Jen, dass wir uns vielleicht gegenseitig aufessen müssten, um zu überleben. Wir waren uns ALLE einig, dass MHP zuerst sterben muss. LOL!
3. MHP kam in ihren KRASSEN Tussi-Schuhen angestöckelt und verrenkte sich das Bein an einem Viehgitter. Mrs Cripps wurde wütend und sagte, das sei kein angemessenes Schuhwerk für Bergwanderungen und vielleicht wolle sie sich flache Schuhe von ihr ausleihen. LOL! MHP musste ein Paar echt uncoole Oma-Schuhe tragen! (Hasse es, das zuzugeben, aber Mum hatte mit den Gummistiefeln recht. Meine Schuhe hätten das nicht überlebt.)
4. MHP heulte praktisch den ganzen Rückweg über und sagte, als sie gefallen wäre, hätte sie sich „alles gezerrt", weil sie „so filigran sei wie eine Balletttänzerin". BITTE mach, dass sie eine Halskrause tragen muss, damit sie 440 Doppelkinne bekommt.

5. WIR haben überhaupt nichts gelernt, aber auf dem Rückweg haben wir alle eine COOLE Gesangs-Session eingelegt, bis die VERRÜCKTE Matfield (Warum ist die überhaupt mitgekommen? Sie ist Kunstlehrerin!) uns befahl, still zu sein, weil wir Brian, den Fahrer, stören würden. Aber Brian sagte, es würde ihm „ganz gut gefallen", und es wäre mal etwas anderes als der „Müll, den die Leute sonst so singen". Matfield sah ziemlich wütend aus, aber sie konnte nichts machen, weil Brian eben ein Erwachsener ist und nicht machen muss, was sie will. LOL!!!

Im Grunde war es WUNDERBAR!

23:12 Uhr

Mir ist gerade eine verrückte Sache wieder eingefallen. Wir haben ein Schwein mit Ferkeln gesehen. Smiley sagte, ihre Mutter ist im Moment so hormongesteuert, dass sie NICHTS Schwangeres anschauen kann, weil sie dann stundenlang weinen muss. Die arme Mrs Schwein sah so müde aus ... UND der Dad war NIRGENDWO zu sehen.

TYPISCH.

DONNERSTAG, 16. APRIL

16:22 Uhr

Unglaublich!!! Gran hat einen 40-Zoll-Flachbildfernseher bei einem Preisausschreiben in der Lokalzeitung gewonnen. Ich habe sie gefragt, ob sie ihn wirklich braucht (WINK MIT DEM ZAUNPFAHL). Sie meinte, er wäre wohl ein bisschen groß für ihr Wohnzimmer, aber sie würde es mal ausprobieren.

17:56 Uhr

Gran hat sich gerade TAGEBUCH DER RAUBKATZEN in HD angeguckt. Sie sagte, sie habe in ihrem ganzen Leben noch nie so etwas Großartiges gesehen und dass sie sich schon darauf freue, ihren Lieblingsfilm TITANIC in HD anzuschauen.

22:13 Uhr

Warum hat Gran einen HD-Fernseher bekommen, wenn wir unsere Fernbedienung in einem komischen Winkel halten müssen, damit unserer überhaupt funktioniert?

FREITAG, 17. APRIL

16:27 Uhr

JETZT ist meine Mum bei Facebook. Das beweist ja wohl, dass sie total VERRÜCKT ist. Nein, Mum, ich werde nicht deine Freundin! Ich gebe dir unter KEINEN Umständen die Lizenz, mich zu stalken!

20:38 Uhr

FARMVILLE?! Keine Zeit zum Schminken oder um mir zu erzählen, wo mein Dad ist, aber du hast Zeit, bei FARMVILLE nach dem goldenen Zuckerrohr zu suchen!

Ich habe eine Gran mit einem Flachbildfernseher und eine Mum bei Facebook. Das muss aufhören.

SAMSTAG, 18. APRIL

Ich habe heute in der „wichtigen Schublade" herumgewühlt, um mir die Carlo-Notiz noch mal anzusehen. SIE IST WEG!!! Am Ende plünderte ich Mums Kosmetiktasche und fand Folgendes:

- 1 Lidschatten in „Ozeanblau"
- 1 Lippenstift „Tansanische Morgenröte"
- 1 Abdeckstift für 96 Pence von The Body Shop. Nur weiß ich mit Sicherheit, dass das gleiche Ding heute 4,50 Pfund kosten würde. Meine Mum hat Make-up, das älter ist als ich – KOTZ!

SONNTAG, 19. APRIL

16:23 Uhr

Mum fragte mich, ob ich ihre persönlichen Dinge durchsucht hätte. Ich habe es abgestritten, aber da sagte sie, sie wüsste es, weil nichts mehr an seinem Platz liegen würde.

Sie fragte mich, was ich gesucht habe. Als ich antwortete: „Nichts Besonderes", sagte sie: „Hattie, ich habe bemerkt, dass du aufmüpfig wirst. Das will ich nicht. Überleg's dir. Solange du unter diesem Dach lebst, musst du meine Privatsphäre respektieren. Ich bin deine Mutter."

Ja, Mum, aber ich will die Wahrheit. Ich will herausfinden, wer zum Teufel ich bin und wo zum Teufel ich herkomme. Nein, das habe ich nicht gesagt – aber gedacht.

Ich VERDIENE die Wahrheit.

MONTAG, 20. APRIL

19:34 Uhr

Wir hatten heute in der Schule eine Diskussion: „Wo siehst du dich in 20 Jahren?" Crazy-Jen sagte nur, sie wolle „den weißen Glanz der Ewigkeit beflecken".

Jen wird nicht umsonst Crazy-Jen genannt.

DIENSTAG, 21. APRIL

17:36 Uhr

Florence Morse – TOTALE REBELLIN – hat auf ihr Übungsheft geschrieben: „Jungfräulichkeit ist wie ein Ballon ... Ein Knall, und sie ist für immer weg!" Anstatt wütend zu werden, behielt Mrs Cob sie nach der Stunde da und hat mit ihr das peinlichste Gespräch aller Zeiten über Sex geführt. Wir haben an der Tür gelauscht.

Mrs Cob sagte so was wie: „Liebe zu machen, ist eine wunderschöne Sache" und „Es ist der äußerste Ausdruck von Zuneigung, der nicht durch Schmierereien herabgesetzt werden sollte ..."

Florence wäre fast GESTORBEN. Schlimmste Strafe der Geschichte!

18:12 Uhr

Sorry, es müsste heißen: „Einmal Knallen, und sie ist für immer weg!"

18:45 Uhr

Wollte nur sagen, dass ich natürlich weiß, wie Sex funktioniert.

MITTWOCH, 22. APRIL

17:35 Uhr

Habe gerade eine Nachricht von der Rechtsberatungsstelle bekommen. Ich habe SCHON WIEDER einen Termin verpasst. WAS IST LOS MIT MIR?

Jetzt kann ich erst am 8. Juni wieder hin. DAS SIND NOCH SIEBEN WOCHEN!!! Ich habe Rob noch mal gefragt, warum. Er glaubt, weil immer noch alle bankrott sind, sich scheiden lassen und Probleme mit asozialem Verhalten haben. ODER sie denken darüber nach, ins Ausland zu gehen wegen billigerem Zahnersatz, und wollen wissen, ob Thailand „gut für Zähne" ist.

ACH DU SCHANDE. Warum habe ich DARAN nicht gedacht? Ich hätte eine unsichtbare Klammer UND einen Urlaub bekommen.

19:35 Uhr

Fred hat mich plötzlich ganz spontan zu seinem Fußballspiel eingeladen. Er ist im Tor. Ich habe nichts anderes vor, also kann ich genauso gut hingehen. Immerhin könnten ein paar sportliche Jungs da sein.

Ich habe Smiley auch gefragt, aber sie hat einen Bollywood-Tanzkurs. Crazy-Jen weigert sich, mitzukommen, weil sie und ihre Familie denken, dass jeder Sport sinnlos ist und dass er die „britische Kultur untergraben hat" (???). Das hält ihre Mum allerdings nicht davon ab, einen Schlüsselanhänger zu benutzen, auf dem „Mrs David Beckham" steht.

DONNERSTAG, 23. APRIL

7:37 Uhr

Ich wünschte, Rob würde nicht immer diese blöden Fahrlehrer-Witze reißen. Wenn ich zum Beispiel auf der Treppe in ihn reinlaufe, sagt er immer: „Innenspiegel, Außenspiegel, Schulterblick, Hattie." Das ist nicht witzig und genauso nervig wie sein Spruch: „Hattie, machst du mir bitte eine Tasse Tee? Fahr weiter zum Flur und nimm die erste mögliche Abbiegung."

Ich frage mich, wie witzig mein richtiger Dad ist. Ich hoffe, er ist witziger.

17:34 Uhr

Mr Halston hat uns eine „besondere" Geschichtsaufgabe gegeben: Wir müssen ein Gedicht über Jeanne d'Arc schreiben. Das ist lächerlich, wir sind 14, nicht sechs! In einigen Ländern wären wir jetzt schon verheiratet und hätten drei Kinder.

Ich bin froh, dass wir nicht in solchen Ländern sind, aber darum geht es nicht!!!

FREITAG, 24. APRIL

18:36 Uhr

Muss noch das DÄMLICHE Gedicht schreiben – aber ich bin eine Katastrophe im Schreiben. Habe Fred eine SMS geschickt. Er kommt vorbei, um mir zu helfen.

20:27 Uhr

Fred hat mir beim Gedichteschreiben geholfen. Könnte sein, dass ich dafür Riesenärger bekomme, aber ich gebe es trotzdem ab.

Jeanne ging einen Feldweg lang,
Das musste Schicksal sein.
Denn eine Stimme dort erklang:
„Kämpfer für Frankreich sollst du sein.“

Jeanne zog sich wie ein Junge an,
Das war kein Schicksal mehr.
Keinem Mädchen hätte zugehört man,
Für die Leute verrückt sie gewesen wär.

Jeanne kämpfte viele Schlachten.
Sie schlug alle in die Flucht.
Doch dann die Engländer sie zur Gefangenen machten,
Weil wir die Besten sind und verrucht.

Die Engländer sagten: „Unsere Feindin Jeanne,
Du bist eine Lügnerin.
Du ziehst dich an wie ein Mann.
Den Feuertod nimm nun hin.“

Jeanne kam auf den Scheiterhaufen.
Oh wie flackerten die Flammen!
Und als sie konnte nicht mehr schnaufen,
Fiel Jeanne als Asche zusammen.

SAMSTAG, 25. APRIL

9:25 Uhr

Bin gerade aufgewacht. Habe geträumt, Mrs Matfield hätte mich in einen Toaster gesteckt. Wegen Jeanne d'Arc habe ich Albträume, also verdient sie ein schlechtes Gedicht.

Heute Fußball. Fred kommt um 13:30 Uhr vorbei.

10.10 Uhr

ACH DU SCHANDE – bin ich jetzt eine Spielerfrau?

19:01 Uhr

Das Fußballspiel war todlangweilig, ABER ich bin meinem Schicksal begegnet. Ich habe den Mann gesehen, mit dem ich ZUSAMMEN SEIN will und den ich küssen will und ALLES.

Im Grunde waren in Freds Mannschaft haufenweise Doki-Okis. Außer dieser eine Typ, der einfach nur perfekt war. Er war absolut perfektissimo – seine Augen waren SUPERSCHÖN.

Und sein Po war wie aus Marmor gemeißelt. Ich bin verliebt. Episch, pulsierend, leidenschaftlich verliebt.

Er heißt Zachary und ist der wunderschönste Mann, den ich je gesehen habe. Normalerweise stehe ich nicht auf Blonde, aber er ist einfach nur ZUM ANBEISSEN! Er sieht aus wie ein ganz junger David Beckham. Und SEIN KÖRPER … er muss regelmäßig trainieren, denn ER IST SEXY. In der Halbzeitpause aß er nicht mal ein Stück Orange, sondern hat stattdessen Liegestützen gemacht.

Am Ende des Spiels kam Fred herüber und fragte: „Hat es dir gefallen?" Ich sagte: „Nicht das Spiel, Fred, aber die Talente. ERZÄHL MIR WAS ÜBER ZACH!"

Fred sah etwas sauer aus (wahrscheinlich, weil er voller Matsch war). Er sagte: „Tja, Zach ist okay – ein bisschen selbstverliebt, aber er ist okay." Fred meinte, er spielt jede Woche und ein paar Liga-Vereine interessieren sich für ihn. LIGA-VEREINE!!! Er wird berühmt werden. Gut, ich komme jetzt jede Woche zum Fußball.

22:56 Uhr

Habe vergessen zu erwähnen, dass Fred um die 17 Tore gehalten hat und Spieler des Tages war. Er hat mir seinen Preis gegeben, eine Dose mit Rosen drauf. Das war nett von ihm!

Ich habe ein Schild am Vereinshaus gesehen:

JEDEN Mittwoch
Fußballtraining –
ruf Stan an

Ich glaube, ich werde es versuchen. Mum wird es mir erlauben, weil es Sport ist. Sie wird nie erraten, warum ich es in Wirklichkeit mache.

SONNTAG, 26. APRIL

16:56 Uhr

Offensichtlich sind Mädchen beim Fußballtraining nicht willkommen! Stan, der Trainer, sagt, er hält es wie Ron Atkinson (wer auch immer das ist). Er findet, dass „Frauen in die Diskothek und in die Boutique gehören, aber nicht auf den Fußballplatz".

Ich erzählte Stan, dass ich Mitglied einer Gruppe sei, die es sich zum Ziel gesetzt hat, unfaire Dinge zu bekämpfen. Stan sagte: „Hör zu, Kleines – Frauen können mit Männern auf dem Platz nicht mithalten, und keine Schnitte, die ich je gekannt habe, wollte einen Kopfball machen. Das hat nichts mit fair zu tun – es ist einfach eine Tatsache."

Dürfen Männer wie der überhaupt atmen? Die Nicht-fair-Protestgruppe muss gegen STAN vorgehen.

17:24 Uhr

Habe Smiley angerufen. Sie gibt mir recht, dass es falsch war, aber ihr Bollywood-Tanzkurs ist auch nur für Mädchen, darum kann sie sich schlecht beklagen.

18:34 Uhr

Habe Jen geschrieben. Sie antwortete, dass alle Sportarten verboten werden sollten.

Manchmal glaube ich, ich bin die Einzige, die sich wirklich etwas aus unserer Gruppe macht. Ich bin praktisch eine einsame Kämpferin für GERECHTIGKEIT und LIEBE.

Ich werde am Mittwoch trainieren. NICHTS kann mich aufhalten. Nicht mal Stan.

19:01 Uhr

Mir ist gerade eingefallen, dass ich keinen Sport-BH habe.

19:03 Uhr

Mir ist gerade eingefallen, dass ich keinen Sport-BH brauche.

MONTAG, 27. APRIL

ALBTRAUM in der Schule.

Mr Halston sagte in Geschichte, mein Jeanne-d'Arc-Gedicht sei eine „echte Schande" und es sei „unangebracht, sich über den Tod einer Heiligen und wahren Feministin lustig zu machen". Jetzt muss ich morgen nachsitzen und einen richtigen Aufsatz über die Verdienste von Jeanne d'Arc schreiben.

Ist mir egal – ich bin verliebt.

21:23 Uhr

Habe den ganzen Abend mit einem Badeschwamm Kopfbälle geübt, für das Fußballtraining. Jetzt mache ich mir Sorgen. Ich sehe dabei echt dämlich aus. Stan hat recht – es TUT weh. Sogar mit einem Schwamm.

21:45 Uhr

Habe gerade versucht, einen Kopfball mit einem Massage-Schwamm zu machen. Das tat auch weh.

21:56 Uhr

Mein Bruder kam rein. Er meinte, ich soll mal Kopfbälle mit einem scharfen Messer ausprobieren.

22:02 Uhr

Ich werde mich nie wieder über Bundesliga-Fußballer lustig machen. Sie müssen Qualen ertragen, wenn sie das hier mit einem richtigen Ball machen. Sie verdienen definitiv ihre 250.000 Pfund pro Woche.

Wenn sie mich am Mittwoch fragen, ob ich Kopfbälle mache, dann sage ich einfach, ich will im Tor stehen. Da muss man praktisch ein-fach nur rumstehen.

DIENSTAG, 28. APRIL

19:45 Uhr

Musste nachsitzen. Eigentlich war Jeanne d'Arc ganz cool. Und sie ließ sich die Haare schneiden und trug JAHRE vor allen anderen eine Pixie-Frisur.

Habe den ganzen Tag über an Zach gedacht. Wenn wir heiraten, könnte ich dabei helfen, das Ansehen von Spielerfrauen zu verbessern. Versteht mich nicht falsch, ich würde natürlich immer darauf achten, dass ich fantastisch aussehe, aber ich würde auch selbst Karriere machen.

Wenn ich eine Starköchin wäre, könnte ich im Grunde unter der Woche mit Jamie Oliver im Fernsehen auftreten und an den Wochenenden immer noch zu Zachs Spielen gehen. Ich bin sicher, Jamie würde das gefallen … besonders, wenn ich noch mehr Zuschauer mitbringe.

Mit einem Pfannenwender würde ich TOTAL HINREISSEND aussehen.

MITTWOCH, 29. APRIL

7:23 Uhr

Habe Gran gesagt, wie sehr ich mein Aussehen hasse. Gran meinte, ich wäre hübsch und wie ein guter Wein würde ich reifen und noch schöner werden.

Gran hält auch Günther Jauch für ihren perfekten Partner – man kann ihr nicht trauen.

7:34 Uhr

Eigentlich wäre Günther Jauch super, um eine Rede auf meiner Hochzeit zu halten.

8:06 Uhr

HEILIGER STROHSACK – wenn doch Günther Jauch mein Dad wäre. DAS WÄRE GROSSARTIG. ALLE würden mich besuchen wollen. Ich wäre die Königin der TOTAL Berühmten. Außerdem würden wir NIE wieder beim jährlichen Ratequiz der Elternversammlung verlieren. Er würde wissen, wie die Hauptstadt von Uruguay heißt und woran man das Geschlecht von einem Wellensittich erkennt. Anders als Rob.

8:12 Uhr

Ich liebe Rob natürlich. Aber er wird halt nie mein richtiger Dad sein, wenn ihr versteht, was ich meine.

Heute Abend Fußballtraining. Kann's kaum erwarten, Zach zu zeigen, wie sehr ich Fußball UND IHN liebe.

16:53 Uhr

Habe mein Outfit für das Training heute Abend zusammengestellt. Ich habe mir Jens Hello-Kitty-Shorts geliehen. Ich fand, sie sehen aus wie für Siebenjährige, aber Jen sagt, sie sind ganz eindeutig „Japanisch-Harajuku-fabelhaft". Ich habe zugestimmt, aber ich muss das später googeln, weil ich ehrlich gesagt nicht weiß, was zum Teufel sie meint. Sie hat mir außerdem ein SUPERHÜBSCHES gelbes Trägerhemd geliehen, in dem meine Brüste größer aussehen.

Mir wird kalt sein, aber ich werde HEISS aussehen.

Fred holt mich um sieben ab.

22:23 Uhr

Fußballtraining – die guten Dinge:

- Zach sah GROSSARTIG aus und lächelte mich vor dem Training an. So ein schiefes Lächeln. Ich glaube, ein Flirtlächeln!
- Ich habe es tatsächlich geschafft, mich an einer Unterhaltung über Fußball zu beteiligen. Fred fragte alle, wer ihrer Meinung nach der neue Manager von Chelsea werden würde, und ich sagte: „Oh, bestimmt jemand, der gut ist." Ich habe KEINE Ahnung davon, aber es muss richtig gewesen sein, denn niemand hat was dagegen gesagt. Sie sind alle nur ganz still geworden und weggegangen! Volltreffer!
- Beim Aufwärmen konnte ich die meiste Zeit mithalten. Bei der zweiten Runde ums Feld bekam ich Seitenstechen, aber die erste habe ich geschafft!

Fußballtraining – die schlechten Dinge:

- Ich kann nicht dribbeln.
- Ich kann erst recht nicht im Slalom dribbeln. Habt ihr David Beckham JEMALS mitten im Spiel um Hütchen herumdribbeln sehen? Nein. Es ist SINNLOS.
- Ich kann nicht schießen.
- Ich kann im Tor überhaupt nichts halten. Die Bälle kommen zu schnell und brennen an den Händen.
- Stan hat kein einziges Mal meinen Namen benutzt – er hat mich nur „die kleine Lady" genannt.

- NIEMAND wollte mir den Ball zuspielen.
- Ich bin immer noch voll mit Matsch.
- Es gab KEINE Erfrischungen.
- Mir war so kalt, dass meine Brustwarzen wie bei Riesenmöpsen vorstanden.
- KEIN EINZIGER der Jungs guckte auf meine Riesenmops-Nippel, als ich sie hatte.

Ich werde nicht wieder trainieren. Nur zugucken. WENIGSTENS hat Zach mich heute Abend bemerkt.

23:01 Uhr

Habe gerade **Harajuku** gegoogelt. Danke, Jen. Ich sah aus wie eine riesige idiotische Puppe. Die nicht dribbeln konnte.

DONNERSTAG, 30. APRIL

18:36 Uhr

Mein Bruder hat mich heute dabei erwischt, wie ich mein Leben als Starköchin geprobt habe. Ich habe in Mums kleinen Spiegel gesprochen und so getan, als wäre er eine Kamera. Er hatte wohl schon eine Ewigkeit an der Tür gestanden. Ich drohte ihm, überall herumzuerzählen, wie er in Unterhose vor seinem Katy-Perry-Poster gesungen hat, wenn er irgendjemandem etwas davon sagt.

FREITAG, 1. MAI

19:35 Uhr

Habe Fred gefragt, ob ich wieder zum Fußballspiel mitkommen kann. Er sah echt erfreut aus und sagte: „Natürlich kannst du das, Hats, fände ich toll."

MORGEN IST TOTALER ZACH-TAG.

SAMSTAG, 2. MAI

19:28 Uhr

UNFASSBAR COOLER TAG.

Bin früh aufgestanden und habe mich ungefähr fünf Mal umgezogen. Entschied mich für hautenge Jeans und das gute Top aus dem Supermarkt. Sah tatsächlich einigermaßen hübsch aus, finde ich.

Fred fragte, warum ich mich so schick gemacht hätte, also erzählte ich ihm von meiner Liebe zu Zach. Er muss einen schlechten Tag gehabt haben, weil er anscheinend ein bisschen sauer war, dass ich nur wegen Zach mitkam.

AUF JEDEN FALL stand ich am Spielfeldrand, und es war ein tod-langweiliges Spiel. ABER DANN, AM ENDE – HERZINFARKT- UND ÜBELKEITSALARM – kam Zach zu mir und fragte: „Hast du Lust, mit mir Pizza essen zu gehen?" Ich sagte: „Liebend gern", glaube ich. Ich kann mich nicht WIRKLICH dran erinnern, weil ALLES PLÖTZLICH SO HELL STRAHLTE, DASS ICH NICHT MEHR

ATMEN KONNTE. Dann sagte Zach: „Gib mir deine Nummer, dann rufe ich dich an."

22:45 Uhr

Kann nicht glauben, dass das passiert ist. Ist das wirklich mein Leben?

22:57 Uhr

Ich habe mir das nicht ausgedacht. Es IST mein Leben. Mein Leben könnte echt heiß werden.

SONNTAG, 3. MAI

7:24 Uhr

Wann ruft ein Junge an, wenn er einen gefragt hat, ob man mit ihm ausgehen will? Ich glaube, es ist jetzt noch zu früh.

9:34 Uhr

BITTE ruf an, ZACH. BITTE, BITTE, BITTE RUF AN!!!!

14:46 Uhr

Es ist jetzt fast 24 Stunden her. WARUM HAT ER NOCH NICHT ANGERUFEN???

17:36 Uhr

Die Nicht-fair-Protestgruppe wird es zum Verbrechen erklären, wenn ein Junge sagt, er will anrufen, und dann NICHT ANRUFT.

18:14 Uhr

Oder man MUSS innerhalb von zwölf Stunden anrufen. Oder eine SMS schicken, dass man kein Interesse hat.

20:13 Uhr

Ich hasse Jungs. Genau genommen ALLE MÄNNER.

21:37 Uhr

Außer Günther Jauch.

22:12 Uhr

Und Jeremy Kyle. Und Rob. Alle anderen Männer sind bescheuert.

MONTAG, 4. MAI

19:32 Uhr

ZACH HAT GERADE ANGERUFEN!

ABER Katastrophe.

Ich hatte mein Handy in der Küche vergessen, und ROB IST DRANGEGANGEN!!! UND ER HAT GESAGT: „Lieferservice Fröhlicher Drache", mit einem üblen chinesischen Akzent. Zach hat aufgelegt und es noch mal versucht, und dieses Mal habe ich das Handy als Erste erwischt. VOLLSTÄNDIGE heldenhafte Unterhaltung:

Z: Hallo, Hattie, hier ist Zach.

Ich: Hi, Zach. Schöner Tag für Fußball und zum Waschen ... ← WARUM HABE ICH DAS GESAGT?!

Z: Äh, ja. Ist Pizza-Express nächsten Sonntag okay?

Ich: Ja, ich mag allerdings keine Eier.

Z: Na ja, die meisten Pizzas passen dann schon, und wir können uns ein paar Pizzabrötchen teilen.

Ich: Großartig ... ein paar Brötchen teilen ... wie ihr euch Brötchen ... in der Halbzeitpause teilt!!!

WARUM HABE ICH DAS GESAGT?! X 4 MILLIARDEN

Z: Klar. Bis nächsten Sonntag dann.

Und als ob das nicht schon schlimm genug gewesen wäre – hier kommt ein Tipp von Hattie Moore: Wenn ihr den roten Knopf drückt, um den Anruf zu beenden, und sagt: „Dieser Mann ist der pure heiße SEX!", dann versichert euch, dass ihr auch wirklich den roten Knopf gedrückt HABT.

Ich hoffe, er hat es nicht gehört.

21:38 Uhr

ICH HABE NÄCHSTEN SONNTAG EIN DATE. MEINE VERBORGENE FRAU WURDE GEFUNDEN.

DIENSTAG, 5. MAI

Noch 5 Tage bis zum Date!!!

16:15 Uhr

Fred musste ins Krankenhaus. Er konnte vor Schmerz kaum laufen.

Ich sagte zu Mum, dass es hoffentlich nicht seine Hoden seien. Mum sagte: „Hattie, wie um alles in der Welt kommst du darauf?" Und die Wahrheit ist: Ich weiß nicht, warum ich das gesagt habe.

ACH DU SCHANDE – bin ich eine Sexbesessene?

17:39 Uhr

Mir ist gerade aufgegangen, warum ich das gesagt habe: Der Cousin von Jens Freund, der in Blackpool lebt, ist mal mit qualvollen Schmerzen aufgewacht, weil seine Eier sich verdreht hatten. Sie mussten einen Hoden entfernen, weil er regelrecht verknotet war. Ich werde mich nie wieder über die Periode beklagen.

18:12 Uhr

Eigentlich ist das eine Lüge, denn manchmal habe ich eine Periode, die mich wahnsinnig macht.

MITTWOCH, 6. MAI

Noch 4 Tage bis zum Date!!!

8:01 Uhr

ECHTES DRAMA: Fred hat Blinddarmentzündung. Anscheinend ist das ein nutzloser Teil vom Darm, den man nur braucht, wenn man ein Kaninchen ist und Gras frisst. Der von Fred hat sich entzündet, und sie müssen ihn rausnehmen. Er wird heute noch operiert.

Es ist nichts Ernstes, aber wie bei allen Operationen könnte er eventuell sterben.

18:43 Uhr

Smiley kam nach der Schule mit zu mir und half mir, ein Outfit für das Date auszusuchen. Wir sind ALLES in meinem Kleiderschrank durchgegangen und haben uns schließlich für Smileys schwarzen Rock, Smileys gestreifte Jacke, Smileys Handtasche und Smileys Converse entschieden.

Nur mal um es festzuhalten: Ich habe tatsächlich GAR NICHTS, was ich zu einem Date anziehen könnte.

20:12 Uhr

Fred hat seine Operation überlebt. Habe ein schlechtes Gewissen, dass ich mich wegen Klamotten gestresst habe, während er mit dem Tod gekämpft hat.

DONNERSTAG, 7. MAI

Noch 3 Tage bis zum Date!!!

21:33 Uhr

Habe Fred im Krankenhaus besucht. Er lag auf der Kinderstation und war von mindestens vier Krankenschwestern umringt, die er alle zum Lachen brachte. Sie müssen echt verzweifelt sein.

Während wir da waren, kam Bob der Baumeister vorbei – na ja, ein Mann, der als Bob der Baumeister verkleidet war. Ich fand das ziemlich peinlich, aber Fred fragte ihn nur, wo Kuschel, die Katze, sei. Fred scheint es völlig egal zu sein, was die Leute über ihn denken – das ist besorgniserregend.

22:12 Uhr

Habe Wenn es einem egal ist, was die Leute über einen denken gegoogelt. Das macht einen zum Soziopathen, was bedeutet, dass man mit sehr großer Wahrscheinlichkeit irgendeine Art von Massenmord begehen wird. Na toll! Und normalerweise ist nur eine sehr dünne Mauer zwischen uns.

FREITAG, 8. MAI

19:46 Uhr

Habe Fred, den Soziopathen, wieder besucht. Er hat einem Fünfjährigen dabei geholfen, einen Lego-Kran zu bauen. Ich fragte ihn, warum er auf der Kinderstation liegt. Offensichtlich wird man als Kind eingestuft, bis man 16 Jahre alt ist! Das ist völlig verrückt. Ich habe Smiley und Jen geschrieben, und die NFPG wird der Person schreiben, die alle Krankenhäuser leitet, und verlangen, dass Teenager eine gesonderte Station bekommen.

21:21 Uhr

Die Person, die den staatlichen Gesundheitsdienst leitet, ist der Premierminister. Er hat letztes Mal schon nicht geantwortet – DABEI sind superhässliche Zahnspangen noch viel wichtiger!

22:58 Uhr

Ganz vergessen: Ich fragte Fred, warum Zach nicht geschrieben hätte. Fred glaubt, er habe vielleicht ein Prepaid-Handy und versuche, Geld zu sparen! DOPPEL-JIPPIEH!!! Das ist ein guter

Grund für ihn, nicht zu simsen, und eine weitere Gemeinsamkeit von uns!

Noch 1 Tag bis zum Date!!!

SAMSTAG, 9. MAI

17:34 Uhr

Mein Bruder hat mir gerade die Geschichte vom schlimmsten Date der Welt erzählt. Irgendein SUPERHÜBSCHES Mädchen hatte ein Date mit einem Typen, hinter dem sie schon seit EWIGKEITEN her war, und dann bekam sie eine Erkältung. Alles lief gut, bis sie über einen seiner Witze lachte und ihn mit zwei mächtigen Popeln beschoss – einen aus jedem Nasenloch. Er machte sich SOFORT aus dem Staub, und von da an war sie überall nur noch als „Rotznase" bekannt.

Mein Bruder sagte, was auch immer man tut, man soll sich auf jeden Fall die Nase putzen, bevor man losgeht.

19:45 Uhr

Seitdem mein Bruder mir die Popel-Geschichte erzählt hat, habe ich alle fünf Sekunden geschnieft, um sicherzugehen, dass meine Nase frei ist. Ich bin sicher, ich kann da drin irgendwas fühlen.

20:14 Uhr

Habe noch mal geprüft – nichts ist drin, aber es fühlt sich so an, als ob! Habe Gran gesimst. Gran sagt, man soll Salzwasser in die Nase tun, um sie zu säubern.

20:43 Uhr

Glaube, mir wird gleich übel, aber ich bin popelfrei.

21:02 Uhr

Mum sagt, dass ich die ganze Zeit schniefe, und fragt, was los sei.

22:47 Uhr

Mum war gerade auf einer Website über Drogen, wo es heißt, Schniefen sei ein mögliches Anzeichen von Kokainkonsum. Ich war noch NIEMALS auch nur in der Nähe von Drogen außer Paracetamol und Grippemittel! Ich bin kein Junkie. Ich habe nur POPELPHOBIE.

SONNTAG, 10. MAI

DATE-TAG!!!

7:58 Uhr

Zach hat gesimst:

> CU @ 18, vor Pizza-Express, Eisentor.

Wette, er ist gerade wach geworden und hat an mich gedacht – GÖTTLICH!!!

13:09 Uhr

Gut, muss anfangen, mich fertig zu machen. Bin später wieder da, mit VOLLEM DATE-ERLEBNISBERICHT.

22:12 Uhr

OH GOTT, OH GOTT, OH GOTT, OH GOTT, OH GOTT, OH GOTT!

ICH HABE GERADE EINEN ZUNGENKUSS GEKRIEGT!

KANN NICHT SCHREIBEN …

SPÄTER …

23:38 Uhr

Ich habe Zach also vor dem Pizza-Express getroffen und hatte lauter Schmetterlinge im Bauch. Mir war ein bisschen übel, also bestellten wir Pizzabrötchen. Er hat neun von zwölf gegessen, weil a) ICH VOR NERVOSITÄT FAST GEKOTZT HÄTTE und b) er Sportler ist und Kohlenhydrate braucht.

Dann fragte er mich, ob ich Pizza oder Salat essen wolle, weil dünne Mädchen wie ich normalerweise nicht viel essen! Ich sagte, dass ich eine Vier-Käse-Pizza essen würde, und er ZWINKERTE und sagte: „Gut, dass wir beide Knoblauch essen." Und ich dachte: OH GOTT, ich glaube, er will mich küssen!!!

Auf jeden Fall ist er wirklich witzig und hat mir alles über seine Zukunftspläne erzählt. Ich hatte keine Chance, viel zu sagen, aber um ehrlich zu sein, glaube ich auch nicht, dass ich so interessant bin wie er. Er hofft, dass er bei einem GROSSEN Verein unter Vertrag kommt – wenn nicht, meint er, würde er nur Klempner werden.

Um ehrlich zu sein, weiß ich nicht, ob ich ihn genauso mögen würde, wenn er seinen Lebensunterhalt mit dem Reparieren von Toiletten verdient, ABER ich weiß, dass er einfach UNGEHEUER berühmt werden wird.

Auf jeden Fall brachte er mich nach Hause und sagte: „Danke für den tollen Abend." Dann STÜRZTE er auf mich zu und sagte: „Sollen wir uns etwas Knoblauch teilen?", und wir hatten die großartigste Knutscherei ALLER ZEITEN. Ich wusste nur nicht, wo ich meine Hände hintun sollte, also schob ich sie auf seinen prächtigen Po und drehte meine Zunge ein bisschen um seine.

ES WAR PHÄNOMENALTOTALFANTASTISCH!!! ES WAR EIN KUSS!!!

Dann sagte er nur: „Ein Schuss, ein Tor. Ich mag dich wirklich, Hattie. Ich rufe dich an."

Dann kam Rob zur Tür (hoffe, er hat nicht zugeguckt) und bot Zach an, ihn nach Hause zu fahren. Zach sagte, er würde den Bus nehmen, worüber ich ECHT erleichtert war. So wie ich Rob kenne, hätte er entweder Bahnübergangs-Roulette gespielt oder so getan, als ob er keine Bremsen hätte. KEINS VON BEIDEM ist auch nur das KLEINSTE BISSCHEN witzig und könnte Zachs Tod zur Folge haben – und er darf nicht sterben, jetzt, wo ich einen ECHTEN MANN GESCHMECKT HABE UND ER MEIN FREUND IST.

MONTAG, 11. MAI

0:45 Uhr

Bin übrigens im Restaurant dreimal zum Klo gegangen, um meine Nase auf Popel zu überprüfen. Nichts.

3:12 Uhr

Zach, BITTE ruf an, auch wenn es 3 Uhr morgens ist.

17:23 Uhr

Habe in der Schule ALLEN von Zach erzählt. Smiley und Jen haben sich total für mich gefreut, aber anscheinend hat MHP es Rachel erzählt, die es Sophie erzählt hat, die es Charlotte erzählt hat, die zu Dumpfbacke Hannah gesagt hat, dass ich „kaum das Zeug zur Spielerfrau" hätte. Smiley sagte: „Ignorier sie einfach, sie ist nur neidisch." ES WAR GENIAL!!!

22:17 Uhr

Zach hat nicht angerufen.

DIENSTAG, 12. MAI

16:23 Uhr

ECHT abgefahren in Englisch. Florence Morse hat eine Buchkritik über DIE KLEINE RAUPE NIMMERSATT geschrieben. Sie hat einfach nur geschrieben: „Es war einmal eine hungrige Raupe. Sie hat alles Mögliche gefressen. Sie wurde zu einem Schmetterling. Dann trat wahrscheinlich jemand auf sie drauf, weil das Leben grausam ist. Ende."

Dr. Richards sagte, sie könne sehr ökonomisch mit ihrer Sprache umgehen und das wäre mal eine erfrischende Abwechslung nach den 450 Kritiken über HARRY POTTER UND DIE HEILIGTÜMER DES TODES, die er im letzten Jahr lesen musste. Man hätte meinen sollen, dass Florence froh darüber war, aber sie sah ziemlich angepisst aus.

21:36 Uhr

WIEDER KEIN ANRUF. WO IST ER?!

Meint ihr, ich habe schlecht geküsst? Vielleicht habe ich meine Zunge zu schnell bewegt.

22:45 Uhr

Habe gerade meine Hand geküsst. Glaube, ich bin zu wild. Vielleicht habe ich ihn mit meinem irren Mund vergrault. Soll ich ihm simsen und mich für meinen Kuss entschuldigen? Ich werde Smiley fragen.

23:09 Uhr

Smiley schläft wohl schon. KRISE!!! Stell dein Telefon nicht im wichtigsten Moment meines Lebens auf Lautlos, Smiley!

MITTWOCH, 13. MAI

16:56 Uhr

Katastrophe! Habe Smiley in der Pause auf dem Klo gezeigt, was ich mit meiner Zunge gemacht habe. Lily Richardson hat es gesehen, dann hat sie mich bei Ruth Palmer nachgemacht, die es MHP vorgemacht hat. MHP hat jetzt verbreitet, dass ich küsse „wie eine Irre".

17:12 Uhr

ACH DU SCHANDE. Das hört sich so an, als ob ich mit Smiley geknutscht hätte!!! Habe ich nicht. Ich habe nur meine Zunge in die Luft gestreckt!!!

19:46 Uhr

Immer noch kein Anruf. Habe die Telefongesellschaft angerufen – das Festnetz funktioniert. Habe beim Handyanbieter angerufen – das Handy funktioniert auch.

Habe ihm eine SMS geschrieben:

Hi, alles okay? x

Smiley riet mir, nur einen Kuss reinzuschreiben, weil mehr verzweifelt wirken.

22:14 Uhr

Keine Antwort. Hat er Schluss gemacht?

DONNERSTAG, 14. MAI

18:23 Uhr

Bin zu Fred rübergegangen, der wieder zu Hause ist. Er sah echt erfreut aus, mich zu sehen, bis er kapierte, dass ich nur seinen

Facebook-Account benutzen wollte, um Zach auszuspionieren. Ich bin noch nicht mal mit ihm befreundet!

Egal, SUPER ÜBERRASCHUNG ... dort stand:

Zachary mag gerade ein bestimmtes Mädchen.

DAS MUSS ICH SEIN!!!

Fred sagte: „Es ist doch klar, dass er dich mag, Hats. Aber Jungs simsen eben nicht so viel wie Mädchen. Oh, und nebenbei, mir geht's gut, jetzt, wo ich aus dem Krankenhaus raus bin. Danke der Nachfrage."

Fred ist ein bisschen empfindlich. Er muss doch merken, dass ich gerade in einer Beziehung bin und dass das ganz viel von meiner Zeit in Anspruch nimmt.

FREITAG, 15. MAI

6:52 Uhr

Warum hat Zach sich nicht gemeldet? Auf Facebook sagt er, er mag mich – WARUM KANN ER NICHT EINFACH SIMSEN?!!

18:32 Uhr

Bin nach der Schule zu Gran gegangen. Sie sagt „halt sie scharf, aber kurz", weil „Männer Zicken mögen".

Gran hält sich immer an die „Goldenen Flirtregeln", sagt sie.
Die schreiben vor, dass man ein Date für Samstag nicht schon am

Dienstag zusagen sollte. Wenn Zach mich jetzt also fragt, ob ich ausgehen will, sollte ich im Prinzip Nein sagen. Denkste, Gran – das mache ich IM TRAUM NICHT!

19:01 Uhr

Gran hält sich IMMER an die Regeln?! KOTZ – GRAN HAT DATES. Wette, Popel sind ihr kleinstes Problem. Sie hat nicht mal mehr eigene Zähne.

Ich frage mich gerade, ob Knutschen ohne Zähne besser ist. Deine Zunge kann einfach rein und herumwirbeln, ohne dass man Angst haben muss, gebissen zu werden.

Ich muss knutschen, bevor es für mich gelaufen ist – RUF AN, ZACH, RUF AN!

SAMSTAG, 16. MAI

7:47 Uhr

ENDLICH EINE SMS!!! JIPPIEH!!! Habe sie gerade bekommen:

Hats - cu @ Fussball

Muss anfangen, mich fertig zu machen. Habe meine Achseln und Beine nicht rasiert.

22:34 Uhr

Nach dem Fußball nahm Zach mich mit einem Haufen seiner Kumpels mit nach Hause. Wir haben DRIVER auf der Wii gespielt. Ich war richtig spitze darin, und seine Kumpels sagten: „Zach, deine Freundin (DEINE FREUNDIN!!! YES!!!) ist ein Profi."

Komisch. Zach sah nicht besonders glücklich darüber aus, dass ich supergut in DRIVER war, aber ich habe es mit meinem Bruder gespielt, seit ich vier bin. Ich musste also zwangsläufig alle besiegen!!! MEIN FREUND sagte, ich wäre eine Frau mit vielen Talenten. OH JA, ZACH, DAS BIN ICH. MEINE LIEBESTALENTE WARTEN AUF DICH.

Dann hupte Rob draußen, und ich musste gehen. Zach wollte mich vor seinen Kumpels nicht küssen, aber ich bin mir sicher, dass ich ihn jetzt, wo ich OFFIZIELL seine Freundin bin, noch ZIGMAL KÜSSEN WERDE.

Ich bin die Freundin von jemandem.

Ich muss Dr. Phils „Leitfaden für eine gesunde Beziehung" lesen.

SONNTAG, 17. MAI

15:19 Uhr

Dr. Phil sagt, man soll „die Kommunikation zwischen sich und seinem Partner offen gestalten". Also simse ich Zach, was ich fühle und was ich gerade mache.

17:45 Uhr

Ich habe keine Antwort bekommen, aber das ist schon okay.

18:32 Uhr

Eigentlich ist das überhaupt nicht okay. Ich habe ihm heute 14 SMS geschickt und NICHTS.

20:40 Uhr

NULL, ZACH!!!

MONTAG, 18. MAI

7:54 Uhr

Wenn ich so tue, als ob ich etwas bei ihm vergessen habe, ruft er mich vielleicht an.

13:10 Uhr

Habe ihm in der Pause gesimst, dass ich ihm das neue Spiel von HOUSE OF THE DEAD: OVERKILL gekauft habe. Habe ich nicht, aber jetzt MUSS er Interesse zeigen.

16:24 Uhr

Habe direkt nach Naturwissenschaften auf mein Handy geguckt. IMMER NOCH KEINE SMS. Simse ihm leicht angepisst:

> Irgendeine Chance, dass du mir vielleicht vor dem Ende des Jahres noch schreibst?

Ich mache keinen auf cool, weil ich keinen auf cool machen kann. Ich bin ganz HEISS vor Leidenschaft und VERLANGEN!!!

DIENSTAG, 19. MAI

17:23 Uhr

Crazy-Jen findet, ich hätte bei DRIVER nicht so gut sein sollen. Weil Jungs es nicht mögen, wenn Frauen in Jungskram besser sind als sie!

Ich habe Zach gesimst und mich dafür entschuldigt, dass ich ihn bei DRIVER so fertiggemacht habe.

MITTWOCH, 20. MAI

15:45 Uhr

Smiley meint, ich muss durchsetzungsfähiger sein.

Ich habe Zach gesimst, dass er am Samstag nach dem Fußball zum Abendessen mit zu mir kommen soll.

DONNERSTAG, 21. MAI

8:23 Uhr

Zach hat nicht gesimst, also kommt er am Samstag zum Abendessen vorbei. Wenn er nicht kommen will, würde er es mir doch bestimmt sagen?

19:32 Uhr

Habe Mum gerade gesagt, dass ich Zach am Samstag zum Abendessen mitbringe, und ihr diese Liste gegeben:

* keine blöden Witze
* keine Babyfotos
* keine Fragen darüber, was er mit seinem Leben anfangen will, wenn er mit der Schule fertig ist
* keine Fragen danach, was seine Eltern machen
* keine Fragen darüber, was er in seiner Freizeit macht
* kein Wort darüber, dass ich an der Küste Angst vor Eseln hatte
* kein Wort darüber, dass ich beim Krippenspiel in der Schule Angst vor dem Engel Gabriel hatte, als ich vier war
* genau genommen überhaupt kein Wort über mich, bevor ich 13 war

Mum fragte, wie ich dazu komme, Leute einzuladen, ohne sie vorher zu fragen. Rob sagte: „Ach komm, Liebling, ist doch in Ordnung. Hattie will nur mit uns angeben."

Man beachte: Es ist mein Stiefvater, der auf meiner Seite ist, NICHT MEINE EIGENE MUTTER!!!

FREITAG, 22. MAI

21:56 Uhr

Heute habe ich mir aus Versehen Klebeknete in die Augenbrauen geschmiert und sie falsch herum wieder abgerissen. Dabei habe ich ganz viele Haare ausgerissen. Vielleicht habe ich eine neue Schönheitstechnik entdeckt.

22:04 Uhr

Nein, habe ich nicht. Ich sehe so aus, als ob meine Augenbrauen gesprenkelt wären.

Habe es Zach mit einem LOL gesimst!!!

SAMSTAG, 23. MAI

Zeit ist egal, habe gerade das hier bekommen:

> Hats - hat wirklich Spaß gemacht,
> aber bin nicht bereit, mich jetzt zu binden.
> Fußball steht an erster Stelle.

WARUM KANN ICH NICHT MAL MIT JEMANDEM AUSGEHEN, DER NETT IST?! WAS IST EIGENTLICH FALSCH AN MIR?!

22:45 Uhr

Was IST falsch an mir? JETZT MAL IM ERNST?!

SONNTAG, 24. MAI

19:32 Uhr

Ich weiß GENAU, was falsch an mir ist. Ich habe das hier gerade noch mal durchgeschaut und genau am 14. Januar habe ich geschrieben, dass Mädchen, die ihren richtigen Dad nicht kennen, sich idiotische Männer aussuchen! UND GENAU DAS IST PASSIERT.

Also MUSS ICH HERAUSFINDEN, WER MEIN DAD IST, DAMIT ICH EINEN JUNGEN FINDEN KANN, DER MICH LIEBT.

Mum MUSS mir JETZT die Wahrheit über Dad erzählen, weil sie gerade mein Leben ruiniert.

Heute Abend ist sie mit Rob im Kino, aber morgen WERDE ICH IHR DAS SAGEN. GENAU GENOMMEN WERDE ICH ES IHR BEFEHLEN.

MONTAG, 25. MAI

20:45 Uhr

Bin gerade nach unten GESTÜRMT, um Mum festzunageln, und total AUSGEFLIPPT.

Ich sagte: „SO, MUM, ich suche mir idiotische Jungs zum Ausgehen aus, und es ist ABSOLUT dein Fehler. SAG MIR, WER MEIN DAD IST!"

Mum erwiderte: „Hattie, nicht jetzt …", also sagte ich: „Es heißt immer NICHT JETZT, ich habe genug davon."

Und ich war so wütend, dass ich ihre Tasse mit dem Spruch „Du bist das schwächste Glied" zerdepperte. Sie sah RICHTIG geschockt aus, aber ich machte einfach weiter und sagte: „Mum, es ist mein Recht!", und dann kam Rob rein und sagte: „Hattie, bitte beruhige dich." Und ich sagte: „HALT DIE KLAPPE, ROB, DU BIST NICHT MEIN RICHTIGER VATER UND WIRST ES NIEMALS SEIN."

Und dann fing Mum an zu heulen, was ihre typische bescheuerte Taktik ist. Sie ist bestimmt nicht mal meinetwegen aufgebracht, sondern weil ich ihre kostbare, nicht witzige Tasse kaputt gemacht habe.

UND DANN, STELLT EUCH DAS VOR, SCHRIE ROB MICH AN, DASS ICH NACH OBEN GEHEN SOLLE. ÄH – WER GENAU BIST DU, ROB?! WER?!!

Sie sind BEIDE SCHEISSE. SCHEISSE. SCHEISSE.

21:12 Uhr

Habe gerade Smiley geschrieben. Sie sagt, sie versteht, dass ich sauer bin, aber ich sollte meine Mum respektieren, weil sie hart arbeitet und mich sehr liebt.

Manchmal ist Smiley zu indisch.

21:47 Uhr

Habe Crazy-Jen geschrieben. Sie gibt mir recht, dass ich wütend geworden bin, weil „Lücken in der Identität" zur „spirituellen Verkrüppelung der Seele" führen. Außerdem verstopft Ärger die Arterien im Herzen mit "negativer Energie".

Manchmal ist Jen zu abgedreht.

DIENSTAG, 26. MAI

7:12 Uhr

Rob kam gerade hoch und entschuldigte sich, dass er mich gestern Abend angeschrien hat. Er machte mich richtig wütend, weil er so ruhig und nett war. Das ist einfach nur … NERVIG. Er sagte, er wisse, dass er nicht mein richtiger Vater sei, aber er fühle sich so. Und er liebe UND möge mich sehr.

Ich sagte: „Ich weiß, Rob. ABER ich muss die Wahrheit wissen."

Er sah einfach nur traurig aus und sagte, er würde mir ja gern alles erklären, aber zuerst müssten er und Mum ein paar Dinge regeln. WAS SOLL DAS HEISSEN?!

Bevor ich fragen konnte, meinte Rob, ich sollte mich bei meiner Mum entschuldigen.

Schätze, das muss ich wohl machen. Ich muss mich IMMER zuerst entschuldigen.

8:12 Uhr

Habe mich bei Mum entschuldigt, bevor ich zur Schule ging. Sie grunzte nur: „Okay." Als ob das alles MEIN Fehler wäre!!!

19:34 Uhr

Mum tut so, als ob nichts passiert wäre. Aber das ist es.

Die KAPUTTE Tasse im Mülleimer ist das Symbol dafür, dass etwas passiert IST und dass Lügen zerbrochen wurden!

20:12 Uhr

Der letzte Eintrag klingt, als wäre ich total dämlich, oder?

MITTWOCH, 27. MAI

16:13 Uhr

Bin gerade zu Fred gegangen. Er hat das Geschrei durch die Wand gehört. Er sagt, er fände es super, Rob als Dad zu haben, weil er ein vernünftiger Kerl ist. Ich versuchte, Fred zu erklären, dass ich mir idiotische Typen aussuche, weil ich meinen Dad nicht kenne.

Fred schaute mich an und sagte: „Hattie, es ist deine Schuld, dass du keinen Geschmack hast. Vielleicht übersiehst du anständige Männer, die direkt vor deinen Augen sind."

ÄH, FRED, ICH GUCKE DR. PHIL – ich weiß, wie die Dinge laufen.

Fred sagte, er wird mir helfen herauszufinden, wer Carlo ist, wenn ich nett zu Rob bin. Aber das hat er mir letztes Mal schon versprochen, und wir haben nur den Namen gegoogelt! Jedes Mal, wenn ich anfange, nach meinem Dad zu suchen, ist es so, als ob in meinem Leben irgendwas passiert, das mich aufhält – Jungen, Schule, die NFPG oder meine irre Gran. Es ist, als ob mein eigenes Leben gegen mich ist.

Fred sagt, ich muss mich zusammenreißen, Geduld haben und behutsam versuchen, mehr von Gran zu erfahren.

Fred ist sehr streng.

17:32 Uhr

Ich glaube, eigentlich könnte Fred schon recht haben. Ich muss etwas Neues versuchen.

Ich werde es mit Geduld versuchen.

DONNERSTAG, 28. MAI

18:23 Uhr

War bei Gran und habe versucht, mehr Infos zu bekommen. Aber wie immer wollte sie über nichts anderes als sich selbst sprechen. Sie war sehr aufgeregt, weil sie und ihre Freundin Denise „Autopöbeln" gewesen waren. Als ich sie fragte, was das sei, sagte sie, dass sie und Denise im Auto herumfuhren und jedes Mal, wenn sie etwas sahen, was ihnen nicht gefiel, unverschämtes Zeug aus dem Fenster riefen. Das galt sowohl für küssende Paare („Der Bürgersteig ist zum Laufen da, nicht um jemand anderem seine Zunge in den Hals zu stecken!") als auch für Jugendbanden („Sicher unterwegs zum Saufen oder Unwesen treiben!") und Leute in elektrischen Rollstühlen („Die Hälfte von denen ist einfach nur faul, nicht behindert!").

FREITAG, 29. MAI

21:45 Uhr

ACH DU SCHANDE. Gran und Denise sind tatsächlich wegen Autopöbeln von der Polizei angehalten worden.

Der Polizist sagte, reife Damen sollten ihre Zeit nicht damit verbringen, Jugendliche zu belästigen, die sich gesetzestreu verhielten. Gran hat eine Verwarnung bekommen, sie muss sich also benehmen.

Echt jetzt. Und von mir erwartet man immer noch, gut in der Schule zu sein, obwohl ich aus einer Familie von Bekloppten komme.

Dad, wo auch immer du bist, komm und rette mich!

SAMSTAG, 30. MAI.

19:12 Uhr

Gran hatte heute mit Mum einen Streit übers Autopöbeln.

Gran sagte, dass Mum vergessen habe, wie man Spaß hat, und wieder zu ihrem inneren Kind zurückfinden muss (das hat sie im Fernsehen gesehen). Mum sagte, sie habe keine Zeit für ihr inneres Kind. Sie sei zu beschäftigt damit, sich um die Kinder um sie herum zu kümmern, und außerdem musste sie schnell erwachsen werden, als „passierte, was passiert ist". Dann schwiegen sie beide.

Ich muss Geduld haben.

Obwohl ich eigentlich genau jetzt richtig gern ausflippen würde.

SONNTAG, 31. MAI

22:56 Uhr

Crazy-Jen sagt, manchmal muss man einfach aufhören, zu wünschen und zu suchen, um das zu finden, was man wirklich will. Sie glaubt, dass „Verzweiflung zu Verlassenheit führt" und dass man „freisetzen muss, was man liebt, dann wird es zu einem zurückkommen".

Ich muss bei Jen ständig googeln. Sie benutzt dämliche Wörter.

Ich fragte sie, ob sie das beweisen kann. Sie sagte Ja. Anscheinend hatte sie mal eine Hauswespe, die sich aus der „Sklaverei des

Nests" befreit hatte. Sie hat sie zwei Tage lang mit Schokolinsen gefüttert und ließ sie dann fliegen. Jen meinte, sie kam zurück, um sie zu besuchen.

Leider hat Jens Mum sie dann mit der Tageszeitung erschlagen, aber das war vielleicht „Karma für die Wespe, weil sie jemandem das Picknick ruiniert hat".

Jen IST komisch.

Sie könnte aber recht haben. Vielleicht sollte ich diese Ferien zum Lernen nutzen. Dann wird das Universum mich mit dem richtigen Wissen über meinen richtigen Dad belohnen.

PFINGSTFERIEN

MONTAG, 1. JUNI

11:12 Uhr

Ich werde nach dem Mittagessen mit dem Lernen anfangen.
Ich gucke noch ein bisschen Fernsehen, dann werde ich wirklich anfangen.

13:43 Uhr

Könnte noch kurz spazieren gehen, weil es eine bekannte Tatsache ist, dass das Gehirn Sauerstoff braucht, um einwandfrei zu funktionieren.

17:23 Uhr

Jetzt brauche ich nicht mehr anfangen. Es gibt gleich schon Abendessen, und nachts nimmt das Gehirn keine Informationen auf.

DIENSTAG, 2. JUNI

8:02 Uhr

Ich werde ganz ehrlich morgen mit dem Lernen anfangen, ABER ich muss zu Smiley rübergehen, weil ich sie ein paar Tage nicht gesehen habe und nicht will, dass sie mich vergisst.

Freundschaft kommt vor Klausuren.

11:34 Uhr

Smileys Mutter sagte, Smiley sei in der Bibliothek – zum Lernen. Ich liebe sie, aber nicht genug, um den ganzen Weg dorthin zu laufen. Erst recht nicht, wenn es nieselt. Dann kräuseln sich meine Haare immer.

MITTWOCH, 3. JUNI

12:12 Uhr

Ich kann mich nicht aufs Lernen konzentrieren. NICHTS geht in meinen Kopf. Ich werde Jen schreiben und gucken, wie sie vorankommt.

13:54 Uhr

Jen ist schon KOMPLETT mit Geschichte, KOMPLETT mit Erdkunde und sogar mit etwas Französisch durch!!! Ich habe ihr erzählt, dass ich NICHTS getan habe. Jen glaubt, mein „Unterbewusstsein" (habe ich schon wieder gegoogelt!) ist zu überfüllt, um mehr Informationen aufzunehmen, und ich muss den Kopf freibekommen von Dingen, die mich quälen.

Habe zurückgeschrieben:

> Jen, DAS PROBLEM IST:
> Die Sache, die mich quält,
> ist mein Dad, und
> NIEMAND WIRD MIR HELFEN!!!

Jen meint, ich soll „verschiedene Wege des Beistands erforschen".

Was ich brauche, sind RICHTIGE Experten im Auffinden von Leuten.

DONNERSTAG, 4. JUNI

12:35 Uhr

Hab gerade bei der BBC angerufen. Anscheinend haben sie nur Promis bei AUF DEN SPUREN MEINER AHNEN. Aber die Frau da war supernett und schlug ein paar Leute vor, die sich die Heilsarmee nennen.

17:12 Uhr

Mum fragte gerade, wie ich mit dem Lernen vorankomme. Ich log: „Gut." Morgen werde ich die Militärleute anrufen. Es überrascht mich, dass die Heilsarmee so einen Service anbietet, wenn man bedenkt, dass sie überall Kriege führt.

FREITAG, 5. JUNI

14:24 Uhr

ACH DU SCHANDE. Die Heilsarmee ist eine Kirche!

Die Frau dort war auch superliebenswürdig. Leider sagte sie, dass sie keine Väter von „unehelichen" Kindern (ich glaube, das bin ich) aufspüren. Und selbst WENN sie es tun würden, würde sie wahrscheinlich ein bisschen mehr Informationen brauchen als: „Könnte sein, dass er Carlo heißt."

17:53 Uhr

Fred ist gerade hier gewesen. Ich erzählte ihm, dass die Spur wieder erkaltet ist. Da hatte er die beste Idee ALLER ZEITEN: ENGAGIERE EINEN PRIVATDETEKTIV!!! DAS IST GENIAL!!! Wir werden das morgen bei einem Burger gründlich recherchieren.

Fred ist offiziell MEINHELD.COM.

19:12 Uhr

Mum war gerade wieder oben, um zu fragen, was ich heute gelernt habe. Ich sagte: „Alles Mögliche". Ich glaube, sie ist drauf reingefallen.

SAMSTAG, 6. JUNI

16:15 Uhr

Fred und ich haben den ganzen Tag damit verbracht, nach Privatdetektiven zu suchen.

Zuerst lief es echt vielversprechend, denn wir fanden eine Firma, die eine 95%ige Erfolgsquote im Auffinden von vermissten Leuten hat. ABER wie wir auf der Website weiter lasen, gilt das nur, wenn man ihr volles Geburtsdatum weiß UND die letzte bekannte Adresse. Ich habe nichts davon. Außerdem kostet es 200 Pfund. Das können wir uns nicht leisten! Fred und ich sind so pleite, dass wir uns ein Menü bei KFC teilen mussten!

Trotzdem umarmte mich Fred und sagte: „Hats, wir werden deinen Dad finden – ich verspreche es." Dann starrte er mich so intensiv an, wie er das manchmal macht, und es wurde alles ein bisschen komisch.

So komisch, dass ich das Erste sagte, was mir in den Kopf kam, und das war: „Glaubst du, es ist wahr, dass Victoria Beckham nur gekochte Eier isst, um dünn zu bleiben?" Fred glaubt, sie achtet wahrscheinlich nur darauf, was sie isst, und hat einen guten Stoffwechsel.

Er ist super in Mädchenkram.

20:12 Uhr

Meine Gran hat angerufen. Sie hat sich einen Nintendo DS gekauft. Sie ist 67 Jahre alt.

20:34 Uhr

Man beachte: Ich kann mir weder ein KFC-Sparmenü leisten noch einen Privatdetektiv. ABER meine Gran KANN sich einen DS leisten.

SONNTAG, 7. JUNI

19:53 Uhr

Bin zum Abendessen rüber zu Gran.

Sie war ganz aufgeregt, weil sie gerade entdeckt hatte, dass Super Mario aus dem Kopf schießen kann. Ich mache mir ein bisschen Sorgen, dass sie spielsüchtig werden könnte.

21:12 Uhr

Ich habe nichts gelernt, ich habe meinen Dad nicht gefunden, ABER ich habe meiner Gran geholfen, bei MARIO KART Level zwei zu erreichen.

Mein Leben ist TRAGISCH.

MONTAG, 8. JUNI

ZURÜCK IN DER SCHULE UND RBS-TERMIN.

7:32 Uhr

Habe in der Schule gesagt, dass ich einen Zahnarzttermin habe, aber ich muss um 9:30 Uhr bei der Rechtsberatungsstelle sein.

13:34 Uhr

Die Frau bei der RBS war SUPERNETT. Sie heißt Sylvia, und sie war Rechtsanwältin, bis sie in den Ruhestand ging. Dann war sie es leid, den ganzen Tag fernzusehen, und jetzt arbeitet sie FÜR UMSONST bei der RBS! VERRÜCKT!

Auf jeden Fall hat sie eine Menge Dinge vorgeschlagen, die ich schon probiert habe (das Internet, die Heilsarmee). DANN sagte sie (und ich kann nicht fassen, dass ich darauf nicht schon früher gekommen bin): „Hast du schon mal auf deine Geburtsurkunde geschaut? Der Name deines Vaters müsste darauf stehen."

HEILIGER STROHSACK – WIE GENIAL: JEDER hat eine Geburtsurkunde, und Sylvia meinte, wenn ich einen Pass habe (habe ich!), ist wahrscheinlich auch eine Geburtsurkunde im Haus. Sylvia sagte AUCH noch: „Ich wünsche dir nur das Beste, Hattie. Ich habe den Eindruck, dass du eine tolle junge Frau bist."

Ja, Sylvia – eine tolle junge Frau, die ihre Geburtsurkunde finden wird. UND ihren Dad.

Jetzt muss ich mir den richtigen Zeitpunkt überlegen, um Mum danach zu fragen.

16:13 Uhr

GROSSARTIGER Schultag!!!

Ganz viele von uns haben nicht gelernt, und wir alle wissen, dass wir die miesesten Klausurnoten aller Zeiten bekommen werden. Also haben wir OFFIZIELL einen Spick-Club gegründet. Und zwar ich, Clare, Dumpfbacke Hannah, Charlie und Becca. Wir werden uns einen Weg ausdenken, wie wir die Klausuren ohne das kleinste bisschen Arbeit überstehen.

17:32 Uhr

Mum ist gerade reingekommen. Heute Morgen ist eine Lieferung von Teebeuteln für das Café ausgefallen. Zehn Rentner haben mit einem Sitzstreik gedroht, da eine große Tasse Tee normalerweise Bestandteil ihres speziellen Rentner-Frühstücks-Angebots ist – UND GRAN HAT DEN PROTEST ANGEFÜHRT!

Jetzt ist NICHT der richtige Zeitpunkt, nach meiner Geburtsurkunde zu fragen.

19:45 Uhr

Jen hat gerade geschrieben. Sie ist besorgt, dass der Spick-Club nicht mit den Werten der NFPG übereinstimmt. Ich habe ihr erklärt, dass Klausuren in Wirklichkeit ein komplett unfairer Weg sind, unsere Gehirne zu testen, und bei dem Spick-Club geht es zum Teil um den Versuch, fairere Testmöglichkeiten zu finden. Sie will Smiley schreiben.

20:34 Uhr

Jen hat gerade geschrieben. Sie und Smiley sind sich einig, dass der Spick-Club im Grunde okay ist, dass er aber von der NFPG getrennt bleiben muss. Ich habe zugestimmt.

Für Jen und Smiley ist alles okay. Sie wissen, wo ihre Dads sind, darum können sie lernen. Im Spick-Club haben drei von uns ihren richtigen Vater nie getroffen. Genau deshalb sind wir so schlecht im Konzentrieren.

DIENSTAG, 9. JUNI

7:32 Uhr

Mum ist immer noch außer sich vor Wut. Ich kenne ihre Launen. Das könnte noch eine Woche dauern. Ich kann es nicht riskieren, zu fragen und eine gute Chance zu ruinieren, die Wahrheit zu erfahren. Ich werde mich einfach darauf konzentrieren, die Klausuren zu überstehen.

17:02 Uhr

Der Spick-Club hat einen Plan! Clare wird so tun, als ob sie im Lehrerzimmer schlafwandelt, und versuchen, an die Klausurunterlagen ranzukommen. Das ist mutig, aber es könnte funktionieren. Clare hatte bei der Schulaufführung letztes Jahr die Hauptrolle, sie ist also eine wunderbare Schauspielerin. Und sie schlafwandelt ab und zu. Sie sagt, sie braucht Zeit, um „sich auf die Rolle einzulassen".

Wir haben ihr heute Nacht gegeben, um sich vorzubereiten.

MITTWOCH, 10. JUNI

8:01 Uhr

Clare wird es heute in der Mittagspause tun. Sie meint, niemand darf sie ausschimpfen, weil der Arzt ihrer Mum gesagt hat, sie solle unter keinen Umständen geweckt werden.

MEINE Mum spricht OFFIZIELL nicht mehr mit Gran, wegen der „Tee-Affäre". Mit ihr zu leben, ist, als würde man auf einer Wutbombe sitzen.

16:23 Uhr

Spick-Club-REINFALL. Clare ging ins Lehrerzimmer, aber Monsterbacke Matfield wusste nicht, dass man jemanden beim Schlafwandeln nicht aufwecken soll, und fing an, direkt vor ihrem Ohr in eine Pfeife zu blasen. Dann fand Matfield ein „Spick-Club ROCKT"-Graffiti auf Dumpfbacke Hannahs Etui. Dumpfbacke Hannah ist unter dem Druck eingeknickt und hat ihr alles erzählt. Jetzt will Mrs Cob uns morgen sehen.

Wir müssen uns was anderes ausdenken.

DONNERSTAG, 11. JUNI

6:32 Uhr

Gran hat gerade bei Mum angerufen, um sich zu entschuldigen. Mum erzählte mir, dass sie gesagt habe, es tue ihr leid und ihr Verhalten liege an der „Tee-Abhängigkeit". Sie sagte zu Mum, wenn man sich auf eine Tasse feinen schwarzen Tee eingestellt hat und sie dann nicht bekommt, kann einem das den Rest geben.

19:34 Uhr

Mrs Cob sagte, sie finde den Spick-Club abscheulich und dass „Mogeln bei Klausuren gegen das Ethos der Schule verstoße". Sie sagte, sie würde unsere Klausurergebnisse sehr gründlich überprüfen.

Wir sind gearscht. Ich muss praktisch ALLES an diesem Wochenende lernen.

FREITAG, 12. JUNI

17:12 Uhr

Heute mussten im Kunstunterricht bei Mrs Matfield alle Mitglieder vom Spick-Club aufstehen. Dann sagte sie: „Heute malen wir ‚Betrug'. Was glaubt ihr, wie Betrug aussieht? Ich glaube, er ist sehr hässlich und wird es im Leben zu nichts bringen."

Das macht überhaupt keinen Sinn, aber sie hat ihren Standpunkt rübergebracht. BLÖDE KUH.

SAMSTAG, 13. JUNI

5:02 Uhr

Das ist ein Albtraum. Es ist ZU früh, aber ich muss lernen.

7:10 Uhr

Habe gerade Vergletscherierung wiederholt.

7:15 Uhr

Es heißt „Vergletscherung". Ich kann nicht mal das Thema richtig schreiben!

9:45 Uhr

Hab mich gerade zwei Stunden lang mit den Tudors beschäftigt. Ich mag die Tudors. Ich habe ein paar Teile der Fernsehserie auf YouTube gesehen. King Henry war die reinste AUGENWEIDE, als er jung war.

12:36 Uhr

Gran hat gerade angerufen. Sie hat einen zweiwöchigen Urlaub in Portugal gewonnen. Sie muss den Urlaub zwischen dem 14. Oktober und dem 1. November machen und eine nicht erstattungsfähige Verwaltungsgebühr von 175 Pfund zahlen. Sonst muss sie sich nur noch drei vierstündige Präsentationen anhören über eine großartige Möglichkeit, sich an einem Grundstück an der Algarve zu beteiligen.

Ich glaube, das ist Betrug.

13:37 Uhr

Ich kann heute nicht mehr lernen – mein Kopf ist voll. Außerdem muss ich zu Gran rübergehen und nach ihr schauen. Sie würde alles Mögliche unterschreiben. Die Gefährdeten zu beschützen, ist wichtiger, als Klausuren zu bestehen.

17:12 Uhr

Hatte einen klasse Nachmittag. Habe ewig ferngesehen, Chips gegessen und, was am wichtigsten ist, Gran vor Betrügern beschützt.

Ich habe das Gefühl, dass Gran am Ende bei uns wohnen könnte, was die großartigste Sache der Welt wäre, denn a) sie LIEBT es, wenn ich mich schminke, und b) sie ist IMMER auf meiner Seite.

Ich könnte Mum erzählen, dass sie ein bisschen verwirrt wirkt, damit sie schneller einzieht.

SONNTAG, 14. JUNI

13:12 Uhr

Habe Mum von Gran erzählt. Sie meinte, Gran komme gut allein zurecht und wie ich mit dem Lernen vorankomme.

Wenn sie jemals etwas über den Spick-Club erfährt, bin ich tot.

Morgen Mathe. Mathe kann man nicht lernen. Entweder kann man es oder nicht.

MONTAG, 15. JUNI

17:12 Uhr

Man KANN Mathe lernen. Ich konnte mich nicht daran erinnern, wie man Brüche oder Prozente ausrechnet.

Diese Woche werde ich hier sehr wenig schreiben. Wenn ich erst mal gelernt, meinen Facebook-Status aktualisiert UND getwittert habe, habe ich nämlich keine Zeit mehr zum Schreiben.

DIENSTAG, 16. JUNI

19:35 Uhr

Geschichte.

Keine Fragen über die Knutsch-Geschichten von Henry VIII.

UNGLAUBLICH.

Bin durchgefallen.

MITTWOCH, 17. JUNI

Erdkunde.

Ich glaube, globale Erwärmung ist das Gleiche wie Vergletscherung, also habe ich darüber geschrieben.

18:12 Uhr

Habe gerade bei Smiley nachgefragt. Ist es nicht.

Bin durchgefallen.

DONNERSTAG, 18. JUNI

16:12 Uhr

Religion und Ethik.

WUNDERPRÄCHTIG! Florence, die ultimative Rebellin, hat „Ich liebe dich" auf ihre Augenlider geschrieben und bei der Klausur vor Mr Hopkins, dem Referendar für Religion und Ethik, die ganze Zeit mit den Augen geklimpert!

Fragen über Hindus!!! YES!!! Meine beste Freundin ist eine. Ich weiß, dass sie kein Rindfleisch isst. Da könnte ich vielleicht bestanden haben.

FREITAG, 19. JUNI

17:32 Uhr

Mündliche Prüfung in Englisch und Französisch.

Habe WER DIE NACHTIGALL STÖRT nicht gelesen und Monsieur Très Gros aus Versehen erzählt, dass ich auf einem Pferd zur Schule gekommen bin, weil mir das Wort für Laufen nicht eingefallen ist.

Und dann hat er mich gefragt, welchen Beruf mein Dad hat. Ich glaube, ich sagte auf Französisch: „Mein Dad ist verschollen."

18:02 Uhr

Habe bei Jen nachgefragt. In Wirklichkeit habe ich „Mein Dad ist eine Birne" auf Französisch gesagt. Kein Wunder, dass Monsieur Très Gros mich so schnell nach meinen Hobbys gefragt hat.

19:23 Uhr

Fred ist vorbeigekommen. Anscheinend geht Zach mit einem anderen Mädchen aus. Angeblich ist sie nicht so „direkt" wie ich. Fred sagt, Zach ist ein Idiot und ich verdiene etwas Besseres.

WARUM KANN ICH NICHT EINFACH LANGWEILIG UND SCHÖN SEIN? So wie diese hübsche Frau, die die Nachrichten vorliest! Dann würden die Jungs mich mögen!

21:01 Uhr

Habe gerade getwittert:

> Ich hatte die krasseste Woche meines Lebens.

Von meinen 34 Followern fragte kein einziger, warum.

21:12 Uhr

Jemand mit dem Namen „Sportklamotten-Typ USA" hat getwittert, dass er mir 25% Rabatt auf einen Heimtrainer und ein paar Protein-Shakes geben könnte.

Na super!

Ich bleibe nur bei Twitter, damit ich einfach aufzuspüren bin, wenn jemand mich finden will.

SAMSTAG, 20. JUNI

19:12 Uhr

Bin zu Gran gegangen. Sie hat mir eine weitere „nicht faire Sache" genannt, die ich für sie regeln soll. Wegen „verdammter Ladendiebe" hat ihr Lieblingskäse jetzt ein „verdammtes Sicherheitsetikett".
Es ist nur Käse, kein Goldbarren!

Ich beklagte mich bei Gran darüber, wie oberflächlich Männer sind, und fragte sie, ob ich ruhiger sein müsste? Gran drehte fast durch:

„ECHTE Männer mögen ECHTE Frauen mit Charakter. Und Jungs, die das nicht tun, haben immer kleine … Egos. Und mit denen solltest du sowieso nicht ausgehen. Das Beste, was eine Frau hat, ist sie selbst, Hattie. Gib für NIEMANDEN vor, etwas zu sein, was du nicht bist. Du bist ein gut aussehendes Mädchen mit klarem Verstand und einer hübschen Figur. Wenn die Jungs das jetzt nicht zu schätzen wissen – nun, MÄNNER werden es."

Was natürlich alles sehr schön ist, aber das hilft mir jetzt nicht weiter, oder? Ich kann nicht darauf warten, dass Männer reif werden, um meine Liebe zu finden. ICH BRAUCHE JETZT LIEBE.

SONNTAG, 21. JUNI

8:23 Uhr

Was ich brauche, ist ein vernünftiger Vater. JETZT. GEBURTS-URKUNDE, wo bist du?

16:12 Uhr

UND eine Zeitmaschine, damit ich zurückreisen und noch etwas lernen kann. Klausurergebnisse morgen.

MONTAG, 22. JUNI

13:23 Uhr

Klausurergebnisse.

Bin überall durchgefallen, außer in Französisch und Religion und Ethik (danke, Smiley).

Ich werde so riesengroßen Ärger mit meiner Mum bekommen. Ich werde nichts sagen, bis sie fragt, und dann werde ich ihr klarmachen, dass das ganz allein ihre Schuld ist.

ACH DU SCHANDE – ich frag sie besser nach meiner Geburts-urkunde, bevor sie das rausfindet.

16:19 Uhr

Ich hätte es wissen müssen.

Habe Mum gerade nach meiner Geburtsurkunde gefragt, und sie sagte: „Ich springe eben nach oben und hole sie."

Sie brachte sie herunter. Bei Vater steht: UNBEKANNT.

Nicht mal meine Geburtsurkunde weiß, wer mein Vater ist.

Ich wusste, es war zu gut, um wahr zu sein. Wie meine Staubsauger-Brust-Wachstums-Maschine.

Bin jetzt deprimiert.

18:12 Uhr

Komisch – Mum hat noch nicht nach meinen Klausuren gefragt. Vielleicht weiß sie, dass ich wegen der Geburtsurkunde bitter enttäuscht bin.

18:55 Uhr

Fred ist vorbeigekommen. Er versteht, wie sauer ich wegen der Geburtsurkunde bin, aber er findet, ich soll mir das aus dem Kopf schlagen. Er sagt IMMER solches Zeug. Ich glaube, er hält sich für Dr. Phil.

19:12 Uhr

Smiley hat geschrieben. Sie stimmt Fred zu. Ich glaube, sie hält sich für Mrs Dr. Phil.

19:32 Uhr

Sie haben beide recht. NATÜRLICH würde ich von meiner Geburtsurkunde NICHTS erfahren. Das wäre für MEINE Verhältnisse viel zu einfach gewesen.

19:52 Uhr

Mum hat meine Klausurergebnisse immer noch nicht erwähnt. Fange an zu glauben, dass sie es vergessen hat.

20:55 Uhr

IMMER noch kein Wort – ich WEISS aber, dass sie jeden Augenblick in die Luft gehen wird.

22:12 Uhr

Jetzt bin ich offiziell besorgt. Es ist wie Leben auf einem Vulkan. Sie scheint sich über irgendwas richtig Sorgen zu machen.

DIENSTAG, 23. JUNI

17:23 Uhr

ICH LIEBE MEINEN BRUDER – er hat mir das Leben gerettet!!!

Mein Bruder überlegt, zum Militär zu gehen. Rob hält das für eine super Idee, aber Mum brach nur in Tränen aus und sagte: „Sieht er denn nie die verdammten Nachrichten?"

Nathan sagte, dass es für jemanden wie ihn, mit durchschnittlichem Abschluss und ohne nennenswerte Fähigkeiten, sonst nicht viel zu tun gäbe und dass er nicht für den Rest seines Lebens irgendwo Mega-Elfen-Cheeseburger servieren will. Mum sagte, wenn es nach ihr ginge, hätte er lieber für den Rest seines Lebens die Schnauze voll, als dass er verkrüppelt wäre – oder tot.

Meine Klausurergebnisse sind gerade so was von unwichtig.

MITTWOCH, 24. JUNI

19:13 Uhr

Ich werde meinen Bruder nicht vermissen. Er hat Baby-Verstecken mit mir gespielt und versucht, mich in die Geschirrspülmaschine zu stopfen, als Mum nicht hinschaute. Außerdem hat er einmal so getan, als ob er Mum hypnotisiert hätte, und sie spielte mit, und er sagte: „Du bist unter meiner Kontrolle …", und Mum sagte: „Ja …", und er sagte: „Gib das Baby weg!!! Gib das Baby weg!!!"

Alle finden das lustig.

Außer mir.

DONNERSTAG, 25. JUNI

20:46 Uhr

Mein Bruder kam heute Abend rein. Wir hatten gerade tatsächlich mal eine halbwegs vernünftige Unterhaltung:

ER: Hallo, Pickelchen – wie geht's?

ICH: Willst du wirklich zum Militär gehen?

ER:	Hats, das könnte eine echte Chance sein, etwas wirklich Großartiges aus meinem Leben zu machen.
ICH:	Aber du könntest getötet werden!
ER:	Man könnte jeden Morgen von einem Bus getötet werden.
ICH:	Der Unterschied ist, dass kein wahnsinniger Selbstmordattentäter den Bus auf dich zusteuert.
ER:	Ich gehe morgen zum Anwerbungszentrum. Wünsch mir Glück.
ICH:	Viel Glück ... und danke, dass du dafür gesorgt hast, dass Mum meine Klausurergebnisse vergisst.

Dann zwinkerte er mir zu und ging. Ich glaube, ich könnte meinen Bruder mögen.

FREITAG, 26. JUNI

16:12 Uhr

Mein Bruder kann nicht zum Militär gehen, weil er Asthma hat! LOL!!!

18:21 Uhr

Mein Bruder hat Mum gerade gefragt, wie ich bei meinen Klausuren abgeschnitten habe.

18:33 Uhr

Mum hat total verrückt gespielt. Ich habe ihr nicht mal die Ergebnisse gezeigt. Sie sagte, sie weiß, dass sie schlecht sind, weil ich ihr nichts erzählt habe. Ich muss morgen zu Gran gehen und in ihrem Garten Unkraut jäten, und ich darf eine Woche lang Jen und Smiley außerhalb der Schule nicht treffen. Mir doch egal. Ich kann skypen! Mum ist so altmodisch. Ihre Strafen sind der totale MÜLL.

SAMSTAG, 27. JUNI

17:32 Uhr

Mein Rücken bringt mich um. Unkraut jäten tut weh. Meine Mum ist eine Folterkönigin.

Dann ging ich Hände waschen, und – OH MEIN GOTT – Gran hat ein Handtuch von dem superberühmten Modedesigner Paul Smith! Gran sagt, es war eine Zugabe bei einem Parfüm, das sie gekauft hat. Aber warum hat sie Designersachen, wenn mein Leben nur aus Primark, Primark, Primark besteht?

18:09 Uhr

Ich darf nicht oberflächlich sein. Ich darf nicht oberflächlich sein. Es gibt Mädchen in meinem Alter, die kämpfen im Krieg. Ich darf das nicht vergessen.

18:16 Uhr

Eigentlich sagt Mum das immer zu mir, aber wo genau kämpfen 14-jährige Mädchen im Krieg? Die Erwachsenen sollten mal daran denken, dass wir heute Informationen zur Hand haben. Man kann uns nicht mehr belügen, so wie früher, als die Leute noch mit 19 an die Zahnfee glaubten!!!

18:58 Uhr

Ich wünschte, ich hätte das nicht gegoogelt. Ich fühle mich richtig schlecht. Es gibt überall Kinder, die im Krieg kämpfen. Vor allem in Afrika.

Ich bin eine Zicke, die eigentlich gar keine Probleme hat.

SONNTAG, 28. JUNI

19:32 Uhr

Habe gerade mit Smiley und Jen geskypt (Smiley war bei Jen).

Die NFPG hat beschlossen, dass wir nicht wirklich etwas gegen Kindersoldaten tun können, aber wann auch immer wir hören, wie jemand wegen irgendeinem Scheißdreck herumjammert, werden wir sagen: „Wenigstens bist du kein Kindersoldat." Das ist unser neuer Leitsatz. Er erinnert die Leute daran: Selbst wenn das Leben hier nicht fair ist, ist es das an anderen Orten noch viel weniger.

MONTAG, 29. JUNI

16:49 Uhr

Heute in der Schule hat Monsterbacke Matfield uns einen vorgejammert, weil wir unsere Hausaufgaben nicht gemacht haben.

Als ich sagte: „Wenigstens sind Sie kein Kindersoldat", musste ich wegen Unverschämtheit nachsitzen.

Ich nehme an, so was passiert eben, wenn man versucht, den Leuten all die Ungerechtigkeiten und schlimmen Dinge, die in der Welt passieren, bewusst zu machen. Die Leute wollen das nicht hören. Wir von der NFPG wissen, dass wir leiden müssen, um unseren Standpunkt rüberzubringen. Und wir akzeptieren das.

DIENSTAG, 30. JUNI

19:46 Uhr

Gran sagte, die Schlange vor der Post für ihre Rente sei immer so elend lang, weil sie sich heutzutage nicht mehr die Mühe machen, genügend Angestellte einzustellen. Ich sagte ihr, wenigstens sei sie kein Kindersoldat in Afrika. Gran sagte: „Hattie, ich wette, da kümmern sie sich um ihre verdammten alten Leute!"

Darum geht es nicht, Gran, aber egal!

MITTWOCH, 1. JULI

MEGAKRASS!!!

Mum hat gerade die TOTALE BOMBE platzen lassen.

Ich MUSS am Ende dieses Monats mit ihr und Rob in den Urlaub fahren, und zwar aufs DÄMLICHE Sizilien. Mein Bruder darf zu Hause bleiben, aber ich nicht. WARUM?!

Ich kann es nicht fassen – ich werde gezwungen, in den Urlaub zu fahren, weil ich scheinbar zu jung bin, um bei meinem Bruder zu bleiben. Ich wurde WAHNSINNIG, und alles, was Mum dazu sagte, war: „Wenigstens bist du kein Kindersoldat!"

JA, MUM, ich weiß. Aber sie lächelte weiter. Niemand hat ihr JEMALS erlaubt, einen NFPG-Leitsatz zu benutzen!

20:15 Uhr

Ich habe nachgeschaut, und Afrika liegt nirgendwo in der Nähe von Sizilien, was eine gute Sache ist. Ich kann nicht im Krieg kämpfen – jeder Schütze könnte meine Zahnspange schon meilenweit leuchten sehen. Mum hat mich zur lebendigen Zielscheibe gemacht, indem sie mir nicht die teure, gute Klammer gekauft hat.

DONNERSTAG, 2. JULI

8:12 Uhr

Warum fahren wir überhaupt nach Sizilien? Warum können wir nicht wie normale Familien nach Disney World fahren?

21:34 Uhr

OH MEIN GOTT!

Fred war hier, und als ich ihm erzählte, wir würden nach Sizilien fahren, sagte er: „Hattie, denk doch mal nach. Sizilien? Italiener? Italienische Männer? CARLO!!! Könnte sein, dass deine Mum dich deinem richtigen Dad vorstellen will."

OH MEIN GOTT!!!

Das MACHT Sinn, denn warum sonst sollte man nach Sizilien fahren?

22:12 Uhr

OH GOTT!!!

Von jetzt an läuft der Countdown zum OFFIZIELLEN VATERTAG. Der TAG X kommt.

FREITAG, 3. JULI

Noch 16 Tage ...

18:37 Uhr

Habe Jen heute von der Fred-Sizilien-Theorie erzählt. Sie denkt, dass er recht hat – zumindest glaube ich, dass sie das gesagt hat. Sie hat sich die Zunge piercen lassen, und es ist schwierig, sie zu verstehen. Jen sagt, alles ist so wund, dass es wehtut, bestimmte Wörter auszusprechen. Darum kommuniziert sie hauptsächlich durch Nicken und Schreiben. Wenn ihre Mum das herausfindet, wird sie voll am Rad drehen.

Dann, ACH DU SCHANDE, fragte Jen: „Was ziehst du zum Abschlussball an?"

DER ABSCHLUSSBALL!!!

Wegen TOTAL gebrochenem Herzen, Kindersoldaten, Lernen, Gran-bei-Mario-Kart-Helfen, schlechten Klausurnoten und der

Suche nach meinem RICHTIGEN DAD hatte ich den Abschlussball vergessen!

BIN ICH VERRÜCKT?

Jetzt habe ich nur noch zehn Tage, um mich vorzubereiten. Es ist eine TATSACHE, dass MHP ihr Outfit schon im März klargemacht hat. Und an ihrer Bräune arbeitet sie schon seit Dezember letzten Jahres mit einem Selbstbräuner! ICH BIN TOT.

22:32 Uhr

War drei Stunden lang auf eBay, um nach einem Kleid zu suchen. Habe im letzten Moment zugeschlagen, um ein Ballkleid zu ersteigern – es ist WUNDERVOLL! Es ist ein trägerloses Schwarzes mit roten Elementen. Es ist TODSCHICK und hat nur 27 Pence gekostet! Der Verkäufer kommt aus China, aber ich bin sicher, dass alles gut geht. Werde Mums Paypal-Konto benutzen, um zu bezahlen. Die 27 Pence werden sicher nicht mal ihr was ausmachen.

23:14 Uhr

Habe gerade gemerkt, dass es 35 Pfund Versandkosten sind. Ist immer noch billig.

23:46 Uhr

Habe Smiley geschrieben. Sie meint, es sei ungewiss, ob es hier ankommt. Shit. Hattie hat wieder zugeschlagen.

Noch 15 Tage ...

SAMSTAG, 4. JULI

11:32 Uhr

Habe den Postboten heute gefragt, wie lange Dinge von China bis ins Vereinigte Königreich brauchen. Er lachte und sagte: „Hängt davon ab, Schätzchen – kann sieben Tage dauern oder zehn Wochen. Wenn sie es überhaupt schicken. Tschüss!"

Blöder Briefkasten-Heini. Und er trägt im Winter auch noch kurze Hosen. Hoffe, der verrückte, prollogigantische Hund drei Türen weiter erwischt ihn eines Tages.

BITTE lass es ankommen!!

13:01 Uhr

Habe mit Gran über das Ballkleid-Desaster gesprochen. Sie sagte: „Kein Problem, Hattie, ich kann dir was auf meiner Nähmaschine nähen." Dann nahm sie mich mit ins Gästezimmer und zeigte mir eine URALTE Nähmaschine, die wahrscheinlich ein Vermögen wert ist. Es stellte sich heraus, dass Gran praktisch Versace ist und sich STÄNDIG ihre eigene Kleidung gemacht hat. Anscheinend LIEBTE Mum ihre Kleider, und die Leute haben sie angebettelt, ihnen was zu nähen.

ACHTUNG, WELT – ICH WERDE DIE PURE PRACHT SEIN! JA, MHP – einige von uns VERKÖRPERN PRAKTISCH DIE MODE. Mein richtiger sizilianischer Dad wird das LIEBEN – die Italiener haben ja sozusagen den Stil erfunden.

14:34 Uhr

ACH DU SCHANDE, was, wenn mein richtiger Dad der Designer Roberto Cavalli ist?! Victoria Beckham besucht ihn auf seiner Jacht. Sie könnte meine beste Freundin werden!

Nach Smiley und Crazy-Jen. Aber die könnten auch mitkommen.

15:55 Uhr

Habe Mum gerade von Grans Angebot erzählt. Sie wurde kalkweiß, bekam diesen starren Blick und sagte: „Hattie, ich muss dir etwas zeigen. Du darfst niemandem davon erzählen und es NIEMALS bei deiner Gran erwähnen, sonst würde es sie umbringen."

Sie ging nach oben und kam mit einem Foto zurück. Ich brauchte eine Weile, um zu erkennen, wer drauf war. Es war Mum mit 15, in dem ALLERfurchtbarsten Kleid, das ich JE gesehen habe. Es war marineblau und weiß gestreift und überall mit schiefen goldenen Ankern bestickt. Außerdem war es vorne und hinten lang, aber an den Seiten kurz. Sie starrte mich an und sagte: „Deine Gran hat das für die wichtigste Schuldisco meines Lebens gemacht. Ich war seit einem halben Jahr hinter Andy Crouch her. Sie hielt es für ‚poppig' und ‚experimentell'. Die Leute haben mich dafür ausgelacht. Von dem Abend an, als ich es getragen habe, bis ich die Schule verließ. Überall, wo ich hinkam, sangen die Leute: ‚Schnaps stand stets auf der Nähmaschine, johoho, und 'ne Buddel voll Rum.' Hatti, lass dir unter keinen Umständen von Gran Kleidung nähen. NIEMALS."

Dann ging sie einfach. Sie sah echt so aus, als würde sie gleich losheulen.

16:12 Uhr

Habe Gran gesimst und ihr gesagt, sie soll sich nicht bemühen, Smiley würde mir was leihen. Gran rief SOFORT an und fragte: „Bist du dir sicher, Hats? Ich habe einen hübschen Stoff mit Stiefmütterchen-Muster." Ich sagte, ich sei mir sicher.

16:34 Uhr

Habe mich bei Mum bedankt, dass sie mich gerettet hat. Sie lächelte schief. Ich glaube, an diesem Nachmittag ist was Schreckliches für sie wieder hochgekommen. Oprah Winfrey würde in ihrer Talkshow bestimmt eine Therapie empfehlen.

Mum hat mich gerade vor dem sozialen Tod bewahrt. Ich werde ihr einfach so eine Tasse Tee machen. Wenn das Kleid bis nächsten Freitag noch nicht hier ist, kriege ich Panik.

20:32 Uhr

KOTZ!!!

Jen glaubt, ihre Zunge könnte faulig geworden sein, weil (ICH MUSS GLEICH KOTZEN) sich eine gelbe Kruste um den Rand des Steckers gebildet hat. Sie wird es ihrer Mum erzählen müssen. Sie hat versucht, es vor ihren Eltern geheim zu halten. Ihre Mum findet nämlich, dass Piercings die schlimmste Form von moderner Volksversklavung sind und keinen Platz in einem Körper haben, der wahrhaft frei ist. Manchmal glaube ich, Jens Mutter ist so klug, dass ihr Gehirn bald explodieren muss.

SONNTAG, 5. JULI

Noch 14 Tage …

16:23 Uhr

Habe explodierende Gehirne gegoogelt. Habe herausgefunden, dass einige Leute spontan in Flammen aufgehen. Das heißt, in einem Moment sitzt du noch da und guckst Fernsehen, im nächsten brennst du, und es gibt NICHTS, was man dagegen tun kann. Und hauptsächlich sind Frauen betroffen.

MONTAG, 6. JULI

Noch 13 Tage …

16:17 Uhr

Kein Kleid.

Habe mich heute ein bisschen heiß gefühlt. War etwas besorgt, aber dann zog ich einfach meine Jacke aus und fühlte mich wieder gut.

18:23 Uhr

Wieder heiß. Bitte, Gott, lass mich nicht spontan in Flammen aufgehen. Nicht, bevor ich meinen richtigen Dad gefunden habe.

21:12 Uhr

Jen sagt, es gibt eine größere Chance, von Aliens entführt zu werden, als spontan zu verbrennen. Ich glaube, sie wollte mich nur beruhigen, aber jetzt mache ich mir Sorgen wegen Aliens.

DIENSTAG, 7. JULI

Noch 12 Tage …

7:32 Uhr

Kein Kleid.

Anscheinend gibt es da einen Ort in Amerika, der voll ist mit gekaperten Raumschiffen, aber das ist STRENG GEHEIM. DABEI MÜSSEN WIR ALLES WISSEN, damit wir nicht von Aliens entführt werden. SIND DIE LEUTE, DIE DIESE WELT REGIEREN, TOTAL WAHNSINNIG?!!

7:54 Uhr

Ich maile dem amerikanischen Präsidenten. Im Fernsehen sieht er nett aus, und als er gewählt wurde, hat er als Erstes seinen Töchtern einen Hund gekauft. MERKST DU WAS, MUM? DU sagst, du bist zu beschäftigt für einen Hund. Der Präsident regiert die halbe Welt und hat Zeit dafür.

Man kann dem Weißen Haus mailen und seine Meinung mitteilen.

Von: Hattie Moore <helphattienow@gmail.com>
Datum: 7. Juli, 19:03:42 Uhr WEZ
An: <president@whitehouse.gov>
Betreff: Ich weiß, Buzz Lightyear und Wall-E sind nett, ABER

Lieber Mr President,

ich bin Mitglied einer Organisation namens Nicht-fair-Protestgruppe. Wir versuchen, die unfairen Dinge dieser Welt zu bekämpfen – ich weiß, dass Sie damit voll übereinstimmen. Ich bitte Sie deshalb, alles, was Sie über Aliens wissen, öffentlich bekannt zu machen. Wir müssen wissen, womit wir es zu tun haben, damit wir bereit sind, wenn wir einem mächtigen Gelee-Ding mit schwarzen Augen gegenüberstehen, das an uns herumexperimentieren will.

Danke

Hattie Moore

PS: Bitte sagen Sie der First Lady, dass sie sich für jemanden mittleren Alters wirklich gut kleidet. VIEL besser als meine Mutter.

Noch 11 Tage …

MITTWOCH, 8. JULI

6:24 Uhr

Kein Kleid.

ACH DU SCHANDE – vielleicht wurde mein Dad von Aliens entführt? Vom Mars kann man nicht schreiben!!!

Das ist tragisch – es ist zwei Millionen Prozent wahrscheinlicher, dass er einfach den Arsch nicht hochkriegt. Das war Hattie Moore vom Ur-Anus – LOL, LOL, LOL!!!

6:26 Uhr

Der Witz war SUPERcool.

10:43 Uhr

Jens Zunge sieht gar nicht gut aus. Und sie sagt, ihr ist echt heiß. Ich mache mir Sorgen, weil es vielleicht ein Anzeichen dafür ist, dass sie spontan in Flammen aufgehen könnte. Sie meint, darüber muss man sich keine Sorgen machen, weil es wesentlich wahrscheinlicher ist, ein fleischfressender Superkäfer zu sein.

11:25 Uhr

Jen war gerade im Krankenzimmer unserer Schule. Sie zeigte ihre Zunge. Sie wurde direkt nach Hause geschickt und soll SOFORT zum Arzt gehen.

Sie muss total krank sein. Normalerweise bekommt man von den Mitarbeitern dort höchstens zwei Paracetamol und eine Anweisung, wie man ein Taschentuch richtig benutzt.

16:10 Uhr

Jen musste es ihrer Mum erzählen. Sie wurde STINKWÜTEND.

Warum müssen Mütter eigentlich bei ALLEM auf der Welt immer überreagieren? Ein Piercing heißt doch nicht, dass man sofort Sex hat oder so was.

DONNERSTAG, 9. JULI

Noch 10 Tage …

19:12 Uhr

IMMER NOCH KEIN KLEID (ab morgen kriege ich offiziell totale Panik).

Jens Mum war bei dem Piercing-Studio, um sich darüber zu beklagen, dass sie ein 13-jähriges Mädchen gepierct haben. „Big Mick" sagte, es wäre heutzutage schwierig, das Alter der Kunden zu erkennen, und viele hätten gefälschte Ausweise. Er sagte, sie hätte Glück gehabt, dass Jen sich den großen Schmetterling nicht leisten konnte, den sie sich auf die Schulter tätowieren lassen wollte.

Jens Mum hat jetzt damit gedroht, ihren Körper jeden Tag auf Tattoos zu untersuchen. Jen sagt, wenn sie sich eins machen lässt, dann an der Ferse, weil da bestimmt nie einer nachschaut.

21:54 Uhr

Jen hat gerade geschrieben. Ihre Mum hat die Sache mit dem Fersen-Tattoo gehört. Jetzt überprüft sie sie jeden Tag auf „Körper-Vandalismus" – und Warzen.

Noch 9 Tage …

FREITAG, 10. JULI

17:23 Uhr

OFFIZIELLE TOTALE KLEIDER-PANIK!

Alle sprechen STÄNDIG vom Abschlussball. Ich NICHT, aus folgenden Gründen:

* Ich habe nichts anzuziehen, weil mein Kleid momentan in Peking ist.
* Ich habe keinen Freund.
* MHP wird hinreißend aussehen.
* Selbst wenn mich MHP nicht mit Worten mobbt, kann sie mich immer noch mit Blicken und fiesem Lachen mobben.
* Ohne große Operation werden meine Brüste nicht in vier Tagen um vier Größen wachsen.

Ich glaube, ich mag es, Listen zu schreiben. Scheint so, als bekomme man dadurch Ordnung in die Dinge.

18:12 Uhr

Habe versucht, bei der Post anzurufen. Freitags machen sie um 17:30 Uhr zu. Wahrscheinlich, weil alle Angestellten sich für Partys fertig machen müssen, auf denen sie Kleider tragen, die sie aus der Post geklaut haben.

19:23 Uhr

Mein Bruder kam gerade herein und sagte: „Das arme Aschenputtel hat nichts anzuziehen für den Ball. Sorry, nicht Aschenputtel, sondern ihre hässliche Schwester." FRAGE: WARUM IST NATHAN SO EIN ABSOLUT ARSCHIGER IDIOT?!

20:35 Uhr

Totaler Abschlussball-REINFALL. Totaler Post-REINFALL. Totaler Ohne-Dad-REINFALL. Totaler LEBENSREINFALL.

SAMSTAG, 11. JULI

Noch 8 Tage …

21:23 Uhr

OH MEIN GOTT!

Meine Mum weiß, dass ich kein Geld habe, und hat mir angeboten, mir etwas für den Abschlussball zu kaufen. Anscheinend denkt sie, dass sie besser weiß als ich, was mir steht. Außerdem sagt sie, wenn sie bezahlt, dann sucht sie auch aus. BIN ICH ETWA NOCH SIEBEN?!

Rob sagt, ich soll ihr ihren Willen lassen, weil es ein Versuch ist, eine „Verbindung" mit mir aufzunehmen. Und ich soll ihr vertrauen.

Ich weiß, sie hat mich vor der Gran-Kleider-Hölle gerettet, aber …

Gründe, warum ich das für die schlechteste Idee ALLER ZEITEN halte:

1. Mum hatte als Teenager eine Dauerwelle. Ja, es war in den 80ern, aber das ist keine Entschuldigung.
2. Mum denkt, dass man kein Make-up braucht und dass Männer den natürlichen Look zu schätzen wissen (VERRÜCKT).
3. Mum findet, dass Kate Moss ungepflegt aussieht. Kate Moss ist eine Göttin. Sie hat auch keine Brüste, aber das hat sie nie beeindruckt.
4. Mum kauft nur KOCHEN WIE EIN GOTT-Zeitschriften und guckt Modemagazine nicht mal an.

Ich denke, ich muss Nein sagen.

22:46 Uhr

Eigentlich weiß Mum besser als jede andere, dass jahrelang über einen geredet wird, wenn man bei einem Abschlussball blöd aussieht. UND alle Promis haben Stylisten, die ihnen die Kleidung aussuchen.

Außerdem kann ich immer noch zu Hause bleiben, wenn es wirklich schlimm ist. Ich werde einfach sagen, dass ich Magen-Darm habe oder so was.

Noch 7 Tage …

SONNTAG, 12. JULI

8:32 Uhr

Nur noch eine Woche, bis ich meinen Dad treffe.

Mum geht morgen einkaufen. Vielleicht kann ich mein Abschlussball-Outfit tragen, wenn ich ihn treffe.

Ich habe ihr eine Liste mit absoluten No-Gos gegeben:

- alles, was braun ist
- Rüschen
- Tiermuster (ja, ich habe meinen Mantel mit Zebramuster geliebt, aber da war ich fünf)
- alles, was rosa ist

Ich sagte: „Bitte, Mum, ich bin auch zu alt für Prinzessin Lillifee."
Mum schnauzte: „Ja, das ist klar, Hattie!"

Aber ist es das, Mum? Du fragst mich immer noch jeden Morgen, ob ich mir die Zähne geputzt habe, und es ist klar, dass ich das mache (für den Fall, dass irgendein süßer Junge ZUFÄLLIG mit mir knutschen will).

MONTAG, 13. JULI

Noch 6 Tage …

17:23 Uhr

Mum ist vom Einkaufen zurück. Sie wird es nach dem Tee enthüllen. Sie sagt, es sei von Miss Selfridge, was schon mal ein echt gutes Zeichen ist.

19:34 Uhr

OH MEIN GOTT!

Mum hat mir tatsächlich etwas … Gutes gekauft!

Es ist ein Kleid mit Spitzenoberteil und einem Trägertop darunter. Das klingt nicht besonders, aber es ist ziemlich gewagt. Und: Mit meinem Wonderbra sehe ich aus, als ob ich wirklich Titten hätte.

Ich gehe zum ABSCHLUSSBALL!!!

DIENSTAG, 14. JULI

Noch 5 Tage …

8:23 Uhr

Ich wünschte, Rob würde endlich aus dem Badezimmer rauskommen! ICH MUSS MICH FERTIG MACHEN!!!

Eigentlich sollte ich mich nicht beklagen. Wette, sizilianische Männer brauchen länger.

9:26 Uhr

Habe mir Mums Parfüm geliehen und auf die Handgelenke gesprüht.

10:12 Uhr

Habe auch etwas auf meinen Hals gesprüht.

10:34 Uhr

Und in meine Kniekehlen. Crazy-Jen hat mir erzählt, das wären erogene Zonen.

12:01 Uhr

Gut, ich gehe jetzt in den MACH-DICH-BEREIT-MODUS. Werde nach dem Abschlussball schreiben.

23:46 Uhr

ABSCHLUSSBALL:

Kann nicht schreiben.

MITTWOCH, 15. JULI

Noch 4 Tage ...

17:22 Uhr

Heute zur Schule zu gehen, war, als würde ich im Auge eines mächtigen Grins- und Flüstersturms stehen. TOTAL KRASS.

18:13 Uhr

Meine Mum ist offiziell fies. Könnte sein, dass sie ihren Willen bekommt. Ich werde vielleicht nie wieder ausgehen und allein sterben.

Wie konnte sie das wissen? Sie muss gefragt haben. Das ist die einzige Möglichkeit.

19:34 Uhr

Mum war oben, aber ich will nicht mit ihr sprechen. Sie sagt, sie hätte ehrlich gedacht, sie würde mir etwas Schönes und Modisches kaufen (SIE HÖRT SICH ÄLTER AN ALS GRAN), und woher sie das hätte wissen sollen?

Sie wusste es. Ich kann ihr Gesicht lesen wie ein aufgeschlagenes Buch.

20:13 Uhr

Smiley rief mich auf dem Handy an. Sie sagte, es war nicht so schlimm. Ich sagte, wenn es nicht so schlimm war, warum ist dann MHP fast vor Lachen an ihrer Cola light erstickt und warum haben alle – die anwesenden Lehrer eingeschlossen – AUF MICH GEZEIGT UND GELACHT?!

21:23 Uhr

Lehrer, die ihre Schüler auslachen, sollten auf der Stelle gefeuert werden. Sie könnten in mir ganz leicht Wunden fürs Leben zurücklassen. Es würde mir ja nichts ausmachen, aber KEINER von denen hat eine Ahnung, wie man sich kleidet. Dr. Richards ist einmal mit WEISSEN SOCKEN UND SANDALEN GEKOMMEN.

Und Mrs Monsterbacke Matfield hat mal einen Catsuit getragen. Wenn man uralt ist, ist ein Catsuit einfach voll falsch, erst recht nach zwei Kindern!

DONNERSTAG, 16. JULI

Noch 3 Tage …

16:01 Uhr

Heute haben in der Schule IMMER NOCH alle über mich gesprochen. Ich weiß jetzt, wie sich Kate Middleton fühlt.

17:14 Uhr

Wenigstens wird mein richtiger Dad niemals was davon hören. Es könnte ihn für immer abschrecken.

18:23 Uhr

Dr. Phil sagt, manchmal kann es den Heilungsprozess beschleunigen, etwas aufzuschreiben.

Alles lief gut, bis der Mann am Schaltpult (der uralt war) anfing, mit seiner neuen, 70.000 Pfund schweren Special-Effects-Maschine zu spielen. Zuerst kam Rauch – der beste Knutsch-Nebel aller Zeiten, wenn ich mit einem Mann schon so weit gekommen wäre. Dann kam da dieses Stroboskoplicht, in dem wir alle aussahen, als würden wir in Zeitlupe tanzen. Und dann kam dieses UV-Licht, in dem alles, was weiß war, SEHR, SEHR hell leuchtete.

Inklusive meines SEHR weißen, SEHR gepolsterten BHs.

Weil meine Mum mir ein Spitzentop gekauft hatte, konnte JEDER ALLES sehen.

Ich rannte aus der Aula, aber zu dem Zeitpunkt war es schon zu spät. Jetzt weiß die ganze Welt, dass ich KEINE TITTEN habe!!!

19:32 Uhr

Habe Mum das gerade gesagt. Mein Bruder hat es mitbekommen und meinte, es wäre für die Welt schon seit Monaten sichtbar, dass ich keine Brüste habe.

20:23 Uhr

Fred war gerade hier. Anscheinend bin ich jetzt eine TOTALE LEGENDE, weil die Jungs in der Schule mich als Mädchen mit dem leuchtenden BH kennen – offenbar macht mich das cool.

Tja, Mum, dein Plan, mich einzusperren, ist also gründlich schiefgelaufen. Meine Unterwäsche ist zum Star geworden!!!

FREITAG, 17. JULI

Noch 2 Tage …

16:12 Uhr

HAMMER!!!

SUPERCOOL!!!

Es gibt Gerüchte, dass der Freund von MHP sie gefragt hat, ob sie sich ein Top wie das von Hattie Moore holen kann, weil ich „echt sexy" aussah. Darf ich wagen zu glauben, dass ich, Hattie Moore, ein Sexsymbol bin und vielen Jungs genau in diesem Moment im Kopf herumgehe?!

Abgesehen davon sollten ALLE Klamotten ausgezeichnet werden, wenn sie voraussichtlich durchsichtig werden. Ich werde das bei der NFPG ansprechen!

17:37 Uhr

Ich hoffe, keine Streber denken an mich.

Noch 1 Tag – MORGEN!!!

SAMSTAG, 18. JULI

17:23 Uhr

Habe gepackt – ich nehme natürlich mein durchsichtiges Titten-Top mit. Ich habe außerdem ein paar halb-elegante Klamotten eingepackt, da ich kultiviert aussehen möchte, wenn ich meinen Dad treffe. Er muss wissen, dass ich reif genug bin, um mit allen Themen fertigzuwerden, die da wären (ich habe das alles gegoogelt):

* Verlassen werden
* Elterliche Sabotage der Beziehung mit dem anderen Elternteil
* Verlust des Selbstwertgefühls wegen der Abwesenheit eines Elternteils
* Untreue (wahrscheinlich – von meiner Mum)
* Unreife Mutterfigur
* Bevorzugung des ältesten männlichen Kindes vom Elternteil, weil es „keine Bedrohung" darstellt

19:36 Uhr

Fred war gerade hier, um mir Glück mit meinem Dad zu wünschen. Er hat mich gebeten, nicht enttäuscht zu sein, wenn es nicht so gut läuft, denn ich sei „wirklich großartig". Als ich sagte: „WAS SOLL DAS HEISSEN?", sagte er nur: „SCHREIB MIR." Dann warf er mir einen seiner langen Blicke zu.

Wette, mein RICHTIGER Dad würde Fred lieben. Jeder liebt Fred.

NÄCHSTES MAL, WENN ICH HIER REINSCHREIBE, BIN ICH IN ITALIEN!!

ACH DU SCHANDE – muss ich meinen Dad „Papa" oder so was nennen?!!

SONNTAG, 19. JULI

Hotel Prego
Prego, Sizilien

19:14 Uhr

ALBTRAUM-FLUG

Ich war eingequetscht zwischen ein paar Mädchen, die mit sehr lauten, aber dünnen Stimmen „Paparazzi" von Lady Gaga sangen, und zwei Männern, die sich über einen Air-France-Flugzeugabsturz unterhielten. Sie sagten die ganze Zeit, das hier wäre das gleiche Flugzeugmodell und man hätte nie herausgefunden, was den Absturz verursacht hat!

Hätte mich fast vor TODESANGST übergeben, und nicht mal da hat mir Mum erlaubt, ein bisschen Sekt zu trinken, um meine Nerven zu beruhigen. Französische Kinder dürfen schon mit drei Jahren Wein trinken!

Jetzt sind wir im Hotel, das etwas prollig ist – ich habe schon ungefähr sieben falsche Louis-Vuitton-Taschen gesehen. Und es gibt einen Teenie-Club, der CHICO BAMBINO heißt, und Mum ZWINGT mich, hinzugehen.

Ich bin nicht hier, um Freunde zu finden. Ich bin hier, um meinen Dad zu treffen.

MONTAG, 20. JULI

8:23 Uhr

HILFE, heute Abend gibt es Karaoke. BITTE, BITTE lass Rob nicht seine Version von „Meine Tante aus Marokko" singen.

Bin auf dem Sprung zu CHICO BAMBINO. Wenn sie uns dazu verdonnern, irgendwelche Kunstwerke aus unterschiedlichen Nudelsorten herzustellen, sterbe ich.

14:42 Uhr

CHICO BAMBINO ist vielleicht der beste Club, der je erfunden wurde.

Es gibt nur zwei Mitglieder – ich und ein österreichischer Junge namens Jürgen Weber. Er spricht ausgezeichnet Englisch und mag Emo (Jen wäre VERRÜCKT nach ihm). Der Club besteht aus einem Raum mit unbegrenztem Internetzugang!

DREIFACHES JIPPIEH!!!

Jürgen sagt, er würde mir liebend gern dabei helfen, meinen Dad zu finden, weil er „eine super Beziehung zu seinem Vater hat". Jürgen hasst es, nur am Strand zu sitzen (wie ich!), er hasst Karaoke (wie ich!) und würde gern den Rest der Woche damit verbringen, mir „zu assistieren" und sich Sachen auf YouTube anzugucken.

Wir müssen allerdings beide heute Abend zu Karaoke gehen. Unsere Eltern zwingen uns dazu.

Von Eltern verursachtes Elend ist international.

23:23 Uhr

Nacht der TOTALEN PEINLICHKEIT. Robs „Meine Tante aus Marokko" hat stehende Ovationen bekommen. Sogar die Kellner haben mitgemacht. Dann ist Jürgens Dad aufgestanden und hat „Sex on Fire" von den KINGS OF LEON gesungen!!! Und was das Schlimmste ist: Er holte Jürgens Mum auf die Bühne und hat es für sie gesungen – GRAUENVOLL!!!

Von Eltern verursachte SCHLIMME PEINLICHKEIT ist auch international.

DIENSTAG, 21. JULI

21:23 Uhr

Habe den ganzen Tag mit Jürgen verbracht, und ER hat den GANZEN TAG damit verbracht, mir zu erzählen, wie cool meine Eltern seien. Offensichtlich ist meine Mutter „irgendwie heiß" (???), und mein Stiefvater ist „lustig".

Ich sagte: „JA, JÜRGEN, ABER er ist nicht mein RICHTIGER Dad – ALSO LASS IHN UNS FINDEN."

Jürgen hat vorgeschlagen, morgen in die Stadt zu gehen und nach Carlo zu suchen. Ich war einverstanden, aber wir werden das nicht tun, bevor ich etwas Selbstbräuner aufgetragen habe. Mein wahrer Dad wird seine RICHTIGE Tochter treffen, wenn sie RICHTIG braun aussieht.

23:12 Uhr

Ich kann hören, wie Rob und Mum von der Bar zurückkommen. Mum singt IMMER NOCH. BITTE sagt mir, dass sie nicht vor allen Karaoke gesungen hat.

MITTWOCH, 22. JULI

9:23 Uhr

Anscheinend war Mum gestern Abend der Star der Show. Wenn ich massig Selbstbräuner auftrage, kann ich vielleicht meine Identität ändern und so tun, als ob sie nicht meine Mutter ist.

10:12 Uhr

Anscheinend muss ich ein Peeling machen, bevor ich den Selbstbräuner auftrage. So was sagen sie immer. Ich werde mich einfach gründlich waschen, das reicht schon.

10:43 Uhr

Dieses Zeug stinkt total. Ich rieche wie eine Melone UND muss 20 Minuten nackt bleiben.

11:26 Uhr

Es trocknet ein bisschen komisch. An einigen Stellen brauner als an anderen.

12:15 Uhr

OH MEIN GOTT. Ich bin tatsächlich gestreift.

13:01 Uhr

ICH BIN OFFIZIELL EIN TIGER. Katastrophe. Mein richtiger Dad hat eine Tochter, die so aussieht, als wäre sie einem Safaripark entsprungen.

13:05 Uhr

Jürgen hat gerade geklopft. Habe ihm gesagt, er soll später wiederkommen.

14:12 Uhr

MUSSTE Jürgen gerade reinlassen. Er mag es nicht, sich zu verspäten. Anscheinend ist das sehr österreichisch. Er sagt, kein Vater würde seine Tochter abweisen, weil sie aussieht wie eine Raubkatze. Offensichtlich kennt er meinen richtigen Dad nicht, der sich seit meiner Geburt nicht um mich gekümmert hat und mich abgewiesen hat, weil ich ein Baby war.

Er ist gerade zurück in sein Zimmer gegangen, um seinen Hut zu holen. Schreibe mehr, wenn wir in der Stadt waren.

16:25 Uhr

OH MEIN GOTT!

Sind eine Ewigkeit in der Stadt herumgelaufen. Haben ganz viele Italiener mit ihren Kindern spielen gesehen. JEDER von ihnen hätte mein Dad sein können. War total deprimiert und kurz davor, nach Hause zu gehen, als wir es sahen: einen kleinen Herrensalon mit dem

Namen CARLO. OH GOTT. OH GOTT. OH GOTT. ABER ER WAR GESCHLOSSEN!

Die gute Nachricht ist, dass sie morgen um zehn Uhr wieder aufmachen UND Jürgen Italienisch spricht. Werde Mum NATÜRLICH nichts davon erzählen – aber bin SO aufgeregt. Was, wenn er es IST?! Was soll ich sagen? Ich hoffe, Jürgens Italienisch ist gut genug, um zu sagen: „Dad, warum hast du mich als Baby verlassen? War es, weil mein Bruder ein Satansbraten ist und du es nicht mehr ausgehalten hast?"

19:12 Uhr

Jürgen sagt, er muss vielleicht in seinen Sprachführer gucken, denn das einzige Italienisch, das er kann, hat er im Skiladen seines Vaters gelernt, und dabei geht es um gefütterte Jacken, Snowboards oder Sex.

Er ist echt richtig reif. Viel besser als britische Jungs.

19:43 Uhr

Nein, Mum, ich will nicht mitkommen und zugucken, wie du dich bei Karaoke blamierst. Ich werde FLUCH DER KARIBIK auf Italienisch gucken und über Dad nachdenken.

20:12 Uhr

Kann nicht verstehen, was zum Teufel Johnny Depp sagt, also habe ich Fred wegen Dad und Jürgen gesimst. Habe ihm erzählt, dass Jürgen mir hilft und dass er SÜSS ist.

20:45 Uhr

Habe gerade das hier von Fred zurückbekommen:

> Hats, mach dir nicht zu große Hoffnungen.
> Fxx

Angepisst oder was? Kein Wort über Jürgen und total NEGATIV. Muss seine Jungenperiode haben!

Egal, ich kann mir jetzt keine Sorgen um Fred machen, er wird immer da sein. Mein Dad nicht.

21:13 Uhr

Mir ist vor Nervosität ganz schlecht.

22:01 Uhr

Immer noch schlecht.

DONNERSTAG, 23. JULI

1:23 Uhr

Jetzt kann ich nicht schlafen UND könnte jeden Moment KOTZEN.

7:36 Uhr

Sagte Mum, ich hätte keinen Bock auf Frühstück. Sie fragte, ob ich Anorexie hätte. Ich LASSE EINE MAHLZEIT AUSFALLEN, und sie denkt, ich habe eine Essstörung. Jeder weiß, dass man mindestens drei Wochen nichts essen darf UND zweimal in Sport ohnmächtig werden muss, bevor die Schulkrankenschwester einen zum Therapeuten schickt.

8:21 Uhr

Könnte kotzen und habe gleichzeitig Hunger. So muss man sich fühlen, wenn man schwanger ist.

8:59 Uhr

Jürgen wird in einer Minute hier sein. Los geht's. Mein Herz klopft ganz schön heftig.

12:53 Uhr

Fred hatte recht. UND ICH WEISS, WAS IHR JETZT DENKT: „War ja klar, dass so was passiert." Ja, EGAL. ABER man muss es weiter versuchen. Wenn ihr euren richtigen Dad nicht kennen würdet, WÜRDET IHR das auch tun. Und ja, ich bin sauer, also einfach … SAUER, SAUER, SAUER …

16:46 Uhr

Wie oft muss ich Sachen aufschreiben, bevor alles besser wird?

Im Grunde kamen wir erst mal bei CARLO an und gingen rein. Der Laden war vollgestopft mit Männern, aber ich entdeckte diesen Typen, der wirklich ein bisschen so aussah wie ich (ehrlich!).

Jürgen war großartig. Er ging einfach direkt zu ihm rüber und fragte: „Carlo?" Und der Typ brach in Tränen aus. Ich dachte: ACH DU SCHANDE, er hat auf diesen Moment gewartet. Er weiß es!!!

ABER dann sagte er etwas, das sich so anhörte wie „Papa morto", und zeigte auf ein Foto von einem echt alten Mann über einem dieser großen Trocknerdinger.

Carlo starb vor ein paar Jahren im Alter von 91 Jahren. Er ist nicht mein Dad.

Ich kann mir echt nicht vorstellen, dass Mum es mit einem so alten Mann gemacht hat. Rob ist jünger als sie, und jeder weiß, dass man mit über 60 keinen Sex mehr haben sollte, weil es einen umbringen könnte.

Also haben wir einen Mann zum Weinen gebracht, und ich habe meinen Dad nicht gefunden. Bescheuertster Tag aller Tage.

Jürgen entschuldigte sich die ganze Zeit und streichelte mein Haar.

Das war das Einzige, was nicht bescheuert war.

19:23 Uhr

Mum hat mich gerade gefragt, ob ich geweint habe. Ich habe ihr erzählt, ich hätte Sonnencreme in die Augen gekriegt und sie solle einfach zu Karaoke gehen und mich in Ruhe lassen.

Hat sie getan. Danke, Mum – danke für deine Unterstützung.

20:12 Uhr

Habe gerade gedacht: Warum muss jemand, dessen Vater vor zwei Jahren gestorben ist, immer noch weinen? Was VERPASSE ICH DA?

FREITAG, 24. JULI

9:14 Uhr

Mum kam gerade herein und sagte: „Hattie, hör auf, TRÜBSAL ZU BLASEN!!! Geh raus, amüsiere dich und genieße die Sonne!"

Wie auch immer, Mum, in diesem Moment LIEBE ich mein Bett und bleibe hier.

10:01 Uhr

Jürgen hat gerade geklopft. Ich habe ihm gesagt, er soll um eins wiederkommen.

13:01 Uhr

Jürgen muss vor meiner Tür sein Lager aufgeschlagen haben, denn er taucht AUF DIE MINUTE GENAU um eins wieder auf. Muss sich genauso gelangweilt und einsam fühlen wie ich.

19:43 Uhr

Habe den ganzen Nachmittag mit Jürgen verbracht. Er wollte nach noch mehr Carlos googeln, aber es ist, als würde man eine Designertasche bei Primark suchen. TOTAL UNMÖGLICH und sinnlos.

Jürgen streichelt weiter meine Haare. Das ist schön.

21:34 Uhr

Habe Jen gesimst. Sie hat zurückgesimst, dass Paviane sich über die Haare streicheln, um sexuelles Interesse zu zeigen.

Liebe Jen – ich bin kein Pavian, und ich habe keinen dicken roten Arsch.

SAMSTAG, 25. JULI

9:34 Uhr

Mum und ich hatten gerade einen gigantomanischen Streit. Sie war stinksauer, als ich ihr von dem Herrensalon erzählt habe.

Sie schrie: „SCHLAG DIR CARLO AUS DEM KOPF. DEIN DAD HEISST NICHT CARLO, und er LEBT NICHT HIER!!! Wir sind hierhergekommen, weil ich immer schon mal nach Italien wollte. DU MUSST DEINEN DAD VERGESSEN und dich AUF DAS HIER UND JETZT konzentrieren!!!"

Also schrie ich zurück: „ABER MUM, es ist nun mal so: Während du jeden Abend so tust, als ob du Madonna bist, brauche ich EINE RICHTIGE FAMILIE."

Und DANN sagte Mum: „Ich habe NOCH NIE ein Lied von Madonna bei Karaoke gesungen."

Als ob das EINE ROLLE SPIELT!!!

Sie stürmte raus, wie sie es IMMER macht. Ich bin nicht mal mehr aufgeregt, nur wütend und angepisst und VÖLLIG AM ENDE.

Jürgen wird bald hier sein. Um meine Haare zu streicheln. Wie ein Affe.

18:23 Uhr

Ich glaube, Jürgen steht auf mich. Ich kann mir nicht vorstellen, mit jemandem aus einem anderen Land zu knutschen. Außer Taylor Lautner, und der ist Amerikaner, also nicht wirklich ein Ausländer.

22:03 Uhr

Laut Jürgen, der es von seinen Eltern hat, hat Mum heute Abend nichts bei Karaoke gesungen.

Warum fühle ich mich am Ende immer schuldig, dass ich sie verletzt habe, obwohl ich doch wirklich einen guten Grund habe?

SONNTAG, 26. JULI

9:11 Uhr

Jürgens Mum hat Mum gerade beim Frühstück gefragt, warum sie gestern Abend nicht gesungen hat. Mum sagte, ihr war nicht danach, und sie schaute mich an.

Jürgen hat mich für heute Nachmittag in ein Erlebnisbad eingeladen. Normalerweise hasse ich Schwimmen wegen meiner fehlenden Titten, ABER ich mag Rutschen. Und Jürgen. Also werde ich meine Brüste verdrängen.

So wie ich alles verdrängen muss, was wichtig für mich ist.

19:24 Uhr

OH MEIN GOTT. WAS FÜR EIN VERDAMMT COOLER TAG!

Ich kann nicht glauben, was passiert ist. Jürgen und ich hatten echt richtig Spaß in dem Erlebnisbad. Dann, als wir beide total durchnässt waren und nur unsere Schwimmklamotten anhatten, sagte er etwas auf Deutsch und FING AN, MICH ZU KÜSSEN.

Wir knutschten eine nasse, überwältigende Ewigkeit herum. Und Jürgens nasse Hände wanderten überall über meinen nassen Rücken, und es war wie im Film. TOTAL EROTISCH!!!

Er meint, wir sollten noch niemandem davon erzählen, aber morgen wieder zum Erlebnisbad gehen. LOL – oh ja, sollten wir.

22:34 Uhr

War gerade bei Karaoke. Hatte eigentlich sogar Spaß dabei – hauptsächlich, weil Jürgen mir die ganze Zeit zuwinkerte.

23:13 Uhr

Schnuppere ständig an meinen Armen. Der Geruch von Chlor war noch nie so schön.

MONTAG, 27. JULI

20:34 Uhr

Jürgen und ich wurden heute im Erlebnisbad verwarnt, weil wir an einem öffentlichen Ort „zu heftig" miteinander waren. Jürgen meint, dann müssen wir wirklich sehr, SEHR heftig gewesen sein, weil die Italiener ja praktisch den Sex erfunden haben. Was ist mit mir passiert? Ich fühle, wie eine heiße Göttin. Habe Smiley gesimst. Sie freut sich sehr für mich, bat mich aber, vorsichtig zu sein.

Ich werde doch keinen Sex haben oder so was, Smiley!!!

DIENSTAG, 28. JULI

16:12 Uhr

Heute haben Jürgen und ich den ganzen Tag Trockenknutschen gemacht. Das ist nicht so gut.

Jürgen hat mir auch erzählt, dass viele österreichische Mädchen schon ganz früh ihre Jungfräulichkeit verlieren. Ich sagte ihm, dass ich keine Österreicherin bin.

MITTWOCH, 29. JULI

7:01 Uhr

Ich glaube, Dr. Phil würde sagen, dass ich versuche, meinen inneren Schmerz über meinen Vater wegzuknutschen. Dr. Phil, Sie haben wahrscheinlich recht, aber ich gehe trotzdem ins Erlebnisbad, um SUPERnasse Hitze zu erleben.

18:34 Uhr

Ich fühle mich schlecht, das hier zu schreiben, aber mir ist das Nassknutschen heute ein bisschen langweilig geworden. Genau genommen bin ich fünfmal auf die Superrutsche, während Jürgen zusah. Ich glaube, er ist etwas mehr in mich verschossen als ich in ihn.

DONNERSTAG, 30. JULI

9:18 Uhr

Jürgen hat seinen Eltern erzählt, dass wir zusammen sind. Sie sind total entspannt dabei. Ich habe ihm erklärt, dass meine Eltern ausflippen würden, also hat er seine Eltern schwören lassen, nichts zu verraten.

22:34 Uhr

Jürgens Eltern haben sich heute Abend bei Karaoke betrunken und schließlich Mum und Rob erzählt, dass wir uns am Pool geküsst haben. Mum war stinkwütend.

Man rief sie auf, „Moves Like Jagger" von MAROON 5 zu singen, aber sie weigerte sich. Und zwar nur, damit sie am Tisch sitzen bleiben und mir vorwerfen konnte, wie enttäuscht sie sei, dass ich mich ihr nicht anvertraut habe. LOL!

Ich sagte: „Aber Mum, ich hätte nicht gedacht, dass du dich so für mein Leben interessierst." Da regte sie sich total auf, aber ich konnte nicht verstehen, was sie sagte, weil Jürgens Vater gerade seine Version von „Umbrella" von Rihanna sang.

FREITAG, 31. JULI

21:42 Uhr

Mum hat mir gerade einen Vortrag darüber gehalten, dass meine Beziehung mit Jürgen zu nichts führt und ich zusehen soll, dass nichts Ernstes daraus wird.

Daraufhin sagte ich – mein bester Geistesblitz aller Zeiten! –, ich wisse, dass es zu nichts führt, aber ich würde einfach die körperliche Seite genießen.

Das stimmt nicht ganz, weil das Nassknutschen mich mittlerweile langweilt, ABER ich wusste, dass es sie auf die Palme bringt.

Sie meinte, wenn wir erst mal zu Hause wären, müssten wir uns ernsthaft unterhalten. Ich sag dir was, Mum: Du erzählst mir von meinem Dad, und ich erzähle dir alles von meinen heißen Erlebnissen.

SAMSTAG, 1. AUGUST

23:13 Uhr

Letzter Tag mit Jürgen. Wir haben noch etwas geknutscht (meine Lippen sind jetzt ganz spröde), und dann hat er Katy Perrys „I Kissed a Girl" bei Karaoke gesungen und es mir gewidmet.

Mum war sauer auf ihn, bis Jürgens Mum sagte: „Fändest du es besser, wenn Hattie das gesungen hätte?" Mum sagte nichts, aber später meinte sie zu Rob, dass sie nicht mit den Webers in Kontakt bleiben will, weil sie ihr „ein bisschen zu kontinental" seien. Und nächstes Jahr würde sie lieber nach Cornwall fahren.

SONNTAG, 2. AUGUST

17:23 Uhr

WIEDER ZU HAUSE.

Tja, ich habe meinen Dad immer noch nicht getroffen. ABER genau in diesem Moment denkt ein Junge in der Nähe von Wien voller Sehnsucht an mich.

Jürgen war in Tränen aufgelöst, als wir uns verabschiedeten. Er fragte: „Werde ich dich jemals wiedersehen?" Ich sagte: „Ja, aber ich weiß nicht, ob das überhaupt möglich ist oder ob ich das überhaupt will."

Wenn eine Beziehung funktionieren soll, dann darf man sich doch nicht schon nach einer Woche beim Knutschen langweilen, oder?

19:12 Uhr

Fred war gerade hier. Es tat ihm leid wegen meinem Dad, aber er wollte hauptsächlich alles über Jürgen wissen. Als ich sagte, dass es wahrscheinlich zu nichts führt, sagte Fred: „Ja, hört sich auch nicht so an, als wäre er der Richtige für dich."

Und WORAN macht Fred das fest?!

MONTAG, 3. AUGUST

12:13 Uhr

Smiley und Jen waren hier. Sie finden beide, dass das mit Jürgen großartig klingt, und meinten, ich solle besser langfristig über ihn nachdenken.

14:13 Uhr

Ich denke, es GIBT einen Weg, unsere Liebe am Leben zu erhalten. Ich habe herausgefunden, dass eine billige Airline in die Nähe von Jürgens Wohnort fliegt. Man kann ein Ticket ab 2 Pence bekommen. Vielleicht ist es Schicksal, und wir sind füreinander bestimmt.

14:43 Uhr

Habe gerade ausgerechnet, dass ein einziger Flug 328,47 Pfund kostet, wenn man Flughafensteuer, Luftverkehrsabgabe, Ökosteuer, Gepäckgebühr (ich muss ja ein paar Klamotten mitnehmen) und Toilettensteuer mitrechnet.

Ich glaube, das Schicksal ist gegen uns.

DIENSTAG, 4. AUGUST

16:12 Uhr

War bei Gran. Habe ihr von Jürgen erzählt.

Sie sagt, das war eine klassische Urlaubsromanze und ich solle es nicht ernst nehmen. Sie hatte mal eine mit einem Kellner in Torremolinos im Jahr 1975. Fast hätte sie Großvater für ihn verlassen.

Als ich fragte, warum sie es nicht getan hat, sagte sie: „Als ich gesehen habe, wie viel Olivenöl er über seine Kartoffeln kippt, Hattie, wusste ich, dass es niemals funktioniert hätte."

Das muss der bescheuertste Grund aller Zeiten sein, um keine Beziehung anzufangen.

18:01 Uhr

Eigentlich mochte ich die Art nicht, wie Jürgen Brot in seine heiße Schokolade stippte.

18:43 Uhr

Oder wie er Orangen gegessen hat.

19:01 Uhr

Die kleinen Dinge beeinflussen eine Beziehung. Jürgen und ich werden einfach nur Facebook-Freunde bleiben.

MITTWOCH, 5. AUGUST

16:32 Uhr

Mum hat noch nicht viel zu mir gesagt, seit wir zurück sind, aber heute hat sie gefragt, ob ich immer noch Starköchin werden will. Als ich Ja sagte, erklärte Mum, sie habe beschlossen, dass ich ihr im Café helfen könne. Ich weiß, warum sie diese Entscheidung getroffen hat:

* Dadurch habe ich weniger Zeit, nach meinem Dad zu forschen.
* Meine nasse Knutschorgie macht ihr Sorgen.

Als ich einwandte, dass ich in meinem Alter noch gar nicht arbeiten sollte, rief sie: „Hattie, willst du die 20 Pfund extra pro Woche oder nicht?"

Antwort: JA. Ich werde also jetzt OFFIZIELL für Sklavenarbeit eingesetzt. Und es fängt MORGEN an.

DONNERSTAG, 6. AUGUST

17:13 Uhr

ACH DU SCHANDE. Ich muss ein Haarnetz tragen, wenn ich die Sandwiches vorbereite. Als ich mich beschwerte, wie bescheuert das sei, sagte Mum: „Sei froh, dass du keinen Bart hast, sonst müsstest du auch ein Bartnetz tragen."

19:05 Uhr

Wollte Mum mir damit vielleicht sagen, dass ich einen Bart habe?! Ich habe Angst vor Gesichtsbehaarung.

21:32 Uhr

Habe gerade Smiley geschrieben und gefragt, ob ich einen Bart habe, und sie sagte Nein.

FREITAG, 7. AUGUST

16:43 Uhr

Smiley hat gerade angerufen, um zu fragen, ob meine Frage nach einem Bart in Wirklichkeit ein Hinweis darauf sei, dass SIE einen Bart hätte. Ich sofort: „NEIN, wirklich, Smiley, du hast KEINEN Oberlippenbart. Ich habe gefragt, weil Mum erwähnte, dass Leute mit Bart, die in einem Café arbeiten, ein Bartnetz tragen müssen. Und ich dachte, sie wollte damit sagen, dass ICH einen Bart hätte."

Smiley sagte: „Ist das nicht komisch? Ich dachte, du wolltest mir sagen, dass ich einen Bart hätte, weil du dachtest, deine Mum wollte dir sagen, dass du einen Bart hast, als sie dir von Leuten erzählt hat, die ein Netz tragen müssen, weil sie tatsächlich einen Bart haben."

17:12 Uhr

Ich glaube, das war die langweiligste Unterhaltung, die jemals in ein Tagebuch geschrieben wurde.

18:01 Uhr

Dies war der langweiligste Tag meines Lebens – das ist das Problem.

SAMSTAG, 8. AUGUST

18:12 Uhr

Ich hasse es, Mum recht zu geben, aber es stimmt. Nachdem man den ganzen Tag gearbeitet hat, hat man zu nichts mehr Lust. Nicht mal, nach seinem RICHTIGEN Dad zu suchen.

SONNTAG, 9. AUGUST

16:13 Uhr

Fragte Mum, ob sie darüber nachdenken könnte, ein paar von meinen Spezialrezepten aufzunehmen:

* Ziegenkäsesalat
* frischer Hummus (Kichererbsenpüree) mit Crudités (Gemüsestäbchen)

* Tomaten-Zucchini-Frittata mit einem Tomatenketchup-Coulis (eigentlich ist das nur Tomatenketchup, aber Coulis hört sich besser an)

Mum sagte, sie glaube nicht, dass Bauarbeiter irgendwas davon essen, aber wenn ich möchte, könne ich morgen die Frittata ausprobieren.

MONTAG, 10. AUGUST

19:23 Uhr

Ich habe beschlossen, dass alle Bauarbeiter totale Banausen sind. NUR EINER VON IHNEN hat meine Tomaten-Frittata genommen. Sie blieben alle bei ihren langweiligen alten Schinkensandwiches und Burgern. Kein Wunder, dass alle Männer mit 40 an Herzinfarkten sterben. ALLE essen nur Müll.

Fred kam rein, und Mum gab ihm ein Stück von meiner Frittata umsonst – unglaublich, wie er das immer macht!

Mum sagt, ich kann morgen den Ziegenkäsesalat ausprobieren, aber ich darf nur zwei Portionen machen. Na super.

DIENSTAG, 11. AUGUST

17:12 Uhr

Tyler, der gestern meine Frittata gegessen hat, hat heute meinen Ziegenkäsesalat probiert. Er sagte, der wäre schön scharf.

Er ist 17. Ich glaube, ich könnte ihn mögen. Ich weiß, ich habe gerade erst mit Jürgen Schluss gemacht – aber das war ja nur eine Affäre.

MITTWOCH, 12. AUGUST

14:13 Uhr

Habe Fred von TYLER erzählt. ER SAGTE, ALLE BAUARBEITER WÄREN BLÖD und ich könnte einen Besseren bekommen. Fred hat gegen jeden was, den ich auch nur im Entferntesten mag. Komisch ist das.

DONNERSTAG, 13. AUGUST

16:13 Uhr

Tyler kam rein und fragte, ob ich wieder irgendwelche Specials hätte. Als ich Nein sagte, sagte er: „Das ist echt ein Jammer."

Er mag mein Essen – er MUSS mich mögen!!!

18:23 Uhr

Es wäre herrlich, einen Bauarbeiter zu heiraten. Er könnte JEDE Arbeit im Haus erledigen. Mum wartet jetzt schon seit fünf Jahren darauf, dass Rob die Dusche verfliest. Fahrlehrer können einem bei gar nichts helfen – außer beim Einparken. Und dabei sucht Mum sich Parklücken mit zwei freien Plätzen an jeder Seite aus, damit sie sicher reinpasst.

19:35 Uhr

Fred meinte, während ich mit der Arbeit beschäftigt bin, wird er weiter nach meinem Dad suchen. Das ist echt süß von ihm, aber nur eine einzige Person kann mir wirklich helfen, meinen Dad zu finden. Und die ist zu beschäftigt mit dem Großmarkt.

FREITAG, 14. AUGUST

17:43 Uhr

Habe beim Mittagessen bei Tyler gesessen. Er ist der langweiligste, LANGWEILIGSTE Mann in der Geschichte der langweiligen Männer. Er hat für geschlagene zweieinhalb Stunden über die Autosendung TOP GEAR gesprochen, die ständig im Fernsehen läuft. Ist mir doch egal, ob Jeremy Clarkson einen Zug in einen Kleinbus gejagt hat und wie „cool" das war.

Und DANN sagte er: „Du hast wohl nicht so viel zu sagen, oder?"

NEIN, HABE ICH NICHT, WEIL DU NICHT DIE KLAPPE HÄLTST.

Wenn alle Jungs die ganze Zeit nur über Autos reden, hätte ich lieber KEINEN Freund.

19:12 Uhr

Fred hat nichts Neues über meinen Dad herausgefunden. Aber er hat ein tolles Video von einer Antilope entdeckt, die in einen Fahrradfahrer kracht.

Ich glaube, ich will auch keine Jungs, die Freunde sind.

SAMSTAG, 15. AUGUST

20:39 Uhr

Habe Gran besucht. Sie meint, Jungs können warten. Außerdem findet sie sowieso, dass ich jemanden aus der königlichen Familie heiraten sollte. Sie glaubt, „königliche Pflichten" wären genau mein Ding. Und sie würde es toll finden, bei uns zu wohnen, weil die Königin es sich leisten kann, eine begehbare Badewanne einbauen zu lassen.

22:02 Uhr

Habe Smiley geschrieben. Sie findet, ich würde eine ganz gute Prinzessin abgeben.

22:34 Uhr

Habe Jen geschrieben. Sie sagt, es ist in Ordnung, wenn ich jemanden heirate, der echt vornehm ist, aber sie kommt trotzdem als Emo zur Hochzeit.

SONNTAG, 16. AUGUST

8:23 Uhr

Kann man überhaupt jemanden aus der königlichen Familie heiraten, wenn man nicht weiß, wer der eigene Dad ist?

9:12 Uhr

Nicht mal Fred weiß das. Im Internet hat er gerade einen Artikel mit der Überschrift „Wie man einen König heiratet" gefunden. Er bringt ihn morgen vorbei, damit wir ihn durchgehen können.

Fred findet, ich soll mich nicht in einen König verknallen und dass „Glück vielleicht eher in der Nähe von zu Hause zu finden ist". Fred, du willst vielleicht dein ganzes Leben lang in Derby bleiben, aber ich will GLAMOUR! UND ich will ein Diadem.

19:12 Uhr

Habe Gran angerufen. Ich habe ihr gesagt, dass ich wahrscheinlich ein bisschen zu launisch bin, um jemanden aus der königlichen Familie zu heiraten, und dass ich ja auch der Königin erzählen müsste, wer mein Dad ist. Gran sagte, sie „hätte die Idee auch gleich verworfen", weil sie dann „kein Privatleben mehr hätte, und das würde ihren Bingo-Terminplan zerstören".

20:32 Uhr

Mir ist gerade aufgegangen: Gran ist davon abgekommen, dass ich zur königlichen Familie gehören soll, als ich Dad wieder erwähnte. Ich werde eines Tages heiraten müssen, irgendjemanden, und dann MUSS ich es wissen.

MONTAG, 17. AUGUST

20:34 Uhr

Der Artikel von Fred ist nutzlos. Ich kann ja nicht mal meinen eigenen Vater finden, geschweige denn einen adeligen Stammbaum entdecken. Das Einzige von der Liste, was ich tun kann, ist „sich gleichgültig und verächtlich verhalten". Das ist einfach – ich fange mit meinem Bruder an. LOL!

DIENSTAG, 18. AUGUST

17:45 Uhr

Wenn man sich in einem Café gleichgültig und verächtlich verhält, bekommt man bloß Ärger.

Tyler beschwerte sich bei meiner Mum, dass ich „ihm seinen Burger nur so hingepfeffert hätte". Dann meckerte Dave, der dicke Vorarbeiter, über mein „mürrisches Gesicht".

Kann's kaum erwarten, bis diese Leute nett zu mir sein müssen und ich mein Frühstück gemacht bekomme.

18:36 Uhr

Hoffe, meine Mum kauft ihr Brautmutter-Outfit nicht bei Primark. Die Königin würde ausflippen.

19:01 Uhr

Alle königlichen Hochzeiten enden sowieso mit der Scheidung. Wünschte, ich könnte mich von meinem Bruder scheiden lassen. Und von meiner Mum!

19:16 Uhr

OH MEIN GOTT – man KANN sich von seiner Mum scheiden lassen. Man kann sich von seinen Eltern scheiden lassen. Habe ich im Internet entdeckt. Warum hat Fred das nicht gefunden?!!

Vielleicht werde ich das tun. In Seifenopern wird das auch immer gemacht. Drohe jemandem, der dich liebt, mit Scheidung, und er tut

ALLES, WAS DU WILLST! Wenn ich sagen würde: „Mum, wir sind fertig miteinander!", würde sie mir BESTIMMT von meinem Dad erzählen, das weiß ich.

19:34 Uhr

Fred findet, mich von meiner Mum scheiden zu lassen, ist gemein. Tja, mir nicht zu sagen, wer mein Dad ist, ist auch gemein, Fred.

MITTWOCH, 19. AUGUST

7:54 Uhr

Habe meiner Mum gerade erklärt, dass ich eine Scheidung will, wegen unserer „vergifteten Beziehung".

MUM (KICHERT): Für wen hältst du dich, Hattie? Macauley Culkin?!

ICH (RUHIG, ABER ETWAS GENERVT): Sag mir, wer mein Dad ist, und ich blase die Scheidung ab.

MUM (RICHTIG AM LACHEN): Nur amerikanische Filmstars lassen sich von ihren Eltern scheiden.

ICH: Das ist nicht wahr! Ein amerikanischer Schüler hat es auch getan.

MUM: Hattie, ich werde dir von deinem Vater erzählen, wenn der richtige Zeitpunkt da ist. Nicht, wenn du mit irgendeiner dämlichen Drohung ankommst.

9:37 Uhr

Habe bei der Kommune angerufen und gefragt, ob sie Leute, die sich von ihren Eltern scheiden lassen, finanziell unterstützen. Die Frau lachte und sagte Nein. Man bekommt weder eine Wohnung noch Kleidergeld. Was läuft in diesem Land falsch?!

11:45 Uhr

Wer IST überhaupt Macauley Culkin?

12:11 Uhr

Macauley Culkin ist der kleine Junge aus KEVIN – ALLEIN ZU HAUS. Nur dass er jetzt schon um die 40 ist.

DONNERSTAG, 20. AUGUST

12:01 Uhr

Der Postbote hat heute Morgen geklopft. Es war mein Ballkleid aus China. Was soll ich jetzt damit???

13:12 Uhr

OH MEIN GOTT – mein BALLkleid ist großartig! Ich kann nicht fassen, dass es nur 27 Pence (plus Versand) gekostet hat.
SOGAR ICH FINDE, DASS ICH GUT AUSSEHE. ICH LASSE ES DEN GANZEN TAG AN. VIELLEICHT SOGAR DAS GANZE JAHR.

13:25 Uhr

Habe ein Foto von mir im Kleid an Smiley und Jen geschickt. SIE LIEBEN ES. Jen findet, ich sehe darin aus wie Bella Swan. YES, EDWARD CULLEN, KOMM UND KÜSS MICH!

13:29 Uhr

Aber bitte beiß mich nicht und mach mich auf keinen Fall zum Vampir. Ich mag nämlich den Tag.

14:23 Uhr

Ich weiß, Edward Cullen ist süß und so, aber was ist der Sinn von einem Freund, mit dem man nicht mal Urlaub an irgendeinem schönen Ort machen kann? Bella hat sich das nicht gründlich genug überlegt. Wenn sie in Florida ist, wird er bei zugezogenen Gardinen zu Hause sitzen.

14:45 Uhr

Jen sagt, an einem bewölkten Ort zu leben, ist ein kleiner Preis für eine verzehrende, ewige und leidenschaftliche Liebe.

15:12 Uhr

Rob brachte mir gerade zufällig einen Keks vorbei und sagte, ich würde TOLL aussehen. Fühle mich jetzt schlecht. Ich wünschte, er wäre mein Dad. Aber ist er nicht, oder?

FREITAG, 21. AUGUST

18:54 Uhr

Habe eine Facebook-Nachricht von Jürgen bekommen:

> Hats, vor 22 Minuten
> ich küsse jetzt ein Mädchen namens Gerda. Sie ist heiß.
> Bleib cool,
> Jürgen

1. Mir doch egal.
2. Mir doch echt egal.
3. „Bleib cool"? IDIOT.
4. Gerda hört sich an wie eine Joghurtsorte.

Wette, sie wird es auch bald langweilen, ihn zu küssen.

SAMSTAG, 22. AUGUST

8:23 Uhr

Habe gerade eine SMS von Gran bekommen. Da steht drin, dass ich ganz dringend vorbeikommen soll, weil sie gerade eine E-Mail bekommen hat, die „ihr Leben verändert".

OH MEIN GOTT – die könnte von meinem Dad sein.

16:32 Uhr

Als ich bei Gran ankam, musste ich ihr absolutes Stillschweigen schwören. Sie sagte, sie wüsste nicht, wie der Absender an ihre E-Mail-Adresse gekommen wäre, aber sie hätte das hier bekommen. Ich habe es ausgedruckt:

Von: <princecokerokoyeandmikethedog@hotmail.com>
Datum: 22. August, 14:53:15 Uhr WEZ
An: <glamgran@netscape.co.uk>
Betreff: Nigel jagt mich! Hilf mir und mein Hund wird dir Millionen geben!

Lieber Freund,

mein Name ist Prinz Coker Okoye. Ich lebte einmal zwischen Pfauen und freundlichen Schildkröten in einem Palast, den sie nennen „Sehr schöner Palast". Dann biss mein Hund Mike einen Nigel. Er wütend auf Nigel wegen Giraffen reiten. Nigel wird wütend, und Mike und ich kommen zu leben in Bungalow in dem Gambia. Ich weine jetzt mit Armut. Mike isst Motten. Trauer ist über meinem ganzen Sofa. Und in meiner Hose.

Weil wir schnell fliehen mussten, ich habe 20 Millionen US-Dollars auf einem Bankkonto in Nigeria gelassen. Ich bin nicht möglich, dieses Geld zu sammeln, weil wenn ich zurückkehre nach Nigeria ist mein Hund Mike gezwungen, in einer Diamantenmine zu arbeiten, bis sein Schwanz wird ein Hängen. Vielleicht er wird sogar an schlimme Köche verkauft und endet in einer Soße. Meine Schildkröten sind schon ein Curry. Wenn ich zurückkehre, werde ich mich nicht mehr lebend fühlen, und vielleicht muss meine Haare, Zehen und Finger mit einer sehr großen Gewehr stutzen.

Ich bitte dich, Freund, du kannst mir helfen, mein Geld zu befreien. Bitte schicke mir 1.000 Dollar, damit ich bezahlen kann für internationale Bankgebühren und kann transferieren mein Geld von Nigeria zu Gambia. In Dankbar für dies werde ich dir geben 5% von mein Einkommen. Wenn du mir deine Bankdaten schickst, werde ich das machen sofort, wenn mein Geld da ist.

Bitte halte diese Transaktion absolut geheim. Sag nicht einmal deinem geliebten Partner oder Haustier, aus Angst, dass ich gefangen werde und gefüttert werde an Verrücktheit von Nigels Elefanten.

Wenn dein Interesse mein ist, sollst du mich durch meine emailadresse kontaktieren:
princecokerokoyeandmikethedog@hotmail.com

Gott sei Dank hat sie mir das erzählt. Ich erklärte, dass es ein Betrug sei, um an ihr Geld zu kommen. Gran glaubte mir zuerst nicht, bis ich fragte: „Wie viele Leute kennst du, die einen Hund namens Mike haben?" Gran rief: „Fred hat eine Katze namens Colin!" Aber ich sagte: „Lies es dir einfach noch einmal durch. Warum sollte ein Prinz eine Rentnerin aus Derby kontaktieren?"

Gran gab mir recht, dass so ein diebischer Betrug schlimm sei. Aber dann gestand sie, dass sie früher, als Mum klein war und sie nicht viel Geld hatten, Bauern Gemüse von ihren Feldern geklaut hat. Gran als DIEBIN?! Ich kann es nicht fassen. Sie fordert lebenslängliche Haft für alle Leute, die ihre Mülltonnen überfüllen!

SONNTAG, 23. AUGUST

8:45 Uhr

Gran hat mich gerade angerufen, um mir zu danken, dass ich sie vor „lausigen Betrügern" gerettet habe. Vielleicht bin ich ja sogar eine Heldin. Und diese Heldin wird den Sonntag damit verbringen, nichts zu tun.

11:32 Uhr

OH MEIN GOTT. Ich hatte gerade den Schock meines Lebens, als ich in Robs Zeitung geguckt habe.

Ich habe nämlich ein Foto von Daniel Radcliffe gesehen. Also, als Harry Potter war er ja ein totaler Langweiler, aber jetzt ist er ECHT DER HAMMER. Er trägt einen Smoking und sieht aus wie ein richtig anständiger Kerl. Kein Mensch würde darauf kommen, dass er jemals ein kleiner, idiotischer Zauberer mit einer Eule als Haustier gewesen ist!

17:32 Uhr

Ich habe mich OFFIZIELL total in Daniel Radcliffe verknallt. Smiley und Jen haben das Foto gesehen und finden das in Ordnung, weil er jetzt ganz offensichtlich ein richtiger Mann ist.

MONTAG, 24. AUGUST

21:21 Uhr

Ich schwöre – es ist ganz einfach, im Café zu arbeiten, wenn man DEN GANZEN TAG an Daniel Radcliffe in seinem Smoking denken kann. Ich habe acht Schinken-Tomaten-Brötchen geschmiert, ohne mein Gehirn einzuschalten. Das ist die Lösung, um Arbeitstage zu überstehen – AN HEISSE TYPEN DENKEN!

DIENSTAG, 25. AUGUST

17:12 Uhr

Mein Bruder hat von meiner Liebe zu Dan gehört.

Jetzt nennt er mich Hermine und fragt, wo mein Zauberstab sei, weil er „weiß, wo Daniels Zauberstab ist". Er hält sich für Captain Witzig. Ist er nicht. Er ist Flugbegleiter Gar-nicht-lustig, und ich wünschte, er würde unbewaffnet auf eine sehr gefährliche Mission gehen.

Außerdem ist er so was von NICHT AUF DEM LAUFENDEN. DAN IST EIN MANN. HARRY POTTER IST VERGANGENHEIT!

MITTWOCH, 26. AUGUST

16:21 Uhr

Habe einen weiteren Tag damit verbracht, an Dan zu denken. Er ist bestimmt die ganze Zeit von wunderschönen Frauen umringt, aber vielleicht passt jemand Normales besser zu ihm. Vielleicht will er nach Jahren als berühmte Persönlichkeit einfach nur zu Mäkkes gehen und sich ein Eis teilen.

17:32 Uhr

Wenn ich ihn davon überzeugen könnte, sich einen Bart wachsen zu lassen, könnten wir wahrscheinlich überallhin gehen, ohne dass die Paparazzi was merken. Kein Altmännerbart – ein sexy Bart, der ganz weich und nicht stachelig ist.

17:45 Uhr

Genau genommen könnte ein Eis in einem sexy Bart hängen bleiben, also vergessen wir das.

18:12 Uhr

Habe Smiley geschrieben. Sie sagt, wir können der Presse aus dem Weg gehen, indem wir Essen zum Mitnehmen holen.

DONNERSTAG, 27. AUGUST

Eine andere tolle Sache bei Danny (so würde ich ihn nennen) ist, dass er superreich ist und sich wahrscheinlich ein Blockhaus auf dem Land leisten könnte, weit weg von allen anderen. Mit einem prasselnden Feuer und einem Diener, der alles tut (aber in einem Schuppen verschwindet, wenn man es will).

FREITAG, 28. AUGUST

(Ich weiß nicht, wie spät es ist – der Tag heute war wie ein Traum …)

Oh Dan … Ich kann gar nicht sagen, wie sehr ich in dich verliebt bin. Ich liebe es, wie du mit mir umgegangen bist – als du mich berührtest, wurde ich zum Leben erweckt, und ich weiß, dass ich nun für immer eine andere bin. Danke für dein Verständnis, dass es für mich noch nicht der richtige Moment war. Als du mich vor dem Feuer hieltest und sagtest: „Ich kann warten", hat mir das unendlich viel bedeutet. Ich will, dass es perfekt ist, und es ist schon bald der perfekte Zeitpunkt für uns gekommen – das verspreche ich. Bald werde ich bereit sein, mich dir hinzugeben. Ich bin ein wildes Pferd – bitte behandle mich zärtlich, und ich lasse mich zähmen. In Liebe, Hxx

SAMSTAG, 29. AUGUST

19:32 Uhr

Kam heute Abend von Smiley nach Hause, als Mum und Rob auf dem Sofa saßen und mich wütend anschauten.

Mum hat OFFENSICHTLICH mein Tagebuch gelesen, denn sie fragte: „WER IST DAN?!"

Ich dachte, NA GUT, ich werde ihr eine Lektion erteilen, also sagte ich: „Dan geht dich gar nichts an!"

Sie BRÜLLTE zurück: „Hattie, ich werde herausfinden, wer er ist, und ich werde seine Eltern aufsuchen. WIE WEIT IST ES GEGANGEN? Wo kommt er her? Warst du beim Arzt?"

Als ich Nein sagte, flippte sie völlig aus und schrie: „Hattie, Jungen in diesem Alter sind furchtbar und nur hinter einer Sache her."

Dann ging ich einfach raus, und sie fing an zu heulen. Ich hasse es, wenn sie sich so aufregt, aber UNTER KEINEN UMSTÄNDEN darf sie einfach mein Tagebuch lesen!

20:32 Uhr

Mum denkt, ich bin ernsthaft aufs Ganze gegangen. Sie denkt wirklich, ICH HABE SUPERHAMMERMÄSSIGE DINGE GEMACHT!!!

21:32 Uhr

Mum war gerade hier oben. Sie hat eine Ewigkeit geweint.

Sie sagte, sie möchte wirklich, dass ich ihr erzähle, was in meinem Leben passiert, besonders wenn es um so wichtige Dinge wie SEX geht.

Sie meinte, es ist sehr wichtig, dass ich auf mich aufpasse, weil es einige sehr böse Leute da draußen gibt. Und ich sei ein „liebenswertes, wunderbares Mädchen mit so viel Potenzial".

Ja, ich fühle mich schrecklich.

Ach, ES IST NICHT FAIR. Ich habe nichts falsch gemacht. SIE hat meine PRIVATEN Sachen gelesen. Sie kann noch ein bisschen länger leiden.

SONNTAG, 30. AUGUST

7:32 Uhr

Mum kam mit einem Kaffee herein und sagte: „Bitte, sprich mit mir, Hattie."

Ich habe ihr nur gesagt, ich sei noch nicht bereit. Ich bleibe den ganzen Tag im Bett.

17:54 Uhr

Mein Bruder hat gerade zu meiner Mum gesagt: „Sei nicht albern – das ist doch alles nur erfunden! Guck dir das Poster an ihrer Wand an, Mum – es ist der Junge, der Harry Potter spielt. Sie hat einfach nur eine lebhafte Fantasie!"

FIES. Ich wurde stinksauer und sagte: „JA, ES IST ERFUNDEN – na und?! UND ER IST NICHT HARRY POTTER. ER IST JETZT EIN RICHTIGER MANN!" Und Mum sagte: „Oh, Hattie – warum hast du uns glauben lassen, dass du …?"

„Weil, MUM, mich jeder in dieser Familie immer noch so behandelt, als wäre ich sechs Jahre alt. Siehst du nicht, dass ich mittlerweile eine Frau bin?!" Daraufhin brach mein Bruder in hysterisches Lachen aus, also rannte ich einfach nach oben.

SIE VERBÜNDEN SICH ALLE GEGEN MICH. HAB DIE NASE VOLL.

MONTAG, 31. AUGUST

7:12 Uhr

Eine Nachricht in der Handschrift meines Bruders wurde gerade unter meiner Tür durchgeschoben.

Liebe Hattie,

tut mir leid, dass ich mit dir Schluss machen muss. Ich muss gegen Voldemort und seine fiese Armee kämpfen. Außerdem habe ich jemanden in Hogwarts kennen gelernt.

In Liebe
Dan

ICH HASSE IHN. Mein Bruder ist offiziell schrecklicher als der Dunkle Lord.

8:32 Uhr

Noch ein Zettel. Von Mum.

> Hattie – es war falsch von mir, dein Tagebuch zu lesen. Du bist jetzt eine junge Frau und hast ein Recht auf deine Privatsphäre. Ich verspreche, dass ich es nie wieder tun werde. Wenn du einmal Mutter bist, wirst du erkennen, wie sehr du deine Kinder beschützen möchtest, weil du sie so sehr liebst. Ich weiß, dass du kein Baby mehr bist, aber du wirst immer mein Baby sein.

WIRD NIE PASSIEREN, MUM

9:09 Uhr

Bin gerade nach unten gegangen und habe Mum umarmt und ihr gesagt, dass ich sie liebe. Sie umarmte mich auch und sagte: „Ich hätte dir vertrauen sollen." Ja, Mum, hättest du.

Ich glaube, Dr. Phil würde jetzt denken, dass ich wahrscheinlich die emotional reifste 14-Jährige bin, die er jemals getroffen hat, und sein Publikum würde klatschen und mich bejubeln.

14:13 Uhr

Habe Smiley und Crazy-Jen geschrieben und ein Notfall-Treffen der NFPG für morgen einberufen.

DIENSTAG, 1. SEPTEMBER

16:53 Uhr

Die Nicht-fair-Protestgruppe hat heute folgende Punkte einstimmig beschlossen:

* Gesetze zum Schutz des Persönlichkeitsrechts von Promis sollten auf Teenager erweitert werden.
* Es sollte verboten werden, das Tagebuch von jemand anderem zu lesen.
* Wenn man dabei erwischt wird, wie man das Tagebuch von jemandem liest, sollte man einen Wahrheitstrank bekommen und gezwungen werden, im Öffentlich-Rechtlichen Dinge zu erzählen, die einem peinlich sind.

Smiley hat Jen und mir heute erzählt, dass sie selten über Jungs und Sex nachdenkt, dafür aber sehr oft über Schokolade. Ich wollte nichts sagen, aber ich glaube nicht, dass das normal ist. Andererseits hat Smiley noch nie Nassknutschen gemacht. Sie kann gar nicht anders, als zu denken, dass Vollmilchschokolade besser ist.

17:12 Uhr

Eigentlich glaube ich, dass ich auch lieber Schokolade essen würde, als Jürgen noch mal zu küssen. Wette, Gerda geht es genauso – LOL!

Gehe morgen noch mal bei Gran vorbei, bevor die Schule wieder anfängt.

MITTWOCH, 2. SEPTEMBER

16:13 Uhr

ACH DU SCHANDE. Ich habe gerade etwas so Schreckliches gesehen, dass ich vielleicht eine Therapie brauche. Als ich klingelte, sagte Gran, ich solle reinkommen, und da stand sie vor ihrem Spiegel, nur in BH UND UNTERHOSE!!!

- Gran hat überall Schwangerschaftsstreifen. Genau genommen haben sogar ihre Schwangerschaftsstreifen eigene Schwangerschaftsstreifen.
- Ihre Waden sind so haarig, dass sie aussieht wie ein Gorilla.
- Ihre Brüste sehen aus, als ob sie zusammengefallen wären. Gran bemerkte, wie ich sie anstarrte, und sagte: „Guck nicht so schockiert, Hattie – das machen Alter und Geburt mit einer Frau." Als ich bemerkte, dass Helen Mirren alt ist und IMMER NOCH toll aussieht, sagte Gran: „Das Leben ist nicht fair, Hattie. Diese Frau hat offenkundig einen Pakt mit dem Teufel geschlossen – und mit der Schwerkraft."

Wie sich herausstellte, stand Gran vor dem Spiegel, weil sie ein Buch darüber gekauft hatte, wie Kleidung der Form schmeichelt. Sie versuchte herauszufinden, welche Körperform sie hat. Sie meint, sie wäre eine Sanduhr. Das Buch sagt, sie ist ein Apfel.

Ich kann ihr jetzt sagen: Sie ist ein Kürbis.

Ich habe Grans Buch ausgeliehen. Ich glaube, ich bin ein Ziegelstein.

Egal. Ich habe vor, das neue Schuljahr als neue Frau zu beginnen.

DONNERSTAG, 3. SEPTEMBER

7:39 Uhr

Meine Schuluniform hat alles, was ich laut Buch nicht tragen soll: Bundfalten, formlose Hemden und Halstücher. Werde vielleicht bei der NFPG ansprechen, dass sich Schuluniformen nach der Körperform richten sollten.

7:56 Uhr

Smiley meint, Uniformen nach Körperform würden nicht funktionieren, weil niemand zugeben würde, dass er ein Apfel ist.

16:32 Uhr

Schule war der totale Albtraum. Das einzig Gute war, dass Danielle Lance uns erzählt hat, sie würde sich jetzt die Achseln nicht mehr rasieren – denn in Deutschland (wo sie Ferien gemacht hat) ist das offensichtlich ganz normal. Vielleicht mochte Jürgen mich deshalb!

16:49 Uhr

Ich weiß, Jürgen war Österreicher, aber in dem Teil von Europa ist wahrscheinlich alles haarig.

FREITAG, 4. SEPTEMBER

15:57 Uhr

Meine Mum hat gehört, wie ich heute Morgen wegen meiner Schuluniform gejammert habe. Sie findet, dass wir uns glücklich schätzen sollten! Sie musste in der Schule einen Hut tragen! Mum meint,

Guido Maria Kretschmer müsste hinzugezogen werden, denn mit ein paar Accessoires könnte er unsere Schuluniformen ROCKEN. Mum glaubt, dass „nur ein schwuler Mann den weiblichen Körper zelebrieren kann". Und dann fügte sie hinzu: „Warum sollte eine Frau wollen, dass andere Frauen gut aussehen? Denk mal drüber nach, Hattie!"

Mum hat eine sehr unterbelichtete Vorstellung von Mädchen.

Trotzdem würde ich einen schwulen Freund LIEBEN. Vielleicht ist Fred ja schwul?

17:12 Uhr

Fred will, dass ich weiß: Er ist definitiv nicht schwul – obwohl nichts falsch daran ist, schwul zu sein.

17:34 Uhr

Mum guckt sich ziemlich viele Mode- und Umstylingshows an, aber sie scheint keinen der Ratschläge zu befolgen. Warum?

19:01 Uhr

Ich liebe Mum und Gran, aber ich will nicht so enden wie sie. Muss einen Weg finden, besser auszusehen.

SAMSTAG, 5. SEPTEMBER

20:05 Uhr

Ich müsste meine Bio-Hausaufgaben machen, aber stattdessen schreibe ich eine Mail an Helen Mirren. Jen lässt mich ihre Hausaufgaben abschreiben – weil sie die Antwort auch wissen will. Ich werde die Mail an **helenmirren@gmail.com** und **helenmirren@hotmail.com** schicken, denn eine davon muss sie ja benutzen.

Von: Hattie Moore <helphattienow@gmail.com>
Datum: 5. September, 19:44:14 Uhr WEZ
An: <helenmirren@hotmail.com>, <helenmirren@gmail.com>
Betreff: HILFE! Sie sind alt, aber Sie sehen toll aus!

Liebe Helen Mirren,

danke, dass Sie diesen Brief lesen.

Da ich gerade 14 geworden bin, denke ich natürlich darüber nach, was passiert, wenn ich älter werde. Wenn ich das so sagen darf: Sie sind fast 70 und sehen immer noch großartig aus. Würde es Ihnen etwas ausmachen, mir zu sagen:

1. Was Sie essen.
2. Welche Feuchtigkeitscreme Sie benutzen.
3. Wie viel Wasser Sie trinken.
4. Welche Schönheits-OPs oder Botox-Anwendungen Sie hatten.

Ich verspreche, dass diese Informationen einzig für meinen persönlichen Gebrauch sind und ich sie nicht an die Klatschpresse verkaufen werde.

Ich freue mich auf Ihre Antwort.

Hattie Moore

PS: Sie sind unsere Lieblingsadelige! Meine Gran sagt, anders als die meisten Leute, die einen Adelstitel bekommen, haben Sie ihn wirklich verdient.

Ich fühle mich nicht gut dabei, aber ich gebe es vielleicht doch an die Presse weiter, wenn sie mir etwas Interessantes zurückschreibt.

SONNTAG, 6. SEPTEMBER

21:12 Uhr

Fred kam vorbei, nachdem er mit Rob beim Trödelmarkt war. Er hat am Freitag für das Schulmusical vorgesungen. Ich glaube nicht, dass er eine wichtige Rolle bekommt – ich habe ihn in seinem Schlafzimmer singen gehört.

MONTAG, 7. SEPTEMBER

16:32 Uhr

OH MEIN GOTT – VOLLSCHOCK! Laut Smiley HAT Fred die Hauptrolle im Schulstück bekommen: Er ist Joseph. DER Joseph. Der Mann mit dem Traumkleid. Das ist bestimmt nicht wahr, oder?!

17:43 Uhr

Es IST WAHR!!! Habe Fred gerade im Hof beim Training erwischt. Er versucht, „Muskeln aufzubauen", weil er in einigen Szenen mit nacktem Oberkörper auftreten muss. Vielleicht übersehe ich etwas, weil ich ihn schon jahrelang kenne, aber ich kann mir Fred nicht als großen Star vorstellen.

18:12 Uhr

Smiley sagt, Fred ist scharf – und Smiley steht sonst auf niemanden!

DIENSTAG, 8. SEPTEMBER

16:01 Uhr

Alle in der Schule sprechen über Fred.

Crazy-Jen sagt, dass Fred eine „Tiefe" hat, die bei männlichen Teenagern wirklich selten ist (???). Die Leute, die ihn beim Vorsingen gesehen haben, sagten, er sei besser gewesen als jeder, der jemals bei X FACTOR mitgemacht habe.

Wenn Fred reich und berühmt wird, wäre das spitze.

19:54 Uhr

Ich versuche, eine Geschichte über Terrorismus für die Englisch-Hausaufgaben zu schreiben. Es ist echt schwierig, über irgendetwas zu schreiben, wenn Fred die ganze Zeit volle Kanne „Wie vom Traum verführt" singt.

MITTWOCH, 9. SEPTEMBER

21:36 Uhr

Ich glaube, heute habe ich vielleicht die allerbeste Geschichte in der Geschichte des Englischunterrichts geschrieben.

Ich habe vorgegeben, ein Selbstmordattentäter zu sein. Und anstatt mit dem spektakulär-dramatischen Satz „Und dann war ich tot" zu enden, habe ich mit einem Nachrichtenbericht aufgehört, in dem es darum ging, wie viele Leute ich verletzt habe.

DONNERSTAG, 10. SEPTEMBER

15:45 Uhr

OH MEIN GOTT. Was, wenn mein Dad ein Selbstmordattentäter oder ein Terrorist ist? Vielleicht hat die Regierung meiner Mum verboten, mir zu erzählen, wer mein Dad ist?!

16:01 Uhr

Jen sagt, das klingt alles sehr unwahrscheinlich, aber wenn mein Dad ein Selbstmordattentäter ist, dann ist er wahrscheinlich sowieso tot.

18:54 Uhr

Fred ist gerade vorbeigekommen. Er meinte, ich sei verrückt. Und er findet es viel wahrscheinlicher, dass mein Dad einfach ein Schwachkopf ist als ein weltweit gesuchter Terrorist.

Dann ließ er mich seinen Bizeps fühlen. Der ist im Moment SEHR HART.

FREITAG, 11. SEPTEMBER

16:11 Uhr

Habe meine Terrorismus-Geschichte zurückbekommen! Ich habe eine 3+ bekommen! Dr. Richards hat sie als „unrealistisch" bezeichnet?!!

Er sagte, auf keinen Fall würde ein Selbstmordattentäter als letzte Mahlzeit einen Fischburger bei Mäkkes essen, und er würde sich nicht zehn Minuten lang den Kopf darüber zerbrechen, welches Designerhemd er tragen soll.

Dr. Richards lebt in einem Dorf mit seiner Frau und einem dicken Hund – was weiß der schon?

SAMSTAG, 12. SEPTEMBER

12:12 Uhr

Gran war heute Morgen schon richtig früh hier, denn sie will, dass Rob ihr das Autofahren beibringt. Sie will ein Auto und einen Behindertenausweis. Dann könnte sie praktisch direkt in der Eingangshalle vom Supermarkt parken.

Rob sah sehr besorgt aus, aber er findet, es ist für niemanden zu spät, etwas zu lernen.

Trotzdem, Gran ist eine offizielle Irre, und seitdem sie ihr den grauen Star operiert haben, denkt sie, sie kann alles. Sie sagt immer: „Wie schwer kann das schon sein? Sogar Prolls haben Autos!" (Ich habe Gran das Wort „Prolls" beigebracht, jetzt benutzt sie es ständig.)

Rob will Gran später am Nachmittag abholen.

17:13 Uhr

ACH DU SCHANDE. Rob sagt, Gran war ganz gut! Gran sah glücklich aus – Rob ein bisschen erschöpft. Anscheinend hat Gran auf einem Bahnübergang fast den Motor abgewürgt, aber abgesehen davon lief alles gut.

Oder ist es etwa nicht gut, nur fast von einem sehr großen Zug überrollt zu werden?

SONNTAG, 13. SEPTEMBER

19:22 Uhr

TAG DES TOTALEN DRAMAS.

Nach ihrer letzten Unterrichtsstunde war Gran richtig zuversichtlich. Darum beschloss sie, selbst rückwärts aus der Auffahrt zu fahren und auf der Straße auf Rob zu warten. Leider hatte Rob den ersten Gang dringelassen, und Gran machte einen Satz nach vorn, direkt in den Schuppen.

Es gab einen höllischen Krach, und Rob stürmte raus und spielte VERRÜCKT. Er brüllte Gran an, sein Lebensunterhalt stünde auf dem Spiel und das Auto sei sein täglich Brot, und was zum Teufel sie sich dabei überhaupt denke – ob sie SENIL wäre? Dann fing Mum an, Rob anzuschreien: „Scheiß auf das Auto, was ist mit MUM?!!"

Dann kam Fred angestürmt und sagte, er kann Erste Hilfe und auf keinen Fall soll Gran sich bewegen, weil sie ernsthafte Verletzungen an der Wirbelsäule haben könnte. Er hatte alles total gut unter Kontrolle. Sogar als Gran versuchte, aus dem Auto auszusteigen und Rob auszuschimpfen, weil er den ersten Gang dringelassen hatte.

Dann fing Gran an, allen möglichen Quatsch zu labern, wie: „Fred, du bist wundervoll – du bist wie ein Enkel für mich", und „Denk daran, dir hier in der Nähe eine Frau zu suchen, wenn du älter bist. Hier in der Nähe. Wirklich ganz nah."

Zum Glück kam dann der Krankenwagen, und sie legten Gran auf eine Trage und brachten sie ins Krankenhaus. Sie hat nur ein paar Prellungen und ein Schleudertrauma.

Fred war heute so großartig. Er hatte alles unter Kontrolle – wie ein richtig cooler Lehrer. Sogar Gran hat getan, was er ihr sagte, und die ist normalerweise unkontrollierbar.

21:43 Uhr

Wollte nur sagen, dass ich NICHT auf Fred stehe. Ich bewundere ihn nur in Krisensituationen.

MONTAG, 14. SEPTEMBER

19:45 Uhr

Ich habe Rob gefragt, ob er mir eine Fahrstunde gibt.

Er hat sofort abgelehnt, mit der Begründung, dass a) ich erst 14 bin und b) er nie wieder ein weiteres Familienmitglied unterrichten wird. Er sagte, seine Doppelpedale haben sich gerade erst von Gran erholt.

Warum dürfen uralte Leute fahren und Unter-17-Jährige nicht? Wir haben bessere Augen, bessere Gehirne, und wir WOLLEN unbedingt fahren können, um unsere Freunde zu treffen.

Wir MÜSSEN fahren.

21:20 Uhr

Fred hat vorbeigeschaut. Ich sagte ihm, wie großartig ich ihn fand. Er sagte, das hätte er alles aus seinem Erste-Hilfe-Kurs, und dann ließ er mich seine Waden fühlen. Sie sind hart wie Stein! Er wird ein sehr muskulöser Joseph.

DIENSTAG, 15. SEPTEMBER

18:12 Uhr

Haben heute in der Schule eine erstaunliche Sache gemacht. Clare sagte, ihre Schwester und deren Freunde hätten so ein Spiel, das heißt „Der anonyme ehrliche Zettel". Man nimmt ein Blatt Papier, jeder schreibt einen Kommentar über dich drauf, faltet es so, dass der Kommentar versteckt ist, und gibt es dann an die nächste Person weiter. Bis man eine ganze Reihe sehr ehrlicher Kommentare über sich hat.

Das haben wir auch gemacht.

Hier sind meine Kommentare:

- Witzig in Sport – obwohl ich glaube, dass du insgeheim sehr empfindlich bist.
- Jammert die ganze Zeit über ihren Bruder.
- Hat eine Grundierung, die eine Spur zu dunkel ist. Du bist nicht „sand-beige". Du bist „elfenbein-biskuit".
- Hat einen sexy Bruder.

- Hat ein Foto von sich als abgedrehter Monster-Moppel, der versucht, eine Gabel zu essen. (Das war auf jeden Fall Smiley.)

Ich war nie absichtlich witzig in Sport. Das macht mir Sorgen. Sehe ich dämlich aus, wenn ich renne?

Ich bin ÜBERHAUPT nicht überempfindlich.

Mein Bruder ist nicht attraktiv.

Meine Grundierung hat mir eine der Verkäuferinnen in der Parfümerie empfohlen – und wenn sich irgendjemand mit Make-up auskennt, dann die!

19:35 Uhr

Habe gerade vor meinem Spiegel geübt, auf und ab zu rennen. Es sind nur fünf Schritte, aber ich glaube, ich sehe gut aus. Nichts hüpft. Leider.

20:03 Uhr

Mum sagt, es weiß doch jeder, dass die Verkäuferinnen in Parfümerien asitoaster-braun sind.

MITTWOCH, 16. SEPTEMBER

16:32 Uhr

Ich habe Smiley heute gefragt, ob meine Grundierung zu dunkel ist. Sie zog eine echt komische Grimasse und sagte: „Na ja … ein bisschen."

Ich fragte: „Smiley, warum hast du mir das nicht gesagt?!! Ich war monatelang ASITOASTER-BRAUN. Wahrscheinlich lachen mich jetzt alle aus, und ich werde NIEMALS einen anständigen Freund bekommen und WAHRSCHEINLICH JUNG UND EINSAM IN EINER WOHNUNG STERBEN, UND SECHS MONATE LANG WIRD MICH NIEMAND FINDEN!!!"

Smiley meinte, sie wollte mich nicht verärgern und dass ich manchmal überreagiere!

Ich habe ver***** noch mal fast nie überreagiert!

DONNERSTAG, 17. SEPTEMBER

18:12 Uhr

Habe Fred gefragt, ob er jemals Jungs darüber hat reden hören, dass ich asitoaster-braun bin. Er sagte Nein, ich wäre noch immer „Hattie mit dem durchsichtigen Titten-Top". Das ist gut.

So schlimm kann meine Grundierung also nicht sein.

19:01 Uhr

Habe mich gerade geschminkt. Es IST schlimm. Warum habe ich das nicht gesehen?! Was übersehe ich sonst noch, was vielleicht DIREKT VOR MEINER NASE IST?!!!

Ich werde mein ganzes Make-up wegschmeißen.

FREITAG, 18. SEPTEMBER

16:57 Uhr

Fred kam vorbei und bemerkte mein ganzes Make-up im Mülleimer. Er sagte, für JOSEPH müsse er braun gebrannt aussehen, darum werde er meine alte Grundierung nehmen.

Ich habe schon wieder die Nase voll von der Schule.

SAMSTAG, 19. SEPTEMBER

20:34 Uhr

Bin bei Gran gewesen. Sie hat Seifenopern geguckt, mit einer RIESIGEN Tüte Chips. Sie schien sehr ruhig zu sein und sagte: „Hattie, es ist wichtig, inneren Frieden zu finden. Ich habe mich nie im Leben entspannter gefühlt. Jeder Tag ist wie ein Geschenk."

Sie schreibt ihren neu gewonnenen inneren Frieden den speziellen, gesunden Happy-Muffins zu, die ihre Freundin Denise gebacken hat. Anscheinend ist da eine besondere Mischung aus Kräutern und Körnern drin, die ihrer Arthritis guttut.

Ich bewundere Gran so sehr. Sie denkt immer noch über ihre Ernährung und ihre Figur nach, obwohl die meisten ihrer Freunde einfach aufgegeben haben. Eine ihrer Freundinnen isst sogar morgens einen Kübel Eiscreme mit einem Whisky zum Frühstück, weil sie sowieso bald stirbt.

SONNTAG, 20. SEPTEMBER

20:43 Uhr

War wieder bei Gran, als ihre Freundin Denise gerade ein paar Muffins vorbeibrachte. Ich habe daran gerochen und – OH MEIN GOTT! SIE WAREN VOLLER DROGEN!!!

Ich sagte: „Gran, riech mal – ich glaube, da ist Marihuana drin!" Gran sagte immer wieder: „Hattie, sei nicht albern. Ich habe in den 60ern gelebt – ich weiß, wie Drogen riechen. Wir haben Drogen praktisch erfunden!"

Sie glaubte mir nicht, also schob ich ihr einen Muffin unter die Nase und brüllte: „ÄHM, GRAN – DANN RIECH MAL DAS HIER!" Gran sagte: „ACH DU SCHANDE – ES IST MARIHUANA. Ich mache etwas Illegales! Ich bin voller illegalem Zeug. Wenn ich jetzt bei den Olympischen Spielen wäre, würden sie mir jede Medaille wegnehmen!"

Sie rannte in die Küche und warf alle vier Muffins für die Vögel nach draußen.

Wenn meine Mum das wüsste, würde sie vor Wut explodieren.

23:02 Uhr

„Meine Gran ist auf Drogen" klingt wie die beste Jeremy-Kyle-Show ALLER ZEITEN.

MONTAG, 21. SEPTEMBER

18:32 Uhr

Habe Smiley und Jen von Gran erzählt, aber habe sie zur Geheimhaltung verpflichtet.

Es reizt mich, Drogen zu nehmen, aber ich werde es nicht tun. Jen sagte, manchmal fängt man an, sich die schlimmsten Dinge der Welt vorzustellen, und man hat furchtbare Visionen. Was, wenn meine Brüste noch kleiner aussehen, wenn ich bekifft bin? Oder wenn meine Pickel schlimmer werden oder so was? Oder MHP bei uns einzieht?! Das ist es nicht wert.

DIENSTAG, 22. SEPTEMBER

20:13 Uhr

Gran ist beunruhigt, weil ihre Vögel heute Morgen nicht wie gewöhnlich zurückgekommen sind. Sie macht sich Sorgen, dass sie vielleicht in alle Winde zerstreut sind, nachdem sie ihre Drogen-Muffins gegessen haben.

Sie ist überzeugt, dass die Königliche Gesellschaft für Vogelschutz sie HASSEN würde, wenn sie wüsste, dass sie Rotkehlchen und Schwarzdrosseln mit Marihuana gefüttert hat. Man würde sofort jede Menge Nachforschungen einleiten, und sie würde auf der Titelseite der Zeitungen landen. Sie sieht die Schlagzeile schon vor sich: „Bösartige Rentnerin füttert Wildtiere mit Rauschgift, um sich einen fiesen Kick zu verschaffen!"

21:34 Uhr

Gran hat vier bekiffte Vögel im Garten gefunden! Sie sind zu zugedröhnt zum Fliegen, aber sie fressen alles, was in Sichtweite ist. Gran macht sich Sorgen, weil sie SO entspannt sind, dass es für Katzen sehr leicht ist, sie zu töten. Dann versuchte sie, MIR eine Lektion über Drogen zu erteilen!!! „Siehst du, was Marihuana mit dir anstellt, Hattie?" Ich sagte: „Gran, es ist deine Schuld, dass sie so sind – und ich bin kein Buchfink!"

MITTWOCH, 23. SEPTEMBER

19:46 Uhr

Gran hat der Königlichen Gesellschaft für Vogelschutz eine Lastschrifteinzugsermächtigung erteilt. Das macht ihr schlechtes Gewissen.

DONNERSTAG, 24. SEPTEMBER

16:36 Uhr

Gerade als ich dachte, dass die Schule nicht mehr LANGWEILIGER werden kann, fanden wir heraus, dass unser Klassenausflug zum Wissenschaftsmuseum geht, damit wir uns … Moment … „100 Jahre Kunststoff" angucken. Ich kann nicht fassen, dass jemand tatsächlich gedacht hat, es wäre eine gute Idee, einen Raum mit Waschschüsseln und Füllern vollzustopfen und den Leuten das zu zeigen!

FREITAG, 25. SEPTEMBER

22:32 Uhr

HEILIGER STROHSACK – glaube ERNSTHAFT, dass ich mir vielleicht den besten Plan aller Zeiten ausgedacht habe. Bei Schulausflügen haben wir am Ende immer eine Stunde zur freien Verfügung. Ich finde, wir könnten GANZ EINFACH mit der U-Bahn quer durch London und in den Topshop auf der Oxford Street fahren. Es ist ein Mittwoch, also wird um 15 Uhr kaum jemand da sein! Schreibe Smiley und Jen SOFORT.

SAMSTAG, 26. SEPTEMBER

1:12 Uhr

Smiley und Jen sind beim TOPSHOP-TRIP (TST) DABEI. Und es wird noch besser: Jen glaubt, wir schaffen es auch noch zum Camden Market, um ein paar altmodische Emo-Klamotten zu kaufen. Sie will schon EWIG einen bodenlangen Samtumhang haben! Ich glaube, ich hätte lieber einen HEISSEN schwarzen Bleistiftrock aus Leder. OFFIZIELL noch heißer als ALLES, was MHP gehört.

SONNTAG, 27. SEPTEMBER

18:34 Uhr

Habe den ganzen Tag lang den TST geplant. Habe ein schlechtes Gewissen, weil Mum einfach so mit einem Kaffee für mich raufkam und sagte: „Hattie, ich bin wirklich stolz darauf, dass du dich so sehr auf deine Hausaufgaben konzentrierst."

20:12 Uhr

Das Wissenschaftsmuseum ist in South Kensington. Wir brauchen etwa 20 Minuten bis zur Oxford Street. Dann einmal in Rekordzeit durch Topshop und zurück – niemand wird merken, dass wir überhaupt weg waren!

Habe gerade gemerkt, dass wir es auf gar keinen Fall auch noch zum Camden Market schaffen. Das muss ich Jen noch irgendwie schonend beibringen.

21:01 Uhr

Jen ist enttäuscht, weil sie glaubt, ein Umhang würde ihre Hexenfähigkeiten stärken. Aber sie versteht, dass Topshop an erster Stelle stehen MUSS.

MONTAG, 28. SEPTEMBER

16:57 Uhr

Jede Menge andere Mädchen haben davon gehört, was wir vorhaben – jetzt wollen sie alle mitkommen. Das Problem ist: Wenn die ganze Klasse shoppen geht, werden wir riesige Schwierigkeiten bekommen. Wir mussten Dumpfbacke Hannah offiziell verbieten, sich auch nur DAS KLEINSTE BISSCHEN einzumischen. Bei unserem letzten Schulausflug ist sie mit ihrem Arm in einem Briefkasten stecken geblieben.

DIENSTAG, 29. SEPTEMBER

19:02 Uhr

MHP hat gedroht, Matfield von dem TST zu erzählen, bis sie gemerkt hat, dass es UNCOOL ist, Lehrern überhaupt irgendwas zu erzählen. Jetzt hat sie versprochen, niemandem was zu sagen, außer sie wird gefoltert.

19:55 Uhr

Wer würde MHP foltern?!

20:25 Uhr

Smiley sagt, für MHP heißt Folter, keinen Lipgloss zu tragen. LOL. STIMMT.

21:13 Uhr

Wir haben einen Fragebogen über Kunststoff bekommen, den wir ausfüllen müssen, wenn wir morgen durch die Ausstellung gehen. Wir bezahlen Dumpfbacke Hannah mit einem Zebra-Armreif von Topshop dafür, dass sie unsere ausfüllt.

21:26 Uhr

TOPSHOP, WIR KOMMEN!!!

MITTWOCH, 30. SEPTEMBER

20:45 Uhr

Ich bin in meinem Zimmer – nach dem schlimmsten Tag meines Lebens.

Mum hat mir gerade eine Schüssel Suppe raufgebracht. Suppe kriege ich nur, wenn ich krank bin oder in Schwierigkeiten. Ich bin in Schwierigkeiten. Den größten Schwierigkeiten der Welt. Solche Schwierigkeiten hatte ich nicht mehr, seitdem ich in der Grundschule eine Kack-Fabrik gemalt habe.

Ich habe vielleicht mein Leben ruiniert. Für einen Rock.

22:53 Uhr

TOTALE Katastrophe.

Wir haben das Wissenschaftsmuseum um drei verlassen, und der Bus sollte uns um halb fünf abholen. Smiley hatte ihren Rucksack mitgebracht, damit wir alle unsere Topshop-Tüten darin verstecken konnten. Wir hatten 20 Minuten für den Weg zu Topshop, 20 Minuten für den Weg zurück und eine halbe Stunde drinnen.

Zuerst erwischten wir die falsche Bahn und fuhren Richtung Heathrow – nicht Cockfosters. Dann gab es ein verdächtiges Gepäckstück bei Green Park, weshalb wir dort nicht umsteigen konnten. Also mussten wir eine Station weiterfahren, aber da war der Protestmarsch einer Gruppe von Tierrechtlern, also konnten wir da auch nicht anhalten! Ich weiß, dass Kaninchen und Meerschweinchen wichtig sind, aber warum heute?!!

Erst um Viertel vor vier kamen wir bei Topshop an. Wir hatten gerade noch Zeit, dass jeder sich ein Teil kaufen konnte, und Smiley wurde zweimal durchsucht, wegen ihrem Rucksack.

Dann dachte Jen, sie hätte Kate Moss zu den Garderoben gehen sehen, also folgten wir ihr alle – aber wie sich herausstellte, war es nur eine andere dünne Frau mit blonden Haaren.

Also zurück zur U-Bahn, und das war HEFTIG – die Leute murrten und stießen uns zur Seite. Keiner interessierte sich für uns. Jen meinte, wir sollten auf eine weniger volle Bahn warten, aber jeder Zug, der einfuhr, war so voll, dass man nicht reinkam.

Dann kam ein Mann mit Pudelmütze und sechs leeren Plastikflaschen auf Smiley zu und fragte, ob sie mit Jesus verwandt wäre. Da stiegen wir in den nächsten Zug, der kam, in drei verschiedene Wagen.

Smiley und ich fanden uns irgendwie und schafften es bis fünf zurück zum Museum. Matfield wartete schon auf uns und brüllte: „WO IST JENNIFER?!" Und als wir sagten, wir wüssten es nicht, DREHTE SIE TOTAL DURCH. Ob wir wüssten, wie viel Chaos wir verursacht hätten? Ob wir wüssten, wie viel Ärger wir bekommen würden? Ob wir wüssten, dass man uns hätte umbringen können? Als ich sagte, wir wären nur kurz zu Topshop geflitzt, nicht nach Frankreich, KREISCHTE Monsterbacke Matfield: „IN DEN BUS, SOFORT!"

In dem Moment tauchte Crazy-Jen auf. Sie sagte, sie wäre zu spät, weil sie „den Wahnsinn der Großstadt aufgesaugt" und „nach Frieden im Chaos gesucht" hätte. Sie sagte auch noch, es wäre eine allseits bekannte Tatsache, dass die Wesen „zwischen zwei Welten oft das U-Bahn-System benutzten" und dass „die U-Bahn nachts geschlossen sei, weil niemand darin arbeiten will, denn das sei zu gruselig". Das war der Zeitpunkt, an dem Matfield fast explodierte.

Als wir in den Bus stiegen, wurde es MUCKSMÄUSCHENstill. MHP setzte eins ihrer superüberheblichen Lächeln auf, aber FLORENCE (ultimative Rebellin) nickte uns anerkennend zu. Sie sagte, wir wären unglaublich fantastisch und sie wäre LIEBEND gern mitgekommen.

Als wir die Schule erreichten, wartete die Direktorin auf uns. Wir dürfen morgen nicht zur Schule kommen, und sie will uns alle am Freitag sehen – um über „unsere Zukunft" zu sprechen.

DONNERSTAG, 1. OKTOBER

10:01 Uhr

Mum war hier. HÖRT EUCH DAS AN:

Mum: Was zum TEUFEL hast du dir dabei gedacht? Du bist erst 14!

Ich: Ich bin doch nur bei Topshop reingeflitzt! Wir hatten schon alles in dem bescheuerten stinkenden Museum gesehen. Ich kann dir sogar sagen, was passiert, wenn du in einem Raumanzug furzt!

Mum: MAN HÄTTE DICH UMBRINGEN KÖNNEN!

Ich: Aber das hätte man doch hier auch!

Mum: Es ist viel wahrscheinlicher, in London zu sterben, weil es voller verrückter

Leute ist. Das sollte ein Bildungsausflug werden, und du hast ihn vergeudet. Wenn du nicht anfängst, deine Ausbildung ernst zu nehmen, dann wirst du nicht zur Universität gehen können.

Ich: MUM, ICH WILL Modedesignerin oder Köchin werden, dafür muss ich nicht zur Universität gehen. Gordon Ramsay war nicht dort. Jamie Oliver nicht. Chanel nicht!!!

Mum: Sie waren unglaublich talentiert!

Ich: OH, DANKE, MUM. Willst du damit sagen, dass ich das nicht bin?!!

Mum: Ja, du musst nämlich noch viel lernen.

Ich: NA DANKE, MUM. VIELEN DANK.

Und dann fing ich an zu heulen, und sie sagte: „Drück jetzt nicht auf die Tränendrüse, Hattie!" Da schrie ich: „Ich will bei Gran wohnen!"

Aber das geht nicht. Ich darf nicht in einer betreuten Wohnanlage leben.

FREITAG, 2. OKTOBER

18:12 Uhr

Mrs Cob hat uns heute alle zu sich bestellt. Smiley sah aus, als ob sie viel geweint hätte, weil sie vorher noch nie wirklich Ärger in der Schule bekommen hat.

Mrs Cob sagte, sie wäre von uns allen sehr enttäuscht, da sie in uns eigentlich intelligente junge Damen sehe, aber wir hätten die oberflächliche Welt der Mode der Befriedigung eines forschenden Geistes vorgezogen.

Und das von einer Frau, die offensichtlich im letzten Jahrhundert zum letzten Mal shoppen war!

Auf jeden Fall sind wir bis nächsten Mittwoch suspendiert. Und in dieser Zeit müssen wir ein komplettes Projekt über die Entstehung der Kunststofftechnik abliefern, um das wieder aufzuholen, was wir in dem stinkenden, bescheuerten WISSENSCHAFTSMUSEUM verpasst haben, das für immer geschlossen werden sollte, weil es der LANGWEILIGSTE ORT DER WELT IST.

19:46 Uhr

Mir fiel gerade ein, dass es im Wissenschaftsmuseum eine römische Pinzette gab. Das bedeutet, dass sie sogar schon vor 2.000 Jahren Probleme mit buschigen Augenbrauen hatten!

20:12 Uhr

Und es gab ein wiederverwendbares Kondom – IGITT!!!

Vielleicht ist es doch ein ganz netter Ort.

Ich habe richtig verschissen, oder?

SAMSTAG. 3. OKTOBER

14:12 Uhr

Der Kunststoff Nylon wurde zuerst für Kniestrümpfe und Strumpfhosen verwendet.

Okay, vielleicht ist Kunststoff nützlich.

16:32 Uhr

Gran hat gehört, was passiert ist. Sie will mich morgen sehen.

SONNTAG, 4. OKTOBER

12:01 Uhr

Gran hat gerade VERRÜCKT gespielt. Gibt es irgendjemanden, der nicht böse auf mich ist?

13:14 Uhr

Antwort? Nein. Smileys Eltern haben meine Mum angerufen und gesagt, dass ich ihre Tochter zu schlechtem Verhalten verleite – und Mum hat zugestimmt!

14:01 Uhr

Smiley hat gerade geschrieben, um sich für ihre Eltern zu entschuldigen.

Sie zwingen sie dazu, jeden Tag ihre Gran zu baden. Das ist eine schreckliche Strafe. Die hat sogar Haare in ihren Ohren.

19:54 Uhr

Mein Bruder kam gerade rein und sagte: „Hats, in einer Woche ist das alles vergessen ... wenn ich sie nicht IMMER WIEDER daran erinnere!!!"

Ich würde meinen Bruder gern in einem Museum sehen. Tot und ausgestopft in einer Glasvitrine.

MONTAG, 5. OKTOBER

17:23 Uhr

Mein Leben wird wirklich immer besser ... Fred kam vorbei und hielt mir eine Standpauke und sagte, ich soll endlich aufhören, immer so rumzunerven.

Als ich anfing mit: „Aber ich kenne meinen Dad nicht", unterbrach er mich: „Hattie, das ist keine Entschuldigung. Und es wird langsam öde. Haufenweise Leute mögen dich, mich eingeschlossen. London ist gefährlich. Selbst Kate Moss trägt einen stichfesten Designer-BH."

Ich glaube, das mit Kate Moss ist Quatsch, aber mit dem Rest könnte er recht haben.

DIENSTAG, 6. OKTOBER

16:32 Uhr

Morgen wieder zurück zur Schule. Habe Angst. Frage mich, ob die anderen uns cool oder dumm finden werden.

MITTWOCH, 7. OKTOBER

18:12 Uhr

Die Antwort ist: dumm.

MHP hat jedem erzählt, dass wir total naiv sind, weil wir die „wahre, wilde Natur der Hauptstadt" nicht verstehen. Wenn sie nach London fährt, dann nimmt sie sich anscheinend einen ganzen Tag für Topshop. Alle tun das. Außer „Proleten, die nichts von Mode verstehen".

Habe meinen Kunststoff-Aufsatz abgegeben, aber – was das Schlimmste ist – Matfield, die blöde Kuh, hat ihn nicht mal gelesen. Sie zerriss ihn einfach vor unseren Augen und sagte: „Wenn ihr meine Zeit verschwendet, dann verschwende ich eure." Ich hätte alles Mögliche schreiben oder einfach nur das Wort „Unterhose" zwölf Seiten lang wiederholen können!!! Machen Lehrer wirklich das, wofür sie bezahlt werden?!

DONNERSTAG, 8. OKTOBER

7:53 Uhr

Die Topshop-Katastrophe ist jetzt schon über eine Woche her, und ich muss Mum immer noch JEDES MAL Bescheid sagen, wenn ich IRGENDETWAS mache. Ich darf nicht mal zur Toilette gehen ohne eine vollständige Beschreibung davon, was dort vorgeht. Sie guckt sogar zu, wie ich mir die Zähne putze.

20:34 Uhr

MHP hat sich einen kleinen Hund gekauft. Sie trägt ihn überall herum und hat ihn Princess genannt. Es ist so ein mageres Ding mit riesigen Augen und einem rosa Schleifchen.

Tja, man sagt, dass Hunde wie ihre Besitzer aussehen.

UND SIE HAT DEN NERV, MICH EINE PROLETIN ZU NENNEN!

FREITAG, 9. OKTOBER

17:34 Uhr

LOL!

Was für eine VOLLIDIOTIN. MHP hat Princess mit in die Schule gebracht! Der Hund hat sich während der Schulversammlung befreit und ist total durchgedreht. Mrs Monsterbacke Matfield kreischte: „Wer hat diesen Hund hier reingebracht? Haustiere mit zur Schule zu bringen, verstößt zweifellos gegen die Schulordnung!"

Princess rannte eine Ewigkeit herum, bis jemand es schaffte, sie zu fangen, indem er ihr einen Haferkeks aus dem Lehrerzimmer hinhielt. MHP war stinksauer: „Füttere meine Prinzessin bloß nicht mit Plätzchen – dann wird sie fett!" ABSOLUT LÄCHERLICH!

Ich wette, wenn Princess fett wird, würde MHP sie superschnell loswerden.

Wir haben uns alle bepisst, bis Matfield sagte: „HE, TOPSHOP-GIRLS, HÖRT AUF ZU LACHEN."

WANN können wir ALLE ENDLICH NORMAL WEITERLEBEN?!

SAMSTAG, 10. OKTOBER

16:23 Uhr

Habe gerade mit Smiley gesprochen, die MHP auf Twitter folgt (Smiley folgt jedem – sogar dem Premierminister). Offensichtlich ist MHP unzufrieden mit Princess, weil sie das Schleifchen auf ihrem Kopf gefressen hat und sich weigert, modische Accessoires zu tragen.

Das kommt, weil sie ein Hund ist, keine Barbiepuppe!

19:34 Uhr

Smiley hat mir gerade erzählt, dass MHP über „dämliche Topshop-Proleten" getwittert hat, die „grausam zu ihrem Hund sind". Ich habe Smiley gesagt, dass wir sie verklagen. Wir dürfen uns nicht als Proleten darstellen lassen.

19:39 Uhr

Oder als Leute, die grausam zu Tieren sind.

20:14 Uhr

Mum sagt, wir können uns auf keinen Fall eine Klage leisten. Und vielleicht wären wir ja Topshop-Proleten, weil wir Klamotten über die Schule stellen. Was sie für wirklich prollig hält.

SONNTAG, 11. OKTOBER

14:12 Uhr

Princess hat das Sofa angekaut und den ganzen Teppich vollgepinkelt. Der Tierarzt sagt, dass Princess klassische Stress-Symptome zeigt und vielleicht das Kleiner-Hund-Syndrom hat. Anscheinend bereut MHP ihre Entscheidung, einen Hund zu kaufen. Aber sicher nicht so sehr wie der Teppich ihrer Mum! LOL!

17:32 Uhr

Ich liebe Princess. Sie hat einen Stöckelschuh von MHP zerkaut und in ihren Kleiderschrank gekackt. Crazy-Jen sagt, Tiere haben oft ein sehr feines Gespür für das wahre Herz einer Person. Ich glaube, Princess ist Hellseherin und hat erfasst, dass MHP die reine Boshaftigkeit verkörpert.

MONTAG, 12. OKTOBER

12:34 Uhr

Jetzt ist es offiziell! MHP will Princess loswerden. Ihre Mum hält es nicht mehr aus, und sie hat nicht den richtigen Staubsauger, um Hundehaare aufzusaugen. Für MHP ist das in Ordnung, weil sie keine Verbindung zu Princess aufbauen konnte und denkt, dass der Hund sowieso wahnsinnig ist.

17:23 Uhr

Habe Gran von Princess erzählt. Ihr gefällt ein Hund mit vernünftigen Ansichten, und sie würde sie gern übernehmen. Sie will, dass ich MHP frage, für wie viel sie Princess verkaufen will. Gran sagt, MHP soll merken, dass wir „durchaus eine Familie mit ordentlichem Einkommen" sind. Das heißt, morgen muss ich mit einer Hexe eine Unterhaltung über eine Prinzessin führen! LOL!!!

DIENSTAG, 13. OKTOBER

16:16 Uhr

MHP fand es GROSSARTIG, dass meine Gran Princess haben will, und konnte es kaum erwarten zu fragen: „Aber ist sie sich sicher, dass sie sich das leisten kann?!" MHP verlangt 200 Pfund, weil Princess beim Rassehunde-Zuchtverband registriert ist. Beim Gedanken daran, dass meine Gran dieser Zicke Geld gibt, damit sie sich noch mehr tolle Outfits kaufen kann, wird mir ganz schlecht.

MITTWOCH, 14. OKTOBER

19:34 Uhr

Das ist GRANDIOS! Die Eltern von MHP sagen, sie muss Gran Princess UMSONST geben, zusammen mit allen Näpfen und so weiter, weil das nur fair ist, wenn sie die Verantwortung übernimmt.

Meine Gran ist die ABSOLUTE HELDIN. TEAM GRAN UND SUPER-PRINCESS GEWINNEN!

20:16 Uhr

Die Eltern von MHP scheinen ganz nett zu sein. Vielleicht wurde sie adoptiert!

DONNERSTAG, 15. OKTOBER

13:34 Uhr

Gran hat gerade gesimst. Princess ist da! Die Eltern von MHP haben sie vor einer halben Stunde vorbeigebracht.

14:10 Uhr

Princess hat sich in Grans Garten in ihrer eigenen Kacke gewälzt.

15:23 Uhr

Princess hat einen von Grans Schals zerrissen und eine halbe Packung Cornflakes gefressen.

15:55 Uhr

Princess hat eine Viertelpackung Cornflakes ausgekotzt.

Princess ist die ultimative Rebellin. Sie hat ihren eigenen Hundedickkopf.

FREITAG, 16. OKTOBER

18:49 Uhr

Gran hat Princess mit zum Bingo genommen. Gran hat sie in ein spezielles Geschirr gesteckt und eine dunkle Brille getragen, um vorzutäuschen, dass sie blind ist. Das macht sie nur, weil Leute mit Sehbehinderung eine extragroße Bingokarte bekommen, einen kostenlosen Bingostift und 10% Rabatt bei Hühnchen mit Pommes. Gran und Princess sind wie Verbündete.

Ich glaube, sie haben einen schlechten Einfluss aufeinander. Wenn sie in der Schule wären, würde man sie auseinandersetzen.

21:34 Uhr

Jen glaubt, dass Princess und Gran sich in einem früheren Leben gekannt haben. Ihre Theorie ist, dass sie Soldaten waren, die im Krieg gefallen sind. Als ich Jen fragte, warum Princess als Hund wiedergeboren wurde, meinte Jen: „Wahrscheinlich weil es das Letzte war, was der Soldat gesehen hat, bevor er starb."

22:32 Uhr

ACH DU SCHANDE. Ich hoffe, dass das Letzte, was ich sehe, keine Ameise ist.

22:35 Uhr

Oder eine von Grans mächtigen Unterhosen.

SAMSTAG, 17. OKTOBER

17:13 Uhr

Ich musste heute mit Princess spazieren gehen. Sie weigerte sich glatt, Gran zu verlassen. Ich musste sie den ganzen Weg zum Kiosk ZIEHEN, und als ich sie draußen anband, machte sie ein unglaubliches Theater. Sie fing aus Leibeskräften an zu heulen und zu winseln, und als ich wieder rauskam, war eine ganze Menschenmenge um sie herum versammelt, und sie sagten: „Ohhh, sind sie grausam zu dir?" Als ich zu erklären versuchte, dass Princess der verwöhnteste Hund in der Geschichte des Universums ist, schüttelten sie bloß missbilligend den Kopf und sagten, ich solle sie nicht draußen im Regen stehen lassen. Als ich Princess dann losband, stürmte sie nach Hause und hörte nicht auf zu rennen, bis sie Grans Haustür erreicht hatte. Gran fing sofort an, sie trocken zu rubbeln, während sie mich einfach stehen ließ, egal ob ich eine Lungenentzündung kriege oder nicht.

20:12 Uhr

Gran hat mich gebeten, morgen bei Princess Hundesitter zu spielen, während sie einen Notfalltermin beim Fußpfleger hat. Als ich einwandte: „Aber es ist Sonntag", sagte Gran: „So schlimme Hühneraugen wie meine halten sich nicht an Feiertage, Hattie."

SONNTAG, 18. OKTOBER

19:12 Uhr

Ich glaube, heute ist ein Wunder geschehen, aber dafür stecke ich in einer RIESIGEN Zwickmühle.

Als Gran das Haus verließ, drehte Princess DURCH. Während sie heulte, googelte ich **Baby weint wenn Elternteil Raum verlässt**. Im Grunde hat Princess etwas, das man „Trennungsangst" nennt. Da stand: „Versuchen Sie, das Baby zu trösten und zu wiegen", also nahm ich Princess auf den Arm. Für 30 Sekunden war sie still – DANN BISS SIE MICH und rannte die Treppe rauf, direkt unter Grans Bett. Ich versuchte, sie mit einem Schokoriegel hervorzulocken, aber sie wollte nichts davon, also musste ich zu ihr unters Bett kriechen.

Da sah ich es: HAUFENWEISE Zeug, das Mum gehört. ALLES in ihrer Handschrift. Ihr Name stand überall drauf. Alte CDs, Schulzeugnisse (sie war gut in THEATER!) und eine Kiste mit der Aufschrift Erinnerungen.

OH GOTT. In der Kiste waren drei Bücher, datiert mit 1994, 1995 und 1996. ICH HABE TATSÄCHLICH MUMS TAGEBÜCHER GEFUNDEN. Mir wurde FAST SCHLECHT.

Princess versuchte, sie zu fressen, aber ich bellte sie an, und sie rannte weg. Und dann – DAS IST MAL WIEDER TYPISCH – gerade als ich anfangen wollte zu lesen, öffnete Gran die Haustür. Ich hatte verkackt, rannte nach unten und tat so, als wäre ich auf dem Klo gewesen. Gran war zu beschäftigt damit, Princess zu tätscheln, um sich um mich zu kümmern.

1996. Das ist das Jahr, in dem ich geboren wurde.

In dem Tagebuch MUSS etwas über meinen richtigen Dad stehen.

Danke, Princess. Du sollst von nun an Princess, der Wunderhund, heißen.

Ich muss einen Weg finden, Zeit in Grans Haus zu verbringen.
Es MUSS einen Weg geben.

Es sind Herbstferien. Ich habe eine Woche, um die Wahrheit herauszufinden.

21:03 Uhr

Ich habe ein Notfalltreffen der NFPG einberufen. Jen und Smiley haben bestimmt ein paar Ideen. Sie wissen, wie wichtig das für mich ist.

22:45 Uhr

Ich weiß, es hört sich an, als wäre ich irre, weil ich Princess angebellt habe – aber es war ein Notfall.

22:52 Uhr

Warum sind Tagebücher von Mum in Grans Haus? Es MUSS irgendwas drinstehen, das ich nicht sehen soll. Sie hat früher meine Weihnachtsgeschenke GENAU SO in Grans Haus versteckt.

MONTAG, 19. OKTOBER

Herbstferien

14:34 Uhr

Jen und Smiley waren gerade hier. Sie dachten, ich wolle diskutieren, ob es fair ist oder nicht, dass ich Mums Tagebücher lese! NATÜRLICH IST DAS FAIR. SIE HAT MEINE AUCH GELESEN!

Smiley sagte, ein Unrecht hebt das andere nicht auf. Jen warnte mich, dass ich schlechtes Karma anziehen könnte. Ich finde, das schlechte Karma kommt von Mum, weil sie in MEINE Privatsphäre eingedrungen ist! Außerdem geht es hier nicht um Rache – es geht darum, etwas über meinen Dad herauszufinden.

Als sie merkten, dass ich langsam angepisst war, fingen sie an, über Möglichkeiten zu reden, wie man die Tagebücher lesen könnte.

Jen schlug vor, ich solle so tun, als würde ich neben Grans Bett in Ohnmacht fallen, und sie durchblättern, während ich „bewusstlos" bin. Das würde nie funktionieren. Aber Smiley ist ein totales Genie, denn sie sagte: „Biete an, deiner Gran das Haus zu putzen. Dann kannst du sie lesen, und sie hält dich auch noch für großartig!"

GENAU DAS werde ich morgen tun.

21:34 Uhr

Habe Fred von dem Plan erzählt. Er sagte, er könne verstehen, dass ich die Tagebücher lesen möchte, aber vielleicht würde mir nicht gefallen, was ich lese.

Was soll DAS heißen?!!

DIENSTAG, 20. OKTOBER

9:28 Uhr

Gran war ziemlich beleidigt, als ich anbot, ihr Haus zu putzen.

Sie schnauzte mich an: „Ich bin sehr wohl in der Lage, meine Wohnung selbst zu putzen, Hattie. Willst du damit andeuten, dass ich schmutzig bin?" Als ich sagte Nein, sagte sie: „NOCH bin ich nicht bereit, in ein Heim zu gehen, junge Dame!"

Habe Smiley geschrieben. Sie sagte, sie hätte vergessen, dass meine Gran ein bisschen durchgeknallt ist.

12.01 Uhr

Vielleicht kann ich einfach jeden Tag zu Gran rübergehen und so tun, als ob ich ganz oft aufs Klo muss.

Das ist widerlich, aber habe ich eine andere Wahl?

13:23 Uhr

Habe gerade oft zur Toilette gehen gegoogelt. Könnte so tun, als hätte ich Diabetes. Diabetiker müssen alle fünf Minuten aufs Klo.

14:45 Uhr

Jen schlug vor, ich solle die Bücher einfach mitnehmen. Gran wird das wahrscheinlich NIEMALS überprüfen – sie sind unter dem Bett. Alles, was ich tun muss, ist, mich reinzuschleichen und sie zu holen.

18:04 Uhr

Habe Gran gerade angerufen und gefragt, ob ich morgen vorbeikommen kann. Sie sagte: „Tut mir leid, Hattie. Princess und ich gehen zu einer Tanzveranstaltung für Haustiere und ihre Besitzer."

19:01 Uhr

Mum hat gehört, dass ich angeboten habe, Grans Haus zu putzen. Jetzt bietet sie mir an, dass ich auch unser Haus putzen könnte.

Mein Bruder findet das urkomisch. Ist es nicht.

MITTWOCH, 21. OKTOBER

17:32 Uhr

Mum kam heute rein und fragte mich, warum ich so gern Zeit mit Gran verbringe. Sie frage sich, ob ich das Gefühl hätte, ich könnte mit meiner eigenen Mutter nicht reden. Ich konnte ja schlecht sagen: „Nein, Mum, ich will nur deine Tagebücher lesen", also tat ich so, als ob Gran einfach nur die besseren Plätzchen hätte.

Mum hat mir nicht geglaubt, aber sie konnte nichts dagegen sagen. Es ist eine Tatsache, dass Gran immer leckere Schoko-Vollkornkekse hat und wir meistens nur trockenes Teegebäck.

DONNERSTAG, 22. OKTOBER

8:23 Uhr

YES!!!

Gran muss heute Nachmittag zur Beerdigung von einem ihrer Bingo-Freunde.

Sie hat Princess einen schwarzen wasserdichten Hundemantel und so gekauft, aber offensichtlich erlaubt das Krematorium überhaupt keine Haustiere. Also muss ich Hundesitterin spielen …

WAS BEDEUTET: ICH KRIEGE DIE TAGEBÜCHER!!!

18:21 Uhr

ICH HABE SIE!!!

Ich habe sie in meiner Schultasche rausgeschmuggelt. Gran hat es nicht mal gemerkt – sie war zu beschäftigt damit, Princess mit Würstchen und Garnelen zu füttern. Gran nimmt immer etwas vom Büfett mit nach Hause. Einmal war sie auf einer Hochzeit und steckte sich ein halbes gebratenes Schwein in die Handtasche.

Ich rede die ganze Zeit über Gran, weil ich so aufgeregt bin, was ich wohl lesen werde.

19:02 Uhr

Ich fange mit 1994 an. Ich muss alles wissen.

20:23 Uhr

ACH DU SCHANDE. Mums Leben war 1994 so langweilig.

Das Tagebuch ist nur halb voll, und es ist voller spektakulärer Dinge wie: „Nathan hat heute zum ersten Mal ‚Katze' gesagt" oder „Nathan hat heute sein erstes Würstchen gegessen!" WEN INTERESSIERT'S? Kaum zu glauben, dass mein Bruder mich schon Jahre vor meiner Geburt genervt hat!

Wenn es nicht um Nathan geht, dann geht es darum, wie sehr sie TAKE THAT liebt! Es ist zum Heulen.

Anscheinend gibt es nichts über Männer oder Liebe oder sonst irgendwas. ES IST UNGLAUBLICH LAHM.

Dabei war sie damals 21 – ALT!!! Und mich nennt sie unreif.

21:04 Uhr

Smiley und Jen haben heute Abend beide geschrieben und nach den Tagebüchern gefragt. Ich habe ihnen die Wahrheit erzählt:

> Sie sind LANGWEILIGER
> ALS RELIGION UND ETHIK.

Morgen mache ich mit 1995 weiter.

FREITAG, 23. OKTOBER

14:35 Uhr

Fred musste rüberkommen. 1995 ist unglaublich. Ich nehme alles zurück. Hört euch das an:

> 27/4/95
>
> Ich weiß, dass es falsch ist, aber ich kann die ganze Zeit nur an C denken. Ich weiß, dass er weitergezogen ist, und ich akzeptiere das. Nein, tue ich nicht. Er ist die Liebe meines Lebens. Jeden Tag muss ich so tun, als wäre alles in Ordnung, aber das ist es nicht. Ich liebe ihn. Er geht großartig mit Nathan um – ein toller Vater. Wir müssen es hinbekommen. Wir waren jung, als alles passierte, aber … Ich muss ihn jeden Tag mit ihr sehen. Ja, sie ist hübsch, aber sie ist ein bisschen … eingebildet. Ich tue so, als ob es mir gut geht. Aber innerlich sterbe ich.

Fred gibt mir recht, dass „C" Carlo sein muss. Ich bin ein bisschen enttäuscht, denn anscheinend war er nett zu Nathan, als DER ein Baby war. Was war also das Problem mit MIR? Fred sagt, ich muss weiterlesen, bevor ich über solche Dinge nachdenke.

Das Problem ist, dass ich ständig gestört werde. Mum kommt ständig in mein Zimmer, Nathan kommt ständig rein und benimmt sich WIE EIN VOLLPFOSTEN, und Rob kommt ständig rein und fängt Unterhaltungen an, die zu nichts führen. Sie finden, ich sehe ein bisschen traurig aus.

Bin ich nicht, ich VERSUCHE, MICH ZU KONZENTRIEREN! LASST MICH IN RUHE.

SAMSTAG, 24. OKTOBER

20:12 Uhr

Mums Leben im Jahr 1995 war genau wie das, was man im Fernsehen sieht.

21/5/95

C kam vorbei, um Nathan zu sehen. Er hat von ihr gesprochen und wie aufgeregt er ist wegen dem Baby. Ich fragte ihn, ob er glücklich sei, und er sagte nur: „Ich vermisse dich so sehr", und wir küssten uns. Ich sagte: „Bleib heute Nacht", und er sagte: „Ich kann nicht … ich kann nicht … sie braucht mich!" Ich schrie: „Ich HABE ein Baby von dir!" Und dann lief „Back for good" im Radio, und C fing an zu weinen und ging.

Bin so durcheinander. Ich weiß, dass er mich will. Es MUSS so sein.

UND!!!

7/6/95

C ist letzte Nacht geblieben. Es war überwältigend. Wie kann ich das tun? Ich arbeite mit ihr! Ich sehe sie jeden Tag. Ich weiß, es ist schrecklich, aber ich habe es akzeptiert, und das sollte sie auch tun. Er sagte: „In gewisser Hinsicht hat sie mich nur ausgeliehen, nicht wahr?" Ich fühle mich furchtbar. Sie bekommt ein Baby von ihm. Sie ist verwundbar. Aber Liebe ist Liebe – man kann sie nicht leugnen!

Wenn ich so etwas sagen würde, würde Mum wahnsinnig werden!!

Die FAKTEN BIS JETZT: Mum hatte eine Affäre mit dem Partner einer Kollegin, der vorher ihr Partner gewesen war, und Mum und diese andere Frau müssen sich jeden Tag bei der Arbeit sehen. Und ihre Freundin ist schwanger.

Echt jetzt, das ist wie im Fernsehen!!!

22:39 Uhr

OH MEIN GOTT. Mir ist gerade aufgegangen, dass ich irgendwo da draußen eine Halbschwester oder einen Halbbruder habe!

Bitte NICHT noch einen Nathan. BITTE.

SONNTAG, 25. OKTOBER

16:12 Uhr

Wie kann ich morgen wieder in die Schule gehen und mich konzentrieren? Ich bin gerade dabei, alles über mein Leben herauszufinden!

Smiley meint, ich soll mich in die Schularbeit stürzen, um die Tagebücher zu vergessen, aber JEDEN TAG gibt es eine neue Enthüllung. Heute war es:

> 14/6/95
>
> Mum ist vorbeigekommen. Sie hat mich vor ihm gewarnt. Sie sagt: „Ich weiß, wie er ist. Halte dich besser von ihm fern. Es wird nicht gut enden – wie letztes Mal." Ich wandte ein, dass sie bei MEINEM Dad geblieben ist, obwohl er im Gefängnis war, weil er als Postbote Briefe gestohlen hatte. Darüber war sie wütend, aber sie kann nicht abstreiten, dass C ein großartiger Vater für Nathan ist. Und Nathan braucht einen Vater. Man merkt jetzt schon, dass er seinen eigenen Kopf hat!

Mein Großvater WAR IM GEFÄNGNIS. So wie Gran über ihn spricht, könnte man glatt meinen, er wäre ein Heiliger gewesen!

MONTAG, 26. OKTOBER

Zurück in der Schule.

16:09 Uhr

Wen interessiert schon die SCHULE – will nach Hause und lesen!

20:23 Uhr

Mum hat den ganzen Abend mit mir geredet. Dann wollte Smiley ein paar Tipps für Lippenstifte (!), dann schrieb Jen mir, sie hätte das beunruhigende Gefühl, dass meine Aura erschüttert sei.

AAAAAAAAAHHHHHH!!!

Die sollen mich doch alle in Ruhe lassen.

23:02 Uhr

Mum schläft immer noch mit C. Nathan will nachts nicht schlafen, und Robbie Williams hat TAKE THAT verlassen. Mum hat geweint und ist besorgt, dass sie auf alles überempfindlich reagiert.

Noch kein Wort von MIR.

23:10 Uhr

Das alles war übrigens 1995. Obwohl Nathan jetzt immer noch nervig ist.

DIENSTAG, 27. OKTOBER

16:56 Uhr

ENDLICH!!!

2/7/1995

Es muss so sein. Es fühlt sich ganz genauso an wie damals bei Nathan. Ich heule wegen jeder Kleinigkeit – Werbung, weil Robbie TAKE THAT verlassen hat … Ich traue mich nicht, zum Arzt zu gehen. Trotzdem weiß ich es einfach. Und ich weiß, dass er zu mir zurückkommen wird. Ich erwarte jetzt ein Baby von ihm. Es ist ein völliges Chaos, aber es tut mir nicht leid. Er wird zurückkommen.

Ich hoffe, es ist ein Mädchen. Ich wollte immer ein Mädchen.

Mum wollte mich. Das ist echt schön.

MITTWOCH, 28. OKTOBER

19:32 Uhr

19/7/1995

Habe C davon erzählt. Er wurde wütend auf mich und schrie: „Das hast du mit Absicht gemacht!" Habe ich nicht, aber es tut mir nicht leid. Ich wollte es. Ich will es. Er sagte: „Wenn du denkst, ich

Komme jetzt zu dir zurück, dann liegst du falsch! Ich liebe SIE. Sie bekommt ein Kind von mir!" Als ich sagte: „Ich auch!", gab er zurück: „Tja, das hat mich auch vorher nicht bei dir gehalten, oder? Warum sollte es diesmal anders sein?!" Fing an zu weinen. Wie kann er so ein Mistkerl sein? Ich war dumm. Aber es tut mir nicht leid. Ich werde mich um diese kleine Person kümmern.

Arme Mum.

20:10 Uhr

Bin gerade nach unten gegangen und habe Mum umarmt. Sie fragte: „Wofür war das denn?" Ich gab zurück: „Muss es einen Grund dafür geben?

Aber es gibt einen. Mein Dad ist ein Schwein, und du liebst mich.

DONNERSTAG, 29. OKTOBER

7:34 Uhr

Bin deprimiert. Was, wenn ich voller Mistkerl-Gene stecke?

16:43 Uhr

Smiley und Jen haben in der Mittagspause ein ernstes Wort mit mir gesprochen. Sie finden, ich solle nicht mehr in den Tagebüchern lesen, weil mich das wirklich mitnimmt. Aber so einfach ist das nicht. ICH BRAUCHE DIE WAHRHEIT, und endlich bekomme ich sie.

18:34 Uhr

Lese heute Abend wirklich nicht mehr weiter. Könnte heulen.

FREITAG, 30. OKTOBER

20:34 Uhr

Fred war hier, und ich bin eingeknickt. Er sagte, er hätte ja versucht, mich zu warnen, aber ich hätte nicht auf ihn gehört. Ich habe eben gedacht, es wären nur schlimme Sachen über meine Mum drin und was für eine Zicke sie gewesen ist – was ich ja schon wusste. Jetzt stellt sich heraus, dass mein Dad einer von denen ist, die Jeremy Kyle und Dr. Phil RICHTIG, RICHTIG anbrüllen würden.

Fred schaute mich nur an und sagte: „Dein Dad hat einen furchtbaren Geschmack, Hats, denn du bist wirklich ganz … okay."

Manchmal ist es komisch mit Fred. Es ist, als ob er nicht das sagt, was er eigentlich sagen will.

23:21 Uhr

Ich werde es für ein paar Tage bleiben lassen. Ich komme gerade nicht mehr klar damit.

SAMSTAG, 31. OKTOBER

18:13 Uhr

Heute Abend ist Gran mit Princess „Süßes oder Saures" spielen gegangen. Gran hat sich als Hexe verkleidet, und Princess steckte in einem Fledermauskostüm. Sie war ganz unglücklich mit ihren Flügeln – bis Gran sie mit einer Schweinefleischpastete de luxe erpresst hat.

19:34 Uhr

Gran hat sieben Tüten Haribo-Party-Mix gesammelt, drei Schokoriegel, achtzehn Überraschungseier und 5,34 Pfund in bar! Jemand hat Princess sogar ein Lammkotelett gegeben!

Wenigstens hat mich das ein bisschen von … anderen Dingen abgelenkt.

20:36 Uhr

Smiley hat gerade angerufen. Sie weiß nicht, wie sie es mir beibringen soll, aber offensichtlich hat MHP heute Abend getwittert: „Habe gerade meinen alten Hund gesehen, wie er mit der alten Hexen-Oma von einer der Topshop-Proletinnen um die Häuser gezogen ist."

ICH BIN KEINE TOPSHOP-PROLETIN!

20:44 Uhr

UND ICH WERDE SIE UMBRINGEN, WENN SIE MEINE GRAN BLÖD ANMACHT.

Ich sage Mum nichts davon. Sie würde wieder zur Schule gehen, und das würde nichts ändern. MHP kann mich außerhalb der Schule MILLIONENFACH quälen.

SONNTAG, 1. NOVEMBER

21:34 Uhr

Musste weiterlesen. MUSSTE einfach.

18/9/95

Heute ist alles außer Kontrolle geraten. Er hat es ihr erzählt. Sie war hier. Ruhig. Eher erschrocken als wütend. „Wir müssen reden." – „Was will er?" – „Ich weiß es nicht – aber wir müssen jetzt damit fertigwerden. Es geht um drei Kinder. Wir müssen uns wie Erwachsene verhalten." Ich gab ihr recht. Ich verstehe, warum er sie mag. Sie ist hübsch. Ein Snob, aber sie versuchte, vernünftig zu sein. „Ich hasse dich für das, was du getan hast. Aber du hast mich sicher genauso gehasst für das, was ich getan habe. Wir müssen also damit klarkommen."

Wer IST diese andere Frau? Sie ist erstaunlich. Wenn jemand mir den Freund ausgespannt hätte, dann hätte ich sie umgebracht!!!

MONTAG, 2. NOVEMBER

8:01 Uhr

Fred hat heute Morgen um 6:45 Uhr für JOSEPH geübt.

Wie viele andere Leute in der Welt müssen zu „Gebt mir mein Träumerkleid" aufwachen? Habe das Radio sehr laut gestellt, um ihn zu übertönen.

19:36 Uhr

Fühle mich im Moment sehr einsam. Ich liebe Smiley und Jen, aber selbst wenn ich bei ihnen bin, fühle ich mich, als ob ich nirgendwohin gehöre. Smiley hat ein Treffen der NFPG für heute vorgeschlagen, aber das interessiert mich einfach nicht.

21:14 Uhr

Ich sage euch, was nicht fair ist: Meine Mum benutzt NIE volle Namen in ihrem Tagebuch, nur Initialen. Als ob sie gewusst hätte, dass ich in der Zukunft danach suchen würde.

Das ist so eine Sache, bei der ich mir wünsche, man könnte in der Zeit zurückreisen und sie ändern.

DIENSTAG, 3. NOVEMBER

22:39 Uhr

19/10/95

Die Leute sagen, es muss ein Mädchen sein, wegen der Form von meinem Bauch! Ich hoffe, es ist ein Mädchen. Ich hätte gern eine bessere Beziehung zu ihr, als ich zu meiner eigenen Mutter habe. Würde liebend gern mit ihr einkaufen gehen und über ihre Probleme sprechen. Ich wäre gern mehr eine Freundin als eine Mutter.

Was ist daraus geworden, Mum?!

MITTWOCH, 4. NOVEMBER

19:12 Uhr

Gran hat mich gerade auf dem Handy angerufen, um mir zu erzählen, dass sie morgen Abend eine Party gibt und später das Feuerwerk in Derby anschauen möchte. Ich fragte Gran, ob sie sich Sorgen mache, dass Princess beim Feuerwerk die Nerven verliert. Gran sagte Nein. Sie hätte neulich eine Wunderkerze als Überraschung ins Hundefutter gesteckt, und Princess wäre begeistert gewesen.

DONNERSTAG, 5. NOVEMBER

20:01 Uhr

Bin gerade von Grans Party zurück. Das Essen, das sie organisiert hat, waren Chips. Wir sind also alle HALB VERHUNGERT zurückgekommen.

21:20 Uhr

Mum brachte mir mein Abendessen, und ich sagte: „Danke, Mum. Danke für alles, was du getan hast", und ich nahm sie in den Arm. Mum sagte: „Hattie, das ist doch nur eine Ofenkartoffel mit Bohnen und Käse überbacken." Aber das ist es nicht, oder?

Gran musste das Feuerwerk verlassen, weil Princess nicht aufhörte, die Raketen anzubellen. Gran sagt, sie ist lebhaft. Ich sage, sie ist bekloppt.

FREITAG, 6. NOVEMBER

19:37 Uhr

1/11/95

C ist weg. Er hat mir eine Nachricht dagelassen. (Das ist die, die ich gesehen habe!) Er ist nicht zu ihr zurückgegangen. Ich bin vorbeigegangen, um das zu überprüfen. Wir sind uns einig, dass wir beide allein sind. Wir behalten es für uns. Wir erzählen den Kindern nichts davon, bis wir müssen. Mum sagt ständig: „Ich hab's dir ja gesagt!", aber ich muss weitermachen. Dieses Baby macht mich stärker. Wünschte trotzdem, ich könnte aufhören zu essen. Ich habe heute neun Lollis und eine ganze Ananas gegessen.

Ich hoffe, sie gibt mir nicht die Schuld dafür, dass sie Größe 42/44 hat. Ich habe ihr nur Lust auf Obst gemacht!

20:45 Uhr

Lollis sind praktisch eine Art von Obst.

SAMSTAG, 7. NOVEMBER

16:56 Uhr

Habe bei Jen eine Ewigkeit mit Smiley und Jen gequatscht.

Ich weiß jetzt all diese neuen Sachen, aber ich weiß immer noch nicht, wie mein Dad heißt oder wo er ist. Und das will ich unbedingt, mehr als je zuvor.

Smiley verstand nicht, warum. Als ich ihr erklärte, dass ich IHN SCHLAGEN will, sahen Jen und Smiley einfach nur total traurig aus.

19:34 Uhr

ACH DU SCHANDE!

Gran hat angerufen und gefragt, ob ich immer noch Interesse habe, ihr Haus zu putzen, weil sie gerade in *Zeit für dich* gelesen hat, dass man „für sein seelisches Wohlbefinden entrümpeln" soll. Als ich fragte, was sie denn putzen wolle, sagte sie: „Erst mal die Abstellkammer! In den Schränken. Unter meinem Bett. Überall."

AAAAAAAHHHHHH!!! Sie wird merken, dass die Kiste mit den Tagebüchern weg ist! Gran merkt ja sogar, wie viele Chips man sich aus der Tüte nimmt! Muss es wieder zurückschmuggeln. Muss einen Weg finden!

20:11 Uhr

Habe Smiley geschrieben. Sie meint, ich soll versuchen, Gran vom Putzen und dieser ganzen Entrümpelungssache abzubringen. Werde Gran jetzt simsen.

20:13 Uhr

Sinnlos. Jetzt kommt INSPECTOR BARNABY. Ein Terrorist könnte Grans Haus angreifen, und sie würde sich nicht bewegen, solange das im Fernsehen läuft.

SONNTAG, 8. NOVEMBER

19:12 Uhr

Habe Gran gerade angerufen und gefragt, warum sie übers Putzen nachdenkt, wo sie doch in ihrem Alter alles etwas leichter nehmen sollte. Sie war echt angepisst und sagte: „Willst du damit sagen, dass ich faul bin? Es ist noch nicht mit mir vorbei, junge Dame. Ich bin in den 60ern für Gleichberechtigung auf die Straße gegangen, Hattie. Werd jetzt bloß nicht frech, Lady Jane!"

Ich sagte: „Okay, Gran, warte bis nächstes Wochenende, dann helfe ich dir. Versprochen." Da hat Gran eingewilligt. GOTT SEI DANK.

Wer ist Lady Jane?

19:51 Uhr

Danke, Wikipedia.

Lady Jane war neun Tage lang Königin. Dann haben sie ihren Freund umgebracht und dann sie. Wenigstens konnte sie noch knutschen, Königin sein – und ein tolles Kleid tragen. LOL!

20:02 Uhr

ACH DU SCHANDE – sie war kaum älter als ich, als sie ihr den Kopf abgeschlagen haben. Fühle mich jetzt schlecht wegen dem LOL.

Eigentlich fühle ich mich wegen allem schlecht.

MONTAG, 9. NOVEMBER

16:37 Uhr

Smiley und Jen wollen das nächste Treffen der NFPG bei Pizza-Express abhalten. Ich kann mir schon denken, warum: Sie wissen, dass ich verrückt nach Pizzabrötchen bin, und sie glauben, das wird mich aufmuntern. Aber das wird es nicht. Nicht mal eine Pizza Diavolo mit super vielen Zwiebeln könnte mich aufmuntern.

18:57 Uhr

Eigentlich könnte sie es doch, wenn sie mir von einem richtig SÜSSEN Jungen serviert würde. Danach könnte mein Dad reinkommen, und ich könnte ihm zum Nachtisch eine verpassen. Anstatt Tiramisu.

DIENSTAG, 10. NOVEMBER

17:35 Uhr

Habe nicht viel Zeit, hier reinzuschreiben. Versuche gerade, so viel wie möglich von Mums Tagebüchern zu lesen und aufzuschreiben, bevor ich sie wieder zurückschmuggeln muss.

18:47 Uhr

Fred übt schon wieder. Wenn er am Tag der Aufführung krank wird, könnte ich Joseph spielen, weil ich jetzt ALLES auswendig kann!!!

21:04 Uhr

31/11/95

Kann nicht fassen, dass er nur eine Nachricht zurückgelassen hat. Er hatte nicht mal den Mumm, uns entgegenzutreten. Das Traurigste ist, dass er ein guter Vater für Nathan ist, wenn es ihm passt. Ich hoffe nur, dass Nathan ihn vergisst und ich jemand anderen finde. Aber wer will schon eine Frau mit zwei Kindern? Von jetzt an sind es nur noch ich, Nathan und das Baby.

Arme Mum. Ich wünschte, ich könnte ihr sagen, dass sie sich keine Sorgen darum machen muss, dass Nathan seinen Dad vermisst. Er ist fies und würde nicht mal sie vermissen, wenn sie uns verlassen würde.

MITTWOCH, 11. NOVEMBER

20:35 Uhr

LOL!!!

1/12/95

Nathan hat die ganze Schokolade aus seinem Adventskalender auf einmal gegessen und dann überall hingekotzt. Er fragt mich auch ständig, ob er sich wie Mami anziehen kann.

Es ist FOLTER, diese Infos zu haben und sie nicht nutzen zu dürfen!

DONNERSTAG, 12. NOVEMBER

19:39 Uhr

OH GOTT!!!

4/12/95

Der Mann, der mir Fahrunterricht gibt, heißt Rob. Hübsch. Er bringt mir ständig gebackene Bananen mit, weil er meint, schwangere Frauen brauchen viel Kalium, um vernünftig rückwärts einzuparken.

Mum schreibt jetzt kaum noch ins Tagebuch, als ob sie den Arsch nicht hochkriegen würde.

22:12 Uhr

Habe gerade mit Jen gesprochen. Sie meint, das hat wahrscheinlich nichts damit zu tun, dass sie den Arsch nicht hochkriegt, sondern damit, dass sie im siebten Monat schwanger ist und sich um ein Kleinkind kümmern muss, womit sie die Arschkarte gezogen hat.

FREITAG, 13. NOVEMBER ← Klar, typisch! Schlimmster Unglückstag für ALLES.

7:29 Uhr

OPERATION „TAGEBÜCHER ZURÜCKSCHAFFEN, BEVOR GRAN PUTZT".

Gehe nach der Schule bei Gran vorbei. Tue so, als ob ich auf dem Heimweg einfach nur Lust auf eine Tasse Tee hätte. Habe Mums Tagebücher in einer großen Primark-Tüte.

18:32 Uhr

Die Tagebücher sind wieder in Grans Zimmer!!! Ich glaube nicht, dass Gran irgendwas ahnt. Princess allerdings schon. Als ich zurück ins Wohnzimmer kam, hat sie mich mit ihrem Blick durchbohrt.

19:14 Uhr

Smiley hat mir gerade geschrieben, es gibt Gerüchte, dass ich einen neuen Freund habe, den ich nach der Schule getroffen habe. Darum hätte ich eine große Primark-Tüte mit zur Schule gebracht, mit Klamotten zum Wechseln.

20:54 Uhr

Laut Jen hat MHP überall herumerzählt, mein neuer Freund wäre ein potthässlicher Strebertyp, der nur mit mir ausgeht, weil ich eine Topshop-Proletin bin, die manchmal durchsichtige Tops trägt.

Ich habe schon genug Ärger in meinem Leben, ohne dass mich auch noch MHP fertigmachen muss. Warum ist sie nur so FIES ZU MIR?

MHP ist zu jedem fies. Selbst zu ihrer Clique. Wenn die zur Schule kommen und besser aussehen als sie, müssen sie sich angeblich sogar „verhässlichen".

SAMSTAG, 14. NOVEMBER

8:01 Uhr

MUM WILL MICH SPÄTER „AUF EIN WORT" SEHEN. Sie sagt, es ist wichtig.

Sie sagt, Gran wird auch dabei sein.

ACH DU SCHANDE.

10:26 Uhr

Ich habe alles geplant. Ich werde sagen: „Tja, du hast mein Tagebuch gelesen, also habe ich deins gelesen, aber ich liebe dich, Mum, mehr als je zuvor." Das wird sie UMHAUEN.

16:35 Uhr

Das Gespräch ist vorbei. Mum wollte mit mir reden, weil ich in der letzten Zeit so niedergeschlagen gewirkt und mich komisch verhalten habe. Ob ich Sorgen habe? Ob es ein Junge ist? Oder Drogen? Oder Kleber? (Kleber? WAS?! Offensichtlich haben ein paar von Mums Freunden Kleber geschnüffelt, um etwas Spaß zu haben???)

Gran war auch beunruhigt, denn jedes Mal, wenn ich bei ihr wäre, würde ich unruhig wirken und „zappelig wie ein Frettchen nach einem Energydrink".

Und stellt euch das vor! Was Mum richtige Sorgen bereitet, ist, wie nett ich zu ihr bin!!! Ich habe ihnen nur gesagt: „Ich habe keinen Freund und keine Essstörung. Ich bin nicht abhängig von Cannabis oder Prittstift. Ich will einfach nur meinen Dad treffen."

Woraufhin meine Gran sagte: „Nicht diese alte Kamelle schon wieder!" Also bin ich wieder raufgegangen.

18:47 Uhr

Habe Smiley geschrieben. Sie hat auch noch nie von Prittstift-Schnüffeln gehört.

19:01 Uhr

Habe gerade am Prittstift geschnüffelt. Nichts ist passiert.

SONNTAG, 15. NOVEMBER

18:32 Uhr

Bin zu Gran gegangen, um beim Entrümpeln zu helfen.

Als sie unter das Bett kroch, stellte ich mich dumm und fragte, was da drunter wäre. Sie sagte nur: „Schrott, Hattie." Aber sie hat es nicht weggeworfen. Sie raffte einen ganzen Haufen davon zusammen (inklusive der Tagebücher) und stopfte ihn in ihren Kleiderschrank. Selbst Princess winselt, wenn sie auch nur in der Nähe des Schranks ist, denn er enthält Modeverbrechen, die sogar Hunde verstehen.

MONTAG, 16. NOVEMBER

21:23 Uhr

Wünschte, ich könnte mit meiner Halbschwester darüber reden, wo auch immer sie ist. Es muss eine Schwester sein. Das habe ich heute entschieden, als Nathan beschloss, mir Anti-Kalk-Spray in die Haare zu sprühen.

DIENSTAG, 17. NOVEMBER

20:34 Uhr

Mum kam rauf und sagte, sie verstehe, wie schwer es sei, dass ich meinen Vater nicht kenne.

Sie sah aufgebracht aus.

Und dann fragte sie: „Warum riechst du nach Putzmittel?" Ich sagte ihr, das sei kein Putzmittel, sondern Anti-Kalk-Spray, und dass Nathan es für meine „fettigen Haare" benutzt habe.

Mum sagte nichts dazu.

Schwester, wo bist du? Wir könnten Schminktipps austauschen und so was.

21:12 Uhr

Bruder, wo bist du? Du könntest Nathan für mich verprügeln.

MITTWOCH, 18. NOVEMBER

18:53 Uhr

HEILIGER STROHSACK – was, wenn meine Schwester ein internationales Supermodel ist und REICH?!

19:12 Uhr

HEILIGER STROHSACK – was, wenn mein Bruder ein Weltmeister im Kickboxen ist und nervige Brüder HASST?

21:33 Uhr

Fred war gerade hier. Anscheinend hat meine Mum ihn gebeten, mich aufzumuntern! Das sollte er mir natürlich nicht erzählen, aber er kann mir nichts vormachen. Er findet, ich soll die Suche nach meinem Dad erst mal „auf Eis legen", Weihnachten genießen und ihm bei den Vorbereitungen für JOSEPH helfen, weil er eine Scheißangst hat. Ich habe eingewilligt. Ich kann wegen meinem richtigen Dad jetzt sowieso nichts mehr unternehmen. Und es macht mich ganz verrückt. Ich hätte merken müssen, wie schlimm es geworden ist, als ich keine Pizzabrötchen mehr mochte.

DONNERSTAG, 19. NOVEMBER

14:12 Uhr

OFFIZIELLE ANSAGE:

Die Nicht-fair-Protestgruppe hat beschlossen, dass wir für eine Woche lang „TEAM FRED" sind.

Jen hat ihm ein paar spezielle Kristalle gekauft, die das Selbstvertrauen stärken. Ich werde ihm jeden Abend dabei helfen, seine Rolle zu lernen, und Smiley wird ihm die Zehen massieren – weil die mit den Stimmbändern verbunden sind oder so was.

15:12 Uhr

Ich weiß, das mit Smiley ist komisch, aber sie wollte gern helfen.

FREITAG, 20. NOVEMBER

21:12 Uhr

Habe den ganzen Abend mit Fred verbracht. Er ist so nervös. Dabei ist es SO klar, dass er großartig sein wird. Er war richtig angespannt. Ich musste Smiley holen, damit sie eine Notfall-Fußmassage machte. Ich fühle mich merkwürdig, wenn Smiley Fred die Füße massiert. Irgendwie … NEIN. ICH MACHE DAS NICHT SCHON WIEDER. Ich habe Smiley fast schon einmal verloren.

SAMSTAG, 21. NOVEMBER

12:37 Uhr

Letzte Generalprobe heute Abend. Ich, Jen und Smiley werden Fred zusammen anfeuern.

18:49 Uhr

Matfield hat das TEAM FRED bei der Generalprobe rausgeworfen, weil wir nach jeder Zeile geklatscht haben, die Fred gesungen hat.

ÄHM, MRS MATFIELD, GENAU DAS GLEICHE MACHEN SIE BEI X FACTOR, und DIE JURY LIEBT ES.

Matfield drehte sowieso schon durch, weil jemand ein Kamel auf ihr Bühnenbild gemalt hatte, das einen Joint raucht.

Fred war ... ehrlich ganz großartig.

SONNTAG, 22. NOVEMBER

14:17 Uhr

Das Team Fred geht zu jeder Vorstellung von JOSEPH. Jen hat einen speziellen Zauberbann gesprochen, wobei sie Locken von Fred und Fäden aus seinem bunten Mantel benutzt hat. Kurz bevor er auf die Bühne geht, wird sie sie verbrennen. Smiley hat auch etwas Besonderes für ihn vorbereitet.

22:37 Uhr

War vorhin bei Fred, und er brach in Tränen aus und platzte heraus: „Ich kann das nicht, Hattie." Ich sagte: „UNSINN, du KANNST das, Fred. Ich höre dir schon seit Monaten zu. Du bist FANTASTISCH. Du bist nur nervös. Du weißt doch, was die Jury bei X FACTOR sagt: ‚Man MUSS die Nerven behalten.'"

Normalerweise hasst Fred X FACTOR, weil dort anständige Musik ruiniert wird, aber er musste mir recht geben.

MONTAG, 23. NOVEMBER

21:54 Uhr

OH MEIN GOTT! FRED WAR UNGLAUBLICH! Man konnte die Augen nicht von ihm abwenden! Er hat zweimal stehenden Applaus bekommen. Sogar Matfield hat gelächelt!

Ich glaube, es war meine Rede im Dr.-Phil-Stil. Jen glaubt, es war ihr Zauberbann. Smiley glaubt, es war ihre „superharte" Fußmassage.

DIENSTAG, 24. NOVEMBER

16:32 Uhr

Die ganze Schule redet über Fred. Ein paar Leute versuchen, seine Freunde zu werden, nur weil er bestimmt mal reich und berühmt wird. Eine der Kantinenfrauen gab ihm heute sogar Pommes umsonst. Und nicht nur Smiley will ihm die Füße massieren. Ich bin froh, wenn das alles vorbei ist.

MITTWOCH, 25. NOVEMBER

23:34 Uhr

Die letzte Aufführung war eine Katastrophe.

Als die Stelle kam, wo ganz viele Leute Buchstaben hochhalten müssen, um **Jacob und Söhne** zu buchstabieren, haben Wayne Casgill und Nick McCartney ihre Schilder vertauscht und es hieß stattdessen **Jacob und Shöne.**

Dann fiel eine von Matfields Gefängnismauern dem Pharao auf den Kopf. Fred war trotzdem noch genial, und am Ende kam Dr. Richards nach oben und sagte, er hätte noch nie mit einer so talentierten Gruppe von Schülern gearbeitet und dass Fred besonderes Talent habe.

Dann hielt Fred eine Rede, in der er allen Leuten hinter der Bühne dankte und seinen Freunden und BESONDERS HATTIE.

BESONDERS HATTIE.

DONNERSTAG, 26. NOVEMBER

21:35 Uhr

Ich fühle mich komisch wegen Fred. Die Hälfte der Zeit kann ich mich nicht mal daran erinnern, wie er überhaupt aussieht, und trotzdem will ich MIT IHM REDEN und IHN SEHEN.

Unsere Schlafzimmer sind verbunden, wir könnten uns durchmeißeln.

FREITAG, 27. NOVEMBER

20:35 Uhr

Ich kriege Fred im Moment einfach nicht aus dem Kopf – wir sind zusammen aufgewachsen. Wir haben zusammen TOY STORY gespielt. Er war Buzz. Ich war Jessie. Und jetzt ist er quasi einen Schritt vom West End entfernt. Oder vom X FACTOR.

Fred. Fred. Fred.

Im Moment ist irgendwie alles zu abgedreht.

SAMSTAG, 28. NOVEMBER

19:12 Uhr

Warum habe ich Mums Tagebücher gelesen?! Ich hätte das NIE tun sollen. Jetzt bin ich ganz wirr im Kopf. Vielleicht sollte ich Gran alles beichten und fragen, was ich tun soll.

19:54 Uhr

Nein, das ist eine VERRÜCKTE Idee. Gran würde es AUF JEDEN FALL Mum erzählen. Nachher bestraft Mum mich noch damit, dass sie Gran bittet, mir ein Kleid zu machen. Mum wäre SO sauer, dass sie mich vielleicht mit Klamotten quälen würde.

Ich muss schlafen.

SONNTAG, 29. NOVEMBER

16:12 Uhr

GRUSEL-GERÜCHTE!!!

MHP ist hinter Fred her. NEIN, NEIN, NEIN, NEIN. Sie sagt, nächstes Jahr führt die Schule GREASE auf und sie ist schon für die Rolle von Sandy vorgesehen und Fred wird Danny spielen.

NEIN, NEIN, NEIN, NEIN!!! Die küssen sich am Ende und alles. Ich muss das verhindern. Ich muss zu ihm rübergehen und mit ihm sprechen.

22:24 Uhr

War gerade bei Fred. Er war ein bisschen enttäuscht, dass ich nicht schon eher vorbeigekommen bin. Ich erklärte ihm, dass ich gedacht hätte, er müsse sich ausruhen. Dann versuchte ich, alles, was ich konnte, aus Fred herauszubekommen.

ICH: Ich glaube, du könntest ein Profi werden, und finde, du solltest deine Stimme für die nächste Fernsehshow mit Andrew Lloyd Webber schonen.

FRED: Tja, nächstes Jahr führt die Schule wahrscheinlich GREASE auf.

ICH: Ja. Mach das nicht. Echt jetzt, ich habe gehört, dass man dicke Klumpen an den Stimmbändern bekommt, wenn man die Stimme zu oft benutzt. Und dann kann man nie wieder singen.

FRED: Hattie - so was passiert mir doch nicht. Ich liebe Auftritte.

ICH: Ja, aber ich glaube, du vergisst deine alten, richtigen Freunde wie mich, und du hast dich verändert.

FRED: Ich habe mich NICHT verändert, Hattie. Wem habe ich am Ende der Aufführung gedankt?

ICH: Mir.

FRED: Dann halt jetzt gefälligst deinen Mund. Ich habe keine anderen Mädchen erwähnt, oder etwa doch?

Ich: Nein. Wo wir gerade von Mädchen sprechen, jetzt, wo du in der Schule Mr Berühmt bist, haben irgendwelche Mädchen ... du weißt schon?

Fred: Nein! Na ja, ein paar haben es vielleicht versucht, aber ich bin ... ich bin müde, nachdem ich Joseph gespielt habe.

LOL! Jawoll, MHP. Fred ist zu müde, um sich mit dir zu treffen!!!

MONTAG, 30. NOVEMBER

18:12 Uhr

Jetzt gibt es Gerüchte, dass Fred schwul ist. Fred sagt, das kommt daher, dass er ein guter Schauspieler ist. Darum denken andere Jungs, er ist schwul. In Wirklichkeit sind sie geistig eigentlich erst zwei Jahre alt.

Ich habe Fred gefragt. Er sagte: „Nein, ich bin nicht schwul. Ich mag Mädchen. Na ja, ein paar Mädchen."

Und dann hat er mich angelächelt.

Und dann wurde alles ein bisschen komisch.

HILFE!!!

DIENSTAG, 1. DEZEMBER

16:55 Uhr

MHP geht mit Fred aus.

Mir ist schlecht.

Nein, Mum, ich will nichts zum Tee. Einer meiner besten Freunde geht mit der schrecklichsten Frau der Welt aus. Ja, ich weiß, wir haben alle unsere Probleme, aber was für Probleme hast du wohl, verglichen mit meinen? KEINE. Ist Rob mit jemandem abgehauen, der total heiß und sexy ist und den du HASST?! **NEIN.**

MITTWOCH, 2. DEZEMBER

20:12 Uhr

Ich bin keine Stalkerin, aber MHP hat gerade Freds Haus verlassen, nachdem sie 2 Stunden, 27 Minuten und 16 Sekunden da gewesen ist. Ich habe sie nur zufällig kommen und gehen sehen, als ich von meinem Schreibtisch aufgestanden bin. Sie hat ein schwarzes Top und einen kurzen Rock getragen, und ich konnte sie durch die Wand reden hören. Ich hämmerte gegen die Wand und sagte ihnen, sie sollten leise sein, weil ich versuche, etwas über die muslimische Pilgerreise Hadsch zu lernen. Auf der Frauen verschleiert sein sollen.

Ich wünschte, ich könnte MHP FÜR IMMER verschleiern.

DONNERSTAG, 3. DEZEMBER

19:13 Uhr

Anscheinend ist Freds Mum Donna nicht besonders scharf auf MHP, weil sie für ihren Sohn zu „frühreif" ist. Ich habe Freds Mum immer gemocht, und sie hat mich immer gemocht. MHP hat keine Chance gegen mich und Freds Mum. Wir sind wie … ein sehr starkes Team.

FREITAG, 4. DEZEMBER

18:12 Uhr

YES!!!

Ich glaube, ich kann durch die Wand hören, wie Fred versucht, mit MHP Schluss zu machen, weil er sich auf seine Prüfungen vorbereiten will. LOL!!!

Die größte Lüge aller Zeiten, das weiß ja wohl jeder. Niemand will sich auf seine Prüfungen konzentrieren, außer totale Nerds und Streber.

19:12 Uhr

MHP ist gerade aus Freds Haus gekommen. Sie sah echt wütend aus, also lächelte ich und winkte (ich stand in meinem Zimmer am Fenster und war sicher!). DANN rief sie etwas echt Merkwürdiges: „Dir wird das Lächeln schon noch vergehen. Ich werde meinen Mund bald nicht länger halten, und DANN wirst du heulen, Proletin!"

ICH BIN KEINE PROLETIN!

Und was weiß sie, was ich nicht weiß?

19:43 Uhr

Habe mit Smiley und Jen gesprochen. Sie schwören bei ihrem Leben, dass sie keine Gerüchte über mich gehört haben. Außer dieser Sache (und Smiley sagt, es tue ihr wirklich leid, mir das erzählen zu müssen), dass ich mal so getan hätte, als wäre Daniel Radcliffe mein Freund und ihn wie eine Irre vor seinem Haus gestalkt hätte.

Ich hasse meinen Bruder.

20:01 Uhr

Jen ist gerade eingefallen, dass es vor ein paar Monaten das Gerücht gab, meine Zahnspange sei gefakt und ich würde sie nur tragen, um Aufmerksamkeit zu erregen.

Wer denkt sich so was aus?

20:12 Uhr

MHP natürlich.

Ich glaube, jetzt reden ALLE über mich.

20:54 Uhr

Habe gerade bei Fred angerufen. Seine Mum war dran. Er macht seine Chemie-Hausaufgaben und will nicht gestört werden.

Fred ist supernett, aber auch superdämlich.

SAMSTAG, 5. DEZEMBER

16:32 Uhr

Fred ist vorbeigekommen. Er veranstaltet morgen einen Flohmarkt mit allen Sachen, die er über eBay nicht losgeworden ist – inklusive ein paar gefälschter Prada-Taschen mit dem Aufdruck PRAGA.

Er hat mich gefragt, ob ich eine haben will – und ich bin einfach in Tränen ausgebrochen. Er nahm mich fest in den Arm und sagte, es würde schon alles in Ordnung kommen, MHP würde mich nur verarschen. Ich hatte den Rotz voller Nase, darum konnte ich nichts sagen.

16:58 Uhr

„Rotz voller Nase"! Stimmt sogar fast, denn es war kaum noch was von der Nase zu sehen unter dem ganzen Schnodder.

Ich werde morgen rübergehen und mit Gran sprechen. Sie weiß bestimmt, was ich wegen MHP machen kann.

SONNTAG, 6. DEZEMBER

21:23 Uhr

Ich erklärte Gran, dass ich ihren Rat bräuchte, und sie fing an mit so Phrasen wie „der Weg der wahren Liebe verläuft nie eben" und „die besten Beziehungen beginnen mit einer richtig guten Freundschaft".

Sie sagte auch noch: „Hattie, müssen wir jetzt ein Gespräch über Sex führen?"

Ich schrie sie an: „NEIN, GRAN, NEIN!!! Wir haben darüber in der Schule gesprochen. Ich weiß alles …" Gran unterbrach mich: „Versprich mir nur eine Sache: Leg nie alle Eier in einen Korb."

Ich will gar nicht darüber NACHDENKEN, was das bedeutet!

Auf jeden Fall sagte ich: „Gran, es hat nichts mit Jungs zu tun. MHP behauptet, sie würde ihren Mund bald nicht länger halten und mir würde das Lächeln schon noch vergehen. Ich mache mir echt Sorgen, dass sie sich krasse Gerüchte über mich ausdenkt, die die Leute tatsächlich glauben."

Es gab eine ziemlich lange Pause, dann schürzte Gran nur die Lippen und sagte: „Mach dir keine Sorgen, Hattie. Sie ist nur durcheinander. Das liegt am Alter."

Was hilft mir das?!

MONTAG, 7. DEZEMBER

6:23 Uhr

Abgefahren!

Gran hat gerade bei Mum angerufen. Ich dachte, sie wäre krank, weil es noch so früh ist.

Ich konnte hören, wie Mum so was sagte wie: „Red keinen Unsinn – warum sollte sie jetzt etwas sagen?" und: „Es ist mir egal, ob du die ganze Nacht wach gelegen hast, es wird nicht passieren." Dann war sie richtig angepisst und sagte: „Hör mal, ich werde mit ihrer Mutter sprechen. Ich sorge dafür, dass sie sie zurückpfeift. Ja, ich weiß, dass Hattie ein hübsches, witziges und kluges Mädchen ist. Sie ist MEINE Tochter, weißt du?"

16:34 Uhr

Habe Smiley erzählt, dass meine Mutter insgeheim tatsächlich denkt, dass ich hübsch, witzig und klug bin. Warum sagt sie mir das nie mal INS GESICHT? Smiley erinnerte mich daran, dass sie das getan hat – HIN UND WIEDER. Sowieso hat Smiley sich mehr dafür interessiert, was meine Gran gemeint hat. Wer weiß!? Ich habe die Nase voll davon, immer nur die halbe Geschichte zu hören und nicht offiziell zu erfahren, was zum Teufel noch mal vor sich geht.

19:23 Uhr

Abgefahrenste Unterhaltung der Geschichte mit meiner Mum heute Abend. Das ist der BEWEIS, dass ich nicht gewinnen kann:

MUM: Hattie, hast du in der letzten Zeit irgendwas ... Merkwürdiges gehört, worüber du mit mir reden möchtest?

ICH: Ähm ... Danielle Lance behauptet, wenn man sich ein Ei in die Haare schmiert, während man sie färbt, dann hält die Färbung ein Jahr lang.

Mum: Das meine ich nicht. Ich meine, hat dich jemand geärgert?

ICH: Na ja, vor ungefähr einem Monat hat MHP Gran eine Hexe genannt und mich eine Proletin, und letztens sagte sie, mir würde das Lächeln schon noch vergehen.

Mum: Oh?

ICH:	Ja. Sie sagte, sie wird ihren Mund bald nicht länger halten. Vergiss es einfach. Bitte ruf nicht in der Schule an. Sie zahlt es mir auf anderen Wegen heim, die du dir nicht mal vorstellen kannst. So ist das eben, wenn man heutzutage gemobbt wird.

(Plötzlich erschienen mächtige Falten auf ihrer Stirn – ich hoffe, ich bekomme die nicht auch.)

Mum:	Es wird sich alles finden.
ICH:	Nein, wird es nicht, Mum, weil sie total fies ist und mich hasst.

Dann gab es eine ziemlich lange Pause, und Mum sagte nur: „Hattie, heute Abend gibt es ein besonderes Abendessen. Dein Lieblingsessen."

21:34 Uhr

Mum hat den GANZEN Abend telefoniert. Ich weiß nicht, mit wem. Und das Essen war nichts Besonderes. Es gab Robs scharfe Pasta. Das ist einfach nur wahlloses Zeug aus dem Kühlschrank. Mit Chili.

Ich habe gerade mit Jen auf Facebook gechattet. Sie glaubt, meine Mum versucht nur, mich anders zu behandeln, weil ich „wachsende emotionale Reife" gezeigt habe.

22:11 Uhr

Ich höre Nathan weinen. Geschieht ihm recht, dass er auch mal leiden muss.

DIENSTAG, 8. DEZEMBER

11:53 Uhr

OH MEIN GOTT!!!

OHHH MEIIIN GOOOTT!!!

Ich … weiß nicht, was ich schreiben soll. Echt jetzt. Ich … Es ist … HILFE!! Es ist wie … WO SOLL ICH ANFANGEN?

ACH DU SCHANDE!!!

12:34 Uhr

Ich kann heute nicht schreiben. Glaubt mir.

16:35 Uhr

Smiley und Jen wollen wissen, warum ich nicht in der Schule war. Was soll ich sagen? Muss es einfach ignorieren.

MITTWOCH, 9. DEZEMBER

11:39 Uhr

Als ich gestern Morgen aufstand, warteten meine Mum, Rob, Gran und Nathan schon alle im Wohnzimmer auf mich. Meine Mum sagte: „Hattie, setz dich. Du gehst heute nicht zur Schule. Wir müssen mit dir sprechen, Schatz."

Und wenn sie mich „Schatz" nennt, WEISS ich, dass ich in Schwierigkeiten stecke.

Ich setzte mich, und dann – es kommt mir immer noch wie ein Traum vor – sagte sie: „Hattie, es gibt ein paar Dinge über dein Leben, die wir dir nicht erzählt haben, weil nie der richtige Zeitpunkt dafür war. Aber jetzt müssen wir es dir sagen. Und ich hoffe, du verstehst, warum wir dir nicht eher davon erzählt haben und … dass … du …"

Es fiel ihr wirklich schwer, darum sagte ich: „Mum, ich weiß. Es tut mir leid – ich habe deine Tagebücher gelesen. Ich weiß von meinem Dad, und ich weiß von meinem Halbbruder oder meiner Halbschwester. Und ich weiß, dass Nathan sich wie ein Mädchen anziehen wollte."

Und dann wurde alles ganz VERRÜCKT.

Mum rief: „WAS?", Nathan kreischte: „Ich wollte NIEMALS Kleider tragen!", und Gran sagte: „Ich wusste, dass du in meinem Haus rumgeschnüffelt hast!"

Dann brüllte Rob: „KÖNNEN WIR UNS MAL ALLE DARAN ERINNERN, WAS HIER JETZT WIRKLICH WICHTIG IST?"

Dann sagte meine Mum: „Hattie, du hast eine Halbschwester … Und es ist Ruby Slack."

Ich sah, wie sich ihr Mund bewegte, aber ihre Worte machten absolut keinen Sinn. Es war wie damals, als ich mit acht von meinem BMX-Rad gefallen bin. Alles lief wie in Zeitlupe ab. Und ich sagte: „Ruby Slack?"

„Ja, Liebling", sagte Mum. „Ruby Slack ist deine Halbschwester. Sie weiß es schon eine Weile. Deshalb hat sie dir gedroht, es zu erzählen. Darum haben wir es dir zuerst gesagt."

Ruby Slack.

Ruby Slack.

Alias

MHP

Und alles, was mir dazu einfiel, war: „Tja, wenn ich mal eine Nierentransplantation brauche, ist das doch eine gute Sache, weil sie mir eine von ihren geben kann."

Das brachte Gran zum Weinen, und sie rief: „Das arme Mädchen hat einen Schock. Gebt ihr einen Brandy." Aber Mum kam nur auf mich zu und umarmte mich und entschuldigte sich wieder und wieder.

Also ist MHP, die seit Jahren die fieseste, widerlichste Peinigerin meiner Seele ist, tatsächlich meine Halbschwester.

Das habe ich noch nicht verdaut.

16:34 Uhr

Vielleicht ist sie deshalb immer so fies zu mir gewesen.

Vielleicht war sie neidisch. Oder hat mich nur gehasst, weil sie nicht mit einer Proletin verwandt sein wollte.

Nicht, dass ich eine Proletin bin.

Warum bin ich so ruhig?

16:44 Uhr

Habe gerade Mum gefragt, warum Nathan es vor mir wusste. Sie antwortete: „Wir haben es Nath zuerst erzählt, weil wir dachten, er könnte dir eine Stütze sein und dir durch all das hindurchhelfen. Er ist älter."

Kann mein Leben noch verrückter werden? Nathan quält mich fast genauso viel wie MHP! Haben sie das nicht gemerkt?!

17:55 Uhr

Nachricht von Smiley:

> Wir machen uns solche Sorgen um dich, Hats.
> Bitte sag uns, was los ist.

19:02 Uhr

Fred ist gerade reingekommen.

Er sagte: „Hattie – Mum hat es mir gerade erzählt."

Ich schaute ihn nur an. „Und was mache ich jetzt?"

Fred schaute mich an und sagte: „Na ja, wenigstens hast du eine Schwester, mit der du dich gegen Nathan verbünden kannst."

OH MEIN GOTT – das und die Nieren-Sache sind gut, aber WARUM HABEN SIE MIR NICHTS ERZÄHLT?! WARUM WUSSTE SIE ES VOR MIR?!!

ICH BRAUCHE ANTWORTEN.

Alle verhalten sich so komisch mir gegenüber. Mum fragt ständig, wie es mir geht. Ich sage gut, aber in Wahrheit weiß ich es nicht. Mein Kopf ist total leer.

19:48 Uhr

ACH DU SCHANDE – Freds Mum wusste es vor mir. Wer weiß es noch? Ich bin NICHT ruhig.

Ich gehe auch offiziell bis Montag NICHT wieder in die Schule. Sogar Mum gibt mir recht, dass ich Zeit brauche, um über den Schock hinwegzukommen.

DONNERSTAG, 10. DEZEMBER

17:23 Uhr

Habe Smiley und Jen getroffen, als sie aus der Schule kamen, und ihnen alles erzählt.

Jen musste eine halbe Flasche Bachblüten-Notfalltropfen nehmen, um den Schock zu verdauen. Smiley hat mich einfach nur mindestens fünf Minuten an sich gedrückt.

Sie haben mir felsenfest geschworen, keiner Menschenseele davon zu erzählen.

FREITAG, 11. DEZEMBER

16:55 Uhr

Jen hat gerade geschrieben. MHP hat es Danny Fenton erzählt (sie steht auf ihn), der es Rachel McGuff erzählt hat (er steht auf sie), die es Katie Hayes erzählt hat, die es ALLEN erzählt hat.

MHP hat offiziell wegen der Verbreitung von Gerüchten Ärger bekommen. Sie muss einen Aufsatz über irgendwas mit „Angriff der Leichten Brigade" schreiben, damit sie lernt, wie gefährlich Tratsch sein kann.

LOL! Haltet sie bloß von mir fern.

SAMSTAG, 12. DEZEMBER

11:09 Uhr

Beim Gedanken daran, MHP zu sehen, könnte ich so was von KOTZEN, das könnt ihr euch NICHT vorstellen. Es ist, als würdest du herausfinden, dass deine Halbschwester ein riesiges, behaartes Monster ist. Nur schlimmer, weil sie echt existiert und keine Haare (sie lässt sich sogar jeden Monat eine Bikinirasur machen) und die besten Klamotten der Gegend hat.

16:56 Uhr

Ich habe meine Mum heute über Beziehungen ausgefragt. Sie erklärte mir, dass sie kompliziert sein könnten und dass sie wegen meinem Dad sehr durcheinander war.

Anscheinend war sie zuerst mit ihm zusammen und bekam Nathan. Dann war die Mum von MHP mit ihm zusammen, nachdem Mum und er sich getrennt hatten – aber dann bekam Mum ihn zurück.

Ich fragte: „Was war so besonders an ihm?" Mum sagte: „Er hatte Charme, Hattie, aber er konnte nicht an einem Ort bleiben. Er konnte sich nie irgendwo niederlassen. Wenn er das bekommen hatte, was er wollte, dann wollte er etwas anderes."

ACH DU SCHANDE – ich glaube, ich BIN wie mein Dad.

SONNTAG, 13. DEZEMBER

19:23 Uhr

Ich muss mich den Dingen stellen. Ich muss mich meinen Ängsten stellen. Ich muss mich MHP stellen. Ich habe für morgen ein Familien-Notfalltreffen mit allen einberufen.

Wette, sie sieht umwerfend aus, wenn sie auftaucht.

Wie lange weiß sie es schon?

20:12 Uhr

HEILIGER STROHSACK – was, wenn wir eigentlich Freundinnen sein können? Wir haben ungefähr die gleiche Größe. Bestimmt ist es unmöglich, deine echte Halbschwester wirklich zu hassen und ihr nicht deine Klamotten, Schuhe und Schmuck zu leihen!

MONTAG, 14. DEZEMBER

16:01 Uhr

Die Blicke heute waren unglaublich. Ich konnte sehen, dass alle über mich flüsterten. Und das Beste: MHP war heute nicht mal in der Schule! Angeblich hat sie einen „Virus". Hoffe, sie schafft es trotzdem, heute Abend aufzutauchen. Ich habe Angst davor, aber ich muss mich dem stellen.

OH MEIN GOTT, ich bin reif.

16:34 Uhr

Habe Fred gerade seine Geburtstagskarte vorbeigebracht. Er sagte: „Hattie, wenn es irgendwas gibt, was ich tun kann, dann BITTE sag es mir. Auch wenn es nur eine Umarmung ist."

Es wurde wieder komisch, also musste ich gehen.

17:23 Uhr

„FAMILIEN"-TREFFEN.

DAS ERSTE, WAS MHP sagte, war: „Ich leihe dir keine Klamotten!"

Sie weiß es, seit sie elf ist. Ihre Mutter fand es nicht nötig, ihr etwas zu sagen, bis wir beide zur Highschool gingen und uns jeden Tag sahen. MHP hat es nie jemandem erzählt, weil sie „nicht mal sich selbst eingestehen wollte, dass es wahr ist". Außerdem fand sie es „großartig, mir das Wissen vorauszuhaben".

Ihre Mum rief: „Ruby!", als sie das zu mir sagte. MHP hat bloß höhnisch gegrinst. ZICKE.

Meine Mum hat es mir nicht erzählt, als ich elf war, WEIL SIE DACHTE, ICH KÖNNE DAMIT NICHT UMGEHEN!!!

UND sie alle wollten, dass jeder es einfach vergaß.

Als ich rief, dass das TOTALER SCHWACHSINN gewesen sei, sagte Mum: „Je älter du wurdest, Hattie, umso schwerer schien es, dir davon zu erzählen. Du bist nie mit Ruby klargekommen, und ich wusste, dass du Fragen über deinen Dad stellen würdest, die ich nicht beantworten konnte. Oder nicht beantworten wollte. Wir wollten keinen Skandal. Wir wollten nicht, dass die Leute über uns reden."

Da rief ich: „ABER JETZT WISSEN ES ALLE, MUM!!!" Und dann sagte Mum: „Aber jetzt bist du älter, Hattie. Und du bist klug und geistreich und kannst damit umgehen."

Ich weiß, dass sie es nett gemeint hat, darum bin ich nicht völlig durchgedreht.

Dann sagte Gran: „Ich wollte bloß, dass die Leute es vergessen. Ich konnte mich zwei Wochen lang nicht beim Bingo blicken lassen, als es herausgekommen ist."

Um es nur noch mal festzuhalten: Sie wollten uns wegen Grans gesellschaftlichem Leben nichts davon sagen.

EGAL ...

DIE FAKTEN:

- Unser Dad heißt nicht Carlo. Er heißt Keith.

Keith. Keith. Der einzige Name, der noch uncooler ist als Keith, ist Bernard. Es hat noch NIE IRGENDWELCHE berühmten Keiths gegeben.

Carlo war ein Spitzname, weil er nichts anderes als Spaghetti bolognese gegessen hat. Laut meiner Mum hat er „sonntags einen riesigen Berg gekocht und dann jeden Abend davon gegessen, außer samstags, da holte er sich Döner".

- Er ist kein Friseur. Er ist Klempner.

Er kommt aus STOKE-ON-TRENT. Ich bin mal da durchgefahren, als Rob sich auf dem Weg zum Freizeitpark TOTAL verfahren hat. ES IST SCHRECKLICH DORT.

- Er ist nach Tasmanien ausgewandert.

GRAN HAT SEINE LETZTE BEKANNTE ADRESSE und wird VERSUCHEN, KONTAKT ZU IHM AUFZUNEHMEN. Anscheinend hat er ihr, ungefähr drei Jahre nachdem er weg war, geschrieben und gefragt, wie Mum „zurechtkomme". Sie hat ihm nicht geantwortet, und sie hat nicht viel Hoffnung, ihn nun zu finden, weil er „ein nutzloser Vollpfosten ist, der einen Arschtritt verdient".

MHP saß nur da und sah hübsch aus. Sie hat sich nie bemüht, ihren „biologischen" Vater zu finden, weil ihr richtiger Dad „der Mann sei, der da war, seit sie zwei war".

Der Mann, der zufälligerweise fast Millionär ist.

Sie hat sich auch nie bemüht, sich mit mir anzufreunden, weil ich „überhaupt nicht wie sie bin und außerdem eine Topshop-Pro–"

Gran schnitt ihr das Wort ab und sagte: „Hey, Lady, Blut ist dicker als Wasser. Und ich sag dir was: Hattie hat vielleicht nicht deinen Stil, aber sie weiß, wie man sich um einen Hund kümmert. Anders als DU."

In dem Moment knurrte Princess, der Wunderhund, und MHP stürmte nach draußen und stolperte fast über die Absätze ihrer dämlichen Tussi-Schuhe!

ICH LIEBE GRAN.

18:18 Uhr

Habe gerade Tasmanien nachgeschlagen. Es ist in Afrika. Ich gehe auf KEINEN FALL da hin – kein Facebook, kein Handy, kein Fernsehen – KEIN LEBEN!!!

18:34 Uhr

Habe Smiley geschrieben. Sie sagt, was ich gesehen habe, war Tansania. Tasmanien ist eine Insel bei Australien. Ich habe trotzdem meine Zweifel, dass Facebook da funktioniert.

DIENSTAG, 15. DEZEMBER

18:32 Uhr

Habe gerade das hier geschrieben. Schicke es morgen ab.

Von: Hattie Moore <helphattienow@gmail.com>
Datum: 15. Dezember, 18:19:29 WEZ
An: <jeremykyle@itv.com>
Betreff: Jeremy – das wäre Ihre beste Show ALLER ZEITEN! Damit könnten Sie ERNSTHAFT den britischen Film- und Fernsehpreis gewinnen!

Lieber Jeremy Kyle,

ich weiß, dass Sie normalerweise keine Unter-16-Jährigen in Ihrer Show erlauben, aber ich frage mich, ob Sie für meine Familie eine Ausnahme machen würden.

Meine Mutter hat sich jahrelang geweigert, mir zu sagen, wer mein richtiger Vater ist. Letzte Woche hat sie mir dann erzählt, dass mein Vater ein Klempner namens Keith aus Stoke-on-Trent ist. Er ist auch der Vater des Mädchens, das meine Erzfeindin ist!

Außerdem hat meine Gran sich an Drogen versucht, und mein Bruder missbraucht mich, indem er mich zwingt, Kinderreime vorzusingen. Und zwar als Gegenleistung für Geld, das ich dringend zum Überleben brauche.

Ich finde, ihnen allen muss mal gesagt werden, wie schlecht sich ihr Verhalten auf mich auswirkt.

Falls Sie meinen Vater finden, könnten wir auch noch eine Show mit DNA-Spezialtest machen.

Viele Grüße

Hattie Moore

19:12 Uhr

ACH DU SCHANDE!!!

Habe Mum gar nicht gefragt, welchen Nachnamen mein Dad hat.

19:34 Uhr

RAMSBOTTOM!!!

RAMSBOTTOM!!!

KEITH RAMSBOTTOM!!!

Wenn MHP JEMALS davon hört, ist das mein sozialer Tod.

19:55 Uhr

Moment. ER IST ja AUCH der Dad von MHP. Ihre Macht ÜBER MICH IST VORBEI!!!

20:12 Uhr

Sie ist nicht vorbei. Sie ist ein bisschen kleiner geworden.

MITTWOCH, 16. DEZEMBER

16:34 Uhr

Matfield hat heute in Kunst gesagt, mein Bild sei „vielversprechend". Offensichtlich wird Matfield GEZWUNGEN, nett zu einem zu sein, wenn die Eltern bei der Schule anrufen und sagen, dass man familiäre Probleme hat.

18:12 Uhr

Mr Rathod hat sich geweigert, bei der Schule anzurufen und so zu tun, als ob er sich scheiden lässt, damit Matfield nett zu Smiley ist. Smiley ist sauer auf Matfield, weil die gesagt hat, sie hätte so viel künstlerische Begabung wie ein Affe.

DONNERSTAG, 17. DEZEMBER

8:12 Uhr

Bin heute stinkwütend aufgewacht.

Ich glaube, ich HATTE einen Schock. HILFE – ICH HABE PRAKTISCH EINEN FIESEN ZWILLING, UND NIEMAND HAT ES MIR GESAGT!!!

UND HILFE – mein Dad heißt Keith – und niemand hat es mir gesagt!!!

17:32 Uhr

Ich bin total am Ende. Ich bin heute bei Matfield AUSGETICKT.

Sie hat wieder auf Smiley herumgehackt, weil die keine vernünftigen Hände zeichnen kann, und ich habe nur gebrüllt: „Wissen Sie was, Mrs Matfield? Wenn Sie so verdammt gut Hände zeichnen können, dann HÖREN SIE AUF ZU MECKERN UND ZEICHNEN SIE EINE!!!"

Alle wurden still, und Matfield kreischte: „Geh zu Mrs Cob – SOFORT!"

Mrs Cob war ärgerlich, aber sie sagte: „Hattie, ich weiß, dass du zu Hause ein paar Probleme hattest, aber das ist keine Entschuldigung. Geh jetzt nach Hause und denk darüber nach, wie du dich verhalten hast."

Mum spielte VERRÜCKT. Der übliche bescheuerte Kram wie: „Du musst dein Temperament zügeln", „Ich weiß, dass es schwer für dich war, aber du musst deine Zunge im Zaum halten." Ich bin einfach gegangen.

Sie hatte eine Affäre mit einem Mann namens Keith. Ich muss mir nichts von dem anhören, was sie sagt!

18:45 Uhr

Fred hat den Streit gehört. Er sagt, wir müssen versuchen, „die Situation anzunehmen".

19:12 Uhr

Gran hat gefragt, ob ich morgen vorbeikomme. Sie will nach der Schule mit mir sprechen.

FREITAG, 18. DEZEMBER

HAMMER!!!

10:41 Uhr

JETZT bin ich als „Hattie mit dem durchsichtigen Titten-Top, die MATFIELD-MÖRDERIN" bekannt.

Jen sagt, irgendjemand denkt sogar darüber nach, zu meinen Ehren eine Facebook-Seite mit dem Namen „Hattie Moore ist die TOTALE Legende" einzurichten.

17:35 Uhr

Gran bat mich, mich hinzusetzen. Dann sagte sie, ich müsste aufhören, mich zu verhalten, als ob etwas Schreckliches passiert wäre.

Sie fragte: „Hast du eigentlich mal eine einzige Sekunde daran gedacht, wie deine Mum sich fühlt? Oder Nathan? Oder Rob? Du hättest keinen besseren Vater als Rob kriegen können. Es ist ja nicht so, als ob du ein Familienmitglied verloren hättest. Du hast IMMER NOCH eine fantastische Mutter. Also benimm dich endlich vernünftig und nicht wie eine dumme Göre."

Sie hat recht. Ich war eine Zicke. Tut mir trotzdem nicht leid, dass ich Matfield angebrüllt habe.

Sie sagte noch: „Ich weiß, dass du die Tagebücher gelesen hast, also lass mich eines klarstellen: Dass dein Großvater ins Gefängnis gekommen ist, war ein Fehler. Er hat die Briefe nur in unserem Haus behalten, damit sie nicht nass wurden … und die Polizei hat das falsch verstanden."

Ja klar, Gran. Wie auch immer.

SAMSTAG, 19. DEZEMBER

19:36 Uhr

Unterhaltung zwischen mir und Nathan:

ICH: Wie geht's dir, Nath?

Nathan: Mir? Gut. Warum? Wie viel willst du dir leihen?

ICH: Gar nichts, du totaler VOLLPFOSTEN. Wollte nur wissen, ob mit dir alles okay ist.

Damit ist ihm doch sicher klar, dass ich mir Sorgen mache?

20:34 Uhr

Gran hat mich gerade auf dem Handy angerufen. Sie sagte: „Hattie, ich muss dir etwas beichten. Ich habe deine Mutter unter Druck gesetzt, dir nichts zu erzählen. Nach dem, was mit deinem Großvater passiert war, hätte ich einen weiteren Skandal nicht verkraftet. Die Leute haben mich JAHRELANG ‚Mrs Percy, die diebische Postbotin' genannt."

Um es also noch mal festzuhalten: Sie wollten mir AUCH nichts erzählen, weil meine Gran mit jemandem verheiratet war, der praktisch VERBRECHERN AUF DER SPUR entsprungen sein könnte. Was soll man da noch sagen???

SONNTAG, 20. DEZEMBER

18:12 Uhr

Ich und Fred sind heute mit Rob zum Trödelmarkt gefahren. Rob konnte es gar nicht glauben, als ich sagte, dass ich mitkommen will. Der Markt war voll mit krassem Plunder, aber am Ende kam Rob zu mir und sagte: „Danke, Hattie. War toll, dass du heute dabei warst."

Ich glaube, ich bin eigentlich ganz gut darin, nett zu sein.

19:01 Uhr

Könnte nächstes Jahr einen Blog schreiben. Ich könnte Leuten Rat anbieten. Besonders Leuten mit Vätern, denen sie egal sind, Grans mit verrückten Hunden und Kunstlehrerinnen, die in Wahrheit Teufel sind.

MONTAG, 21. DEZEMBER

16:32 Uhr

Als ich vom Weihnachtseinkauf mit Smiley zurückkam, waren wieder alle im Wohnzimmer versammelt. Fred und Nathan lächelten, aber Gran, Mum und Rob sahen SEHR angepisst aus.

Mum sagte: „Hattie, ich habe Neuigkeiten für dich. Gran hat deinen Dad gefunden. Und er fliegt her. Er kommt Heiligabend hier an."

Heiligabend?!

Er kommt an HEILIGABEND her?!!

Gran sagte: „Ja, er übernachtet bei mir. Er hat kapiert, dass er ein Idiot war. Aber ich sage dir, Hattie – erwarte kein verdammtes Wunder. Ich weiß, dass Weihnachten ist, aber die Katze lässt das Mausen nicht. Da stehen die Chancen auf eine jungfräuliche Empfängnis besser als dafür, dass er ein guter Vater ist."

Mum wies sie zurecht, aber das ist mir egal. Ich werde endlich MEINEN RICHTIGEN DAD kennenlernen. Ich fiel Fred um den Hals. Nathan umarmte ich nicht, aber ich lächelte ihn an.

OH GOTT – ICH BEKOMME EINEN DAD ZU WEIHNACHTEN!!!

20:12 Uhr

OH GOTT – ich bin SO NERVÖS, ich könnte kotzen.

20:23 Uhr

Habe Jen angerufen. Sie sagte, sie würde einen rituellen Julklotz in ihren Vorgarten legen, da das Platzieren von Holz gute Familienbeziehungen fördert.

20:42 Uhr

Habe Smiley geschrieben. Sie sagte:

> Sei nicht nervös, Hats. Denke an ihn als den Weihnachtsmann. Nur halt ein Weihnachtsmann, der Keith heißt.

Ich weiß nicht, was ich ohne meine Freunde machen würde …

21:13 Uhr

Genau genommen haben mich meine Freunde dieses Jahr ABSOLUT gerettet, da ich die größte Lebensreise ALLER ZEITEN gemacht habe.

ACH DU SCHANDE, das klang übelst nach Dr. Phil. ABER wenn man aufschreibt, was ich gelernt habe, seitdem ich dieses Tagebuch schreibe, ist es UNGLAUBLICH:

- Wenn die größte Zicke der Schule auf dir herumhackt, dann wahrscheinlich, weil sie deine Halbschwester ist.
- Jeder könnte rausfinden, dass sein richtiger Vater einen krassen Namen hat und Toiletten repariert. Solange Jeremy Kyle keinen DNA-Test macht, kann man sich NIE ganz sicher sein.
- Manche Jungs finden es gut, wenn Mädchen schlecht bei DRIVER sind, weil sie sich dann besser fühlen. Alle Jungs, die das denken, können nicht küssen. LOL!
- Manche Jungs finden, an einem Tag vierzehn Mal zu simsen, ist unbegründet – was beweist, dass sie TOTAL unreif sind.
- Österreichische Jungen küssen toll, werden aber echt schnell langweilig.
- Karaoke verleitet ansonsten vernünftige Erwachsene dazu, sich zu verhalten wie im X-FACTOR-Finale, und sollte verboten werden.

- Fiese Lehrer an der Schule können gezwungen werden, nett zu dir zu sein, wenn dein Familienleben total krass ist. WARUM SAGT EINEM DAS NIEMAND?! DAS IST DIE WICHTIGSTE INFORMATION DES LEBENS!
- Meine Gran ist die verrückteste Frau der Welt.
- Schwarzdrosseln, Spatzen, Blaumeisen und Rotkehlchen vertragen keine Drogen.
- Gran verträgt keine Drogen.
- London ist ABGEFAHREN, und man kann nicht mal eben in fünf Minuten irgendwohin. Außerdem ist die U-Bahn-Karte ein Haufen verschnörkelter Linien, die KEINEN SINN ergeben.
- Deine beste Freundin könnte praktisch Miss World sein, und du KANNST deine Eifersucht trotzdem unter Kontrolle halten, um nicht die schönste Freundschaft der Welt aufs Spiel zu setzen.
- Ich bin eine voll und ganz sinnliche Frau, die sogar eine Zahnspange rocken kann.
- Wenn man mit einem Jungen befreundet ist, kann das manchmal verwirrend sein. Und komisch. Eigentlich weiß ich nicht, was ich daraus gelernt habe. Ich bin immer noch durcheinander.

Die Sache ist die: Wenn ich das alles schon in DIESEM JAHR gelernt habe, wie wird das NÄCHSTE JAHR erst sein, wenn ich auch noch meinen RICHTIGEN DAD kenne?

Muss gehen, Fred klopft an die Wand. Er sagt, er muss mich total dringend sehen und mit mir reden. Jetzt sofort!

ACH DU SCHANDE, warum sind die Dinge mit Männern immer so dramatisch?! Sie müssten wie ich, Smiley und Jen sein ...

EINFACH UNKOMPLIZIERT!

DANKSAGUNG

Kevin Johnson
Danke, dass du mir meine Schreibhütte gebaut hast und ich sie mit Fotos vom „Du schaffst das!“-Team füllen durfte.

Meine Mum
Danke, dass du dir mindestens viermal pro Woche die Haare machen lässt. Sogar noch mit 70. (Apropos, danke, Sandra Jackson – du bist super!)

Emma Drury
Meine beste Freundin – danke, dass du alles mit mir geteilt hast, inklusive der HÖLLE und UNGERECHTIGKEIT unserer Abschlussprüfung in Kunst.

Lucy Kearney
Danke für deine Brillanz und die tollsten Plaudereien und Gesundheitstipps – „Datteln, Rae, Datteln!“

Sarah „Saz de P“ Powell
Danke für all das Kichern, wo auch immer wir in der Welt sind. Ich werde dich nie wieder zwingen, zu Mona zu gehen.

Daphne und Peter Johnson
Danke, dass ihr so großartig Möbel verpackt, dass die sogar den ruppigsten Umzugshelfer überleben.

Richard und Sylvia Moore
(Mit Richards nordischem Akzent:) „Danke für SO viel Liebenswürdigkeit, Gastfreundschaft und Güte.“

Roo Green
Danke, dass du mich auf großartige Weise daran erinnerst, dass wir uns in der konkurrenzstärksten Menschheitsära ALLER ZEITEN befinden.

Mein Bruder, Kevin Earl
„FORELLE!“

Andy Cattanach
Danke, dass du mir das KLF Chill-out-Album vorgespielt hast.

Rob Wagstaff
Danke, dass du eine lebende Legende bist.

Donna Sookee
„The Don". Danke für die tollsten Vormittage voller Tratsch und für den Satz: „Du bringst mich verdammt noch mal um, Rae!"

Der wundervolle Paul Robey
Yootha Joyce. Coro. Mrs Bridges. Bettys Eintopf. Es wimmelt vor Gesetzen.

Andy Upton
Danke für die Erlaubnis, noch mehr von deinen Witzen zu klauen, inklusive deiner Parodie von einem „It's a Knockout"-Riesen.

Michelle und John von L.V.P.O.
Danke für all eure rechtlichen/spirituellen/postalischen/Zeitschriften-Tipps!

Lee Price
Danke für das wunderbare, nicht mehr so fette Gesicht – aber bitte leg dir einen Laptop oder ein iPhone oder IRGENDWAS zu!

Liebe und Dank auch an Lloydie James LLoyd, Lesa Compton, PK & CK Koukoularides, Erica Hodge, Tavid Lloyd und an all meine Freunde von der Stamford High School.

Die großartige Eve White
Danke, dass du immer die Fragen stellst, für die ich zu schwach bin, das heißt Geldfragen.

Alle bei Walker Books
Denise Johnstone-Burt, Ellen Holgate und Daisy Jellicoe. Daisy, ich klaue deinen Namen. Er ist zu gut, um ihn nicht zu verwenden. Dies ist dein Impressum.

© Rae Earl

Rae Earl wurde 1971 in Lincolnshire, England geboren. Sie arbeitete 15 Jahre lang fürs Radio und durfte sogar einmal ein ganzes Wochenende im Privatjet von Westlife verbringen. Nachdem sie Brian McFadden einen Mars-Riegel abgeluchst hatte, war Rae klar, dass sie den Höhepunkt ihrer Radiokarriere erreicht hatte. Also wandte sich wieder ihrer ersten Liebe zu – dem Schreiben.

Ihr Buch „My Fat Mad Teenage Diary", das auf ihrem eigenen Leben basiert, wurde von der Financial Times als „lustiger, trauriger und unverfrorener als Adrian Mole" bezeichnet und fürs Fernsehen verfilmt. Inzwischen läuft die mehrfach ausgezeichnete Serie in über 40 Ländern.

Rae Earl lebt heute mit ihrem Mann und ihrem Sohn in Tasmanien. Eigentlich hatte sie vorgehabt, sich völlig dem Landleben zu widmen und sich selbst zu versorgen. Leider ist der Anbau von Gemüse weniger reizvoll als gedacht, vor allem, wenn es gleich um die Ecke einen ganz tollen Supermarkt gibt …

Kostprobe

Katy Birchall

Plötzlich It-Girl

Wie ich aus VERSEHEN das coolste MÄDCHEN der SCHULE wurde

Noch nicht genug gelacht? Dann blättere einfach um ...

Kapitel eins

Ich habe Josie Graham in Brand gesteckt.

Okay, ich gebe zu, das war ziemlich schlimm, aber es war ein Unfall und nicht *nur* meine Schuld. Alle denken, ich hätte es mit Absicht getan, und Mrs Ginnwell ist jetzt die große Heldin.

Wenn ihr mich fragt, hat sie alles nur noch schlimmer gemacht. Ein bisschen Wasser hätte es auch getan, schließlich hatten nur Josies Haarspitzen Feuer gefangen. Da finde ich einen Feuerlöscher etwas übertrieben.

Josie hatte sowieso schon einen ziemlich miesen Tag, wenn man bedenkt, dass ich sie gerade versehentlich angezündet hatte, und dann war sie auch noch von Kopf bis Fuß mit diesem weißen, schaumigen Zeug bedeckt, das immer aussieht, als würde es Spaß machen, darin herumzutollen, was wahrscheinlich aber nicht so ist. (Josie sah jedenfalls nicht aus, als hätte sie Spaß, eher so, als stünde sie unter Schock und als würde es sie überall jucken.)

Ich selbst stand auch irgendwie unter Schock, weil es das erste Mal war, dass ich jemanden angezündet hatte, und das Ganze daher auch für mich ziemlich überraschend kam. Mit Brandstiftung bin ich davor erst einmal in Berührung gekommen, und zwar als Kind. Damals habe ich den Geldbeutel meines Vaters in den Kamin geworfen, um zu sehen, was passiert. Wer lässt auch seinen Geldbeutel herumliegen, wenn ein Kleinkind in der Nähe ist? Mein Vater seither nicht mehr, das steht fest. Trotzdem bilde ich mir ein, dass er mich in kalten Nächten, wenn bei uns das Kaminfeuer brennt, bis heute argwöhnisch beobachtet.

Ach ja, und dann war da noch die Sache mit Dads Arbeitszimmer, das ich beinahe mal abgefackelt hätte. Aber das war es dann auch schon. *Wirklich*.

Wisst ihr was? Eigentlich war es auch ein bisschen Josie Grahams eigene Schuld, denn sie hätte sich ja erstens nicht so dicht neben einem Bunsenbrenner auf ihre Ellbogen stützen und zweitens nicht so viel Haarspray benutzen müssen.

Vielleicht bin ich nur neidisch, weil ich morgens keine Zeit für Haarspray habe, geschweige denn wüsste, wie man so etwas richtig anwendet. Wenn Dad es endlich schafft, mir die Bettdecke zu entreißen, habe ich maximal zehn Minuten, bis ich mich auf den Schulweg machen muss.

Zumal mir mein Vater sowieso niemals Haarspray kaufen würde. Er ist furchtbar altmodisch, vor allem, wenn es um seine vierzehnjährige Tochter (also mich) geht. Ich weiß noch, wie ich ihn einmal in einer Drogerie gefragt habe, ob er mir Eyeliner kauft. Da ist er in Gelächter ausgebrochen und hat mich losgeschickt, Erkältungstee zu holen. Das ist TOTAL verlogen, weil die Frauen, die mein Vater in den letzten Jahren angeschleppt hat, oft sogar UNMENGEN Eyeliner getragen haben. Wie fände er es, wenn er mir wieder mal seine aktuelle Freundin vorstellen würde und ich laut lachen und ihr anstelle ihres Lidstrichs einen Hustentee anbieten würde?

Hm … vielleicht mache ich das ja wirklich mal, zumindest bei den besonders nervigen Exemplaren.

Mrs Ginnwell hat jedenfalls nicht gelacht, als sie mich mit zittrigen Beinen zu unserer Direktorin Miss Duke gebracht und dort zusammenhangloses Zeug gefaselt hat, von wegen brennendes Klassenzimmer und pyromanische Veranlagung und so weiter.

»Entschuldigen Sie, Mrs Ginnwell, das habe ich akustisch nicht richtig verstanden. Was haben Sie gesagt?«, fragte Miss Duke und stand mit besorgter Miene von ihrem Schreibtisch auf.

Miss Duke und ihr Büro passen einfach perfekt zusammen. Das klingt komisch, ist aber so. Genau wie ich ist Miss Duke neu an der Schule. Wir sind beide erst seit September hier, auch wenn sie als Direktorin natürlich von Anfang an ein hohes Ansehen genossen hat. Ich hingegen bin noch immer nicht richtig angekommen in der neunten Klasse dieser Schule.

Alles in allem denke ich, dass Miss Duke bisher den besseren Eindruck von uns beiden hinterlassen hat, und das, obwohl es ihre Aufgabe ist, die Schüler zum Nachsitzen oder Müllaufsammeln hinter den Fahrradständern zu verdonnern.

Sie hat ihr Büro also erst seit September, aber es passt perfekt zu ihr (auch wenn ich natürlich keine Ahnung habe, wie es vorher aussah). Die Ähnlichkeit fängt schon damit an, dass es total ordentlich ist, genau wie Miss Duke selbst, die grundsätzlich schick und korrekt gekleidet ist. Eigentlich sieht sie eher aus wie eine von diesen Geschäftsfrauen, die manchmal an U-Bahnhöfen stehen und Anweisungen in ihre Handys blaffen, zum Beispiel: »Jeffrey, Ihre Leistung lässt sehr zu wünschen übrig, von Ihnen hatte ich wirklich mehr erwartet!« Wie eine Schuldirektorin sieht Miss Duke jedenfalls nicht aus.

Irgendwie finde ich es cool, dass ihr sogar ein Hosenanzug super steht. Ich glaube, falls ich später jemals in einem Büro arbeiten sollte, würde ich auch gern einen Hosenanzug tragen und so autoritär wirken wie Miss Duke. Außerdem sind ihre dunklen Haare immer mega-ordentlich hochgesteckt, und ihr Make-up ist auch nie verschmiert. Kurzum: Miss Duke ist eine ziemlich einschüchternde Erscheinung.

Erst recht, wenn man die Haare einer Klassenkameradin angezündet hat.

»Wir hatten gerade Chemie, und … Anna … Anna hat … Josie Grahams Haare in Brand gesteckt!«, stieß Mrs Ginnwell stammelnd hervor.

Mrs Ginnwell ist weder autoritär noch einschüchternd. Irgendwie erinnert sie mich an einen Papagei. Allerdings keinen coolen, der bei einem Piraten auf der Schulter sitzt, sondern einen nervigen, übereifrigen, der einem krächzend um den Kopf flattert und einem unerwartet seine Flügel ins Gesicht klatscht.

»Ist Josie verletzt?«, fragte Miss Duke alarmiert.

Mrs Ginnwell schüttelte den Kopf, und ihre rotblonden Locken kräuselten sich um ihre verschwitzte Stirn. »Es geht ihr den Umständen entsprechend gut, aber ihre Haare sind angesengt, und sie ist über und über mit Schaum bedeckt!«

»Verstehe«, antwortete Miss Duke, und ich hätte schwören können, dass ein amüsiertes Lächeln über ihr Gesicht huschte, das sofort wieder verschwunden war. »Und es wurde auch sonst niemand bei diesem Vorfall verletzt?«

»Nein.« Mrs Ginnwell schüttelte erneut den Kopf.

»Wenn das so ist, würde ich vorschlagen, dass ich den Rest mit Anna allein bespreche. Setz dich doch bitte. Warum gehen Sie nicht auf einen Sprung ins Lehrerzimmer, Mrs Ginnwell? Bitten Sie einen Kollegen, ein paar Minuten für Sie einzuspringen, und gönnen Sie sich eine Tasse Tee.«

Mrs Ginnwell nickte und lockerte zögernd ihre Umklammerung meiner Schulter. Sie warf mir noch einen letzten strengen Blick zu, als hätte sie Angst, dass ich bei nächster Gelegenheit einen Flammenwerfer aus meinem Schließfach holte und damit die Schule abfackelte. Keine Ahnung, wie sie auf solche Gedanken kommt, schließlich habe ich erst kürzlich einen hervorragenden Aufsatz über Pinguine geschrieben. Jemand, der bereits in der neunten Klasse mit so viel Mühe und innerer Reife einen Aufsatz über Pinguine verfasst, verbringt seine Freizeit ja wohl kaum damit, Pläne zur Zerstörung der Schule zu schmieden.

Ich ließ mich also nervös auf dem Lederstuhl vor Miss Dukes Schreibtisch nieder, während die Direktorin wieder auf ihrem Schreibtischstuhl Platz nahm. Mrs Ginnwell funkelte mich noch einmal böse an und zog geräuschvoll die schwere Holztür hinter sich zu. Für einen Moment herrschte Schweigen, während Miss Duke die Papiere zusammenschob, über denen sie gebrütet hatte, bevor wir ihr Büro gestürmt hatten.

»Erzähl mir doch bitte mal genau, was passiert ist.«

Ich holte tief Luft und erzählte, dass wir gerade Chemie gehabt hätten und dass Josie und ich in einem Zweierteam gelandet seien (worüber wir beide nicht besonders begeistert gewesen waren, was ich Miss Duke allerdings lieber verschwieg).

Vermutlich ahnte sie dennoch, dass Josie und ich keine besonders gute Kombination abgeben. Josie gehört nämlich zu den beliebtesten Mädchen überhaupt. Sie ist die beste Freundin von Sophie Parker, dem beliebtesten Mädchen des ganzen Jahrgangs, und die beiden hängen gern mit den coolsten Typen ab, zum Beispiel Brendan Dakers und James Tyndale. An den Wochenenden macht Josie regelmäßig Party, und wenn sie in die Schule kommt, ist sie perfekt geschminkt und frisiert (mit viel Haarspray).

Ich verbringe meine Wochenenden damit, Comics zu lesen, mit meinem Dad *CSI* zu gucken und mich bei meinem Labrador namens Hund über mein Leben zu beschweren. Er ist das einzige Wesen auf diesem Planeten, das mir zuhört. Und selbst er macht das nur, wenn ich ein Stück Bacon in der Hand halte.

Ich ließ bei meiner Erzählung in Miss Dukes Büro also weg, dass Josie Brendan sehnsüchtige Blicke zuwarf, weil sie offenbar lieber mit ihm in einem Team gelandet wäre, bevor sie sich mit einem tiefen Seufzer und ohne mich zu begrüßen, zu mir setzte. Sie würdigte mich keines Blickes, nicht einmal, als ich mit einem lässigen »Howdy, Partner« versuchte, die Atmosphäre ein bisschen aufzulockern.

Keine Ahnung, warum ich mich ausgerechnet für diese Cowboy-Begrüßung entschied. Jedenfalls nicht, weil ich vorhatte, schon kurz darauf das Feuer auf sie zu eröffnen.

Weil Josie offenbar keine Lust hatte, sich an dem Experiment zu beteiligen, war ich auf mich allein gestellt. Genau genommen hatte Mrs Ginnwell den Teil mit dem Bunsenbrenner noch gar nicht erklärt, da alle noch damit beschäftigt waren, ihre Laborkittel und Schutzbrillen anzuziehen. Manche Leute ließen sich ewig Zeit damit, und Josie stützte sich gelangweilt auf den Ellbogen und blickte immer wieder zu Brendan hinüber und lachte über alles, was er zu ihr sagte, wobei sie dramatisch die Haare nach hinten warf.

Ich glaube, an dieser Stelle beging ich den entscheidenden Fehler. Obwohl ich hätte warten müssen, bis Mrs Ginnwell die entsprechende Anweisung gab, schaltete ich den Bunsenbrenner ein.

Dabei sollte man allerdings folgende mildernde Umstände bedenken:

1. Mir war nicht klar, dass die höchste Flammenstufe eingestellt war.
2. Ich konnte ja nicht ahnen, dass Josie genau in dem Moment, in dem ich den Bunsenbrenner einschaltete, ihre mit Haarspray vollgesprühten Locken in meine Richtung schleudern würde.

3. Ich hätte nie gedacht, dass Haare so leicht Feuer fangen können.
4. Statt stillzuhalten, rannte Josie kreischend herum, was es ziemlich erschwerte, sie mit Wasser zu bespritzen, zumal ich sowieso nicht gut zielen kann. Deshalb habe ich hauptsächlich mich selbst getroffen.
5. Keiner konnte vorhersehen, dass Mrs Ginnwell den Feuerlöscher so lange auf Josie halten würde, bis sie vor lauter Schaum aussah wie ein Pudel.
6. Ich möchte hiermit klarstellen, dass ich vor diesem Vorfall noch nie ernsthaft Ärger in der Schule hatte.
7. Außer einmal mit sechs Jahren, als Ben Metton meine Kartoffelchips gegessen hat und ich ihn deshalb im Materialschrank eingesperrt habe.
8. Die Sache mit den brennenden Haaren ist auch für mich sehr aufwühlend, weil ich es nicht mit Absicht getan habe und jetzt bestimmt niemand mehr mit mir befreundet sein will, genau wie an meiner alten Schule.

An diesem Punkt meiner ausführlichen Schilderung brach ich in Tränen aus.

Katy Birchall

Plötzlich It-Girl

Wie ich aus Versehen das coolste Mädchen der Schule wurde

Plötzlich berühmt

Seit sich ihr Dad mit der berühmten Schauspielerin Helena Montaine verlobt hat, steht das Leben der vierzehnjährigen Anna Huntley kopf. Überall lauern Paparazzi, und was ihr vollkommen schleierhaft ist: Ausgerechnet SIE, das uncoolste Mädchen an ihrer Schule, ist jetzt auf einmal DAS neue It-Girl?! Total verrückt, oder?

Urkomisch, tollpatschig und liebenswert!

320 Seiten, broschiert mit Klappe
€ 12,99 [D]
ISBN 978-3-505-13701-3